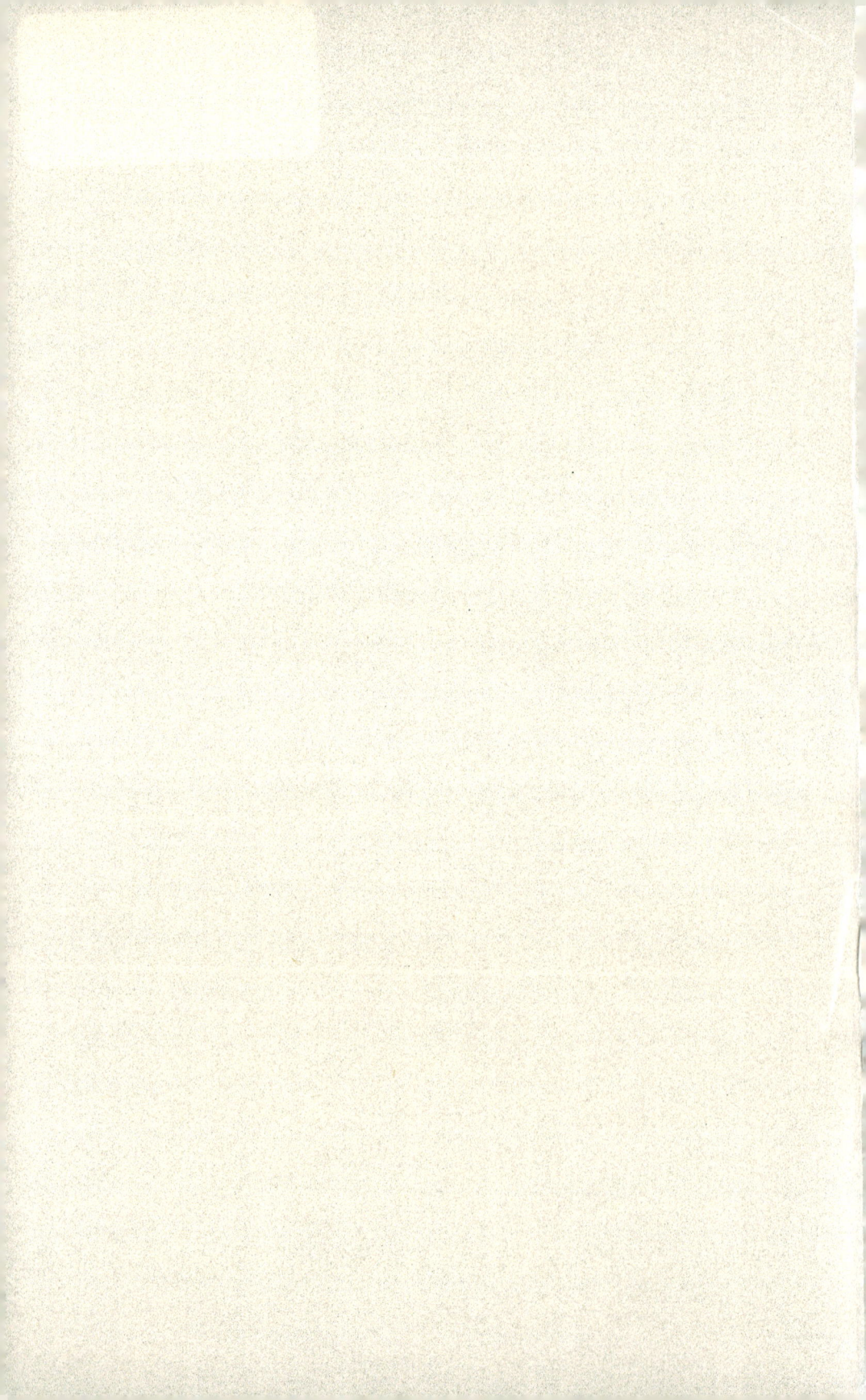

蒋泽先 ★ 著

1927·南昌城

百花洲文艺出版社
BAIHUAZHOU LITERATURE AND ART PRESS

图书在版编目（CIP）数据

1927，南昌城 / 蒋泽先著. -- 南昌：百花洲文艺
出版社, 2018.7
ISBN 978-7-5500-2290-4

Ⅰ.①1… Ⅱ.①蒋… Ⅲ.①长篇小说 – 中国 – 当代
Ⅳ.①I247.5

中国版本图书馆CIP数据核字(2018)第101683号

1927，南昌城

蒋泽先　著

出 版 人	姚雪雪
责任编辑	余　茁
书籍设计	张诗思
制　　作	黄敏俊
出版发行	百花洲文艺出版社
社　　址	南昌市红谷滩世贸路898号博能中心一期A座20楼
邮　　编	330038
经　　销	全国新华书店
印　　刷	南昌三联印务有限公司
开　　本	720mm×1000mm　1/16　　印张　12.75
版　　次	2018年7月第1版第1次印刷
字　　数	250千字
书　　号	ISBN 978-7-5500-2290-4
定　　价	35.00元

赣版权登字　05-2018-207

邮购联系　0791-86895108
网　　址　http://www.bhzwy.com
图书若有印装错误，影响阅读，可向承印厂联系调换。

目录

题记：历史远处，历史汲取

之一

历史上的今天是历史学家用心过滤，用笔整理推敲出来的文字。这天，这年乃至历史车轮运行轨迹或历史关头的走向，必然与偶然，常决定于历史上的大人物，这个人物的价值取向、奋斗目标、勇气智慧所走出的足印，无数先辈的足印聚集行进的方向，便形成了展示给世人的历史轨迹。

先辈们的言行与经历，爱恨与悲欢，成败与生死，均可以让后人研究思考，并能从中汲取智慧与力量，教训与经验。古人云：以古为鉴，以人为鉴。这是读史之益。

历史远去，史料依旧。不同时代的人，不同经历、不同学历的人，读同样的史料有不同的感受、启示与新知。即使同一个人，在不同年龄段，读同样史料，也有不同舍取，不同触动。这就是读史之趣。

每个历史学家面对浩瀚的史料都有自己的舍取，他们的笔下文字必有自己的见地，任何史学家不仅是再解读，还应有再寻觅，再发现，使之更趋本原，更逼近那个人，那个事件，那个时代的真相。

对历史的解读一样要或应该是：苟日新，日日新，又日新。

之二

微信圈里，很多人转过这样一句话：欧美人把信仰放在教堂里，因为坚信那儿有博爱，自由与平等；日本人把信仰存入学校，因为相信那儿有知识、技术和力量。

在当代中国，不少人把信仰寄放在权力与金钱中，他们信奉那儿有幸福、好运。

还有许多中国人，把信仰虔诚地敬奉在先哲先辈的神龛上，他们相信先哲先辈用生命书写人生的肉体，化作不朽的灵魂，融进后人的血液中，催人奋进，给人力量。在人生道路上，不管在哪里，不管在何时，神龛上不熄的精神之光，会永远照耀后辈，正心修身，自由呼吸，放飞梦想，向着心仪的目标飞翔。

先哲说的话，做的事已成历史。

历史不仅是历史学家研究的专利，也是非历史学者研究的课题与汲取的人生知识，人文营养的源泉。

八一南昌起义距离今天九十多年了，再过十年，二十年，五十年，一百年……八一南昌起义的历史画面越来越远。可是，八一南昌起义写在日历上，写进了历史上的今天，成了中国军人的神圣节日。南昌八一广场的升旗，吸引了全国无数游客的前来瞻仰，南昌八一起义纪念碑上的简介和浮雕，不断地向后人讲述南昌八一起义的故事。

记忆的红色不仅不会被久远的时光冲淡，在实现中华民族伟大复兴的历史进程中，必将迸发出新的生机与活力。

开篇　八一广场

八一广场无疑是当今南昌标志性的建筑、代表性景区。

八一广场始建于一九五六年，是八一起义后二十九周年，新中国成立七周年时建成。当时规模之大，在国内仅次于北京天安门广场。

八一广场建成时的名称是"人民广场"，是南昌市重要活动集会的地方。每年的五一劳动节、七一建党节、八一建军节、十一国庆节，总有人来这儿相聚，或纪念，或缅怀，或探寻，或追思。曾经有过数万人在广场上聚集开会，隆重、盛大；会后举行游行，热闹，壮观。

人民广场从建成那天起，就成为南昌市的中心、南昌人的骄傲。

"文化大革命"开始后，广场西侧推倒了大片民房，以"大跃进"的速度建起了一幢仿北京人民大会堂的"万岁馆"（改革开放后改称"江西展览馆"）。广场往北半里是江西革命烈士纪念堂，正南面是江西省博物馆。

一九七七年，八一南昌起义五十周年之际，人民广场开始大整修，名字改为"八一广场"，并开始在广场南端建造"八一起义纪念塔"。

一九七九年一月八日周恩来逝世三周年之际，"八一起义纪念塔"正式落成。塔身上是叶剑英元帅的题字：八一南昌起义纪念塔，九个铜胎鎏金大字闪闪发光；塔基四周是八一南昌起义简介的石碑和《宣布起义》《攻打敌营》《欢呼胜利》三座大型花岗岩浮雕；塔身基座是二十七级台阶，寓意一九二七年；塔四周有水有桥，取名金水河。河下有一百米长的音乐喷泉，周边有升旗台、八一题词、军史石刻与大事记，高十米、宽三十米的水幕电影定时放映《八一起义》等影片。

广场的周边非常热闹，有南昌百货大楼、市新华书店、电影院、美食城，广场两侧是林荫小道，路边有长条木制靠背椅。参观者来到这儿，可以休闲，可以购物，观光，还可以看看"八一南昌起义"简介，文字就镶嵌在八一起义纪念塔上。

八一广场自建成起，一直到二〇〇一年大规模改造之前，一直是草地，绿草茵茵，非常舒适，成为闹市中心一块宝贵的绿洲。在没有电扇，没有空调的年月，这里是南昌人周末最好的去处，称得上是南昌人夏季纳凉的首选之处。

夏季，黄昏落日后，不少南昌人手夹肩扛一床凉席，从四面八方涌来，见缝插针地寻找一个能够舒服躺下的地方。暑气未消，暮色渐临，热气腾腾，人声喧哗，纳凉的人们各自在自己占到的那块小小的绿色地盘上，或坐，或躺，或蹲，互不干扰，自在惬意，享受着一点偶然从远方吹来的晚风。风，是热的，身下的绿色，是凉的。老人摇着大蒲扇，谈谈家长里短，侃侃广场的历史；青年人不时揩着额头的汗，聊聊人生理想、骂骂不争气的中国足球队。那时没有手机，这聊天就是信息传播的重要渠道，有"小道消息"，也有国家大事。恋人情侣更隐秘一些，十指相扣，耳语相交，说着只有他们听得见的私语。

时不时有叫卖冰棒的小贩在人群里穿梭，五分钱一根。男生很快掏出钱给女生买一根，以示爱意。大方的男生甚至会买两三根。老人一般舍不得花这五分钱，总是晃晃蒲扇，示意小贩走开，拒绝这凉爽的"诱惑"。那时，卖冰棒的小贩有不少一夜暴富者，他辛苦一晚的收入不亚于当时一个正科级干部的月工资。

二〇〇一年，八一广场扩建，二〇〇四年竣工，广场面积扩大到七万八千平方米，加上周边的路面和绿荫长廊，整体达三十余万平方米。南昌人更会自豪地说：厉害呀，南昌，我们的大广场！

不过，美中不足的是，广场的绿草地全部被铲除，浇成了水泥地，不适宜夏天乘凉了，加上电扇、空调逐渐普及，广场上万众纳凉的壮观景象不再出现。来来往往的大都是老人、孩子、外地游客。近些年，更是多了一队队跳广场舞的大妈，音响轰炸，红绸飞舞，令广场多了一点别样的动感。

二〇一五年底，南昌地铁一号线开通后，八一广场站成为其中最重要的一站，其中一个出口就在广场的西北角，从此，这里更加与时尚、现代、高速、效率紧密挂钩。

"八一"，是南昌人心中独有的情结，南昌人深以此为荣。南昌有许多以"八一"命名的地方：八一大道、八一大桥、八一礼堂、八一公园、八一中学、八一保育院。南昌很多人的名字就叫"八一"。

八一起义！英雄城！南昌这座城市，"八一"就是她最大的精神图腾！

九十一年前的那一天，世界上没有几个人能够预测到，从这里走出的将士经过了二十二年，便打出了一片红彤彤的江山，创建了一个崭新的共和国。那夜的枪声孕育了一个新的红色起点，诞生了红色的武装，改变了整个时代。

那夜的枪声万古流传。

老南昌或他们的父辈可能听过那夜枪声，他们是那个时代的见征。他们多少次地讲述着心中的那夜枪声，那些年月的故事。

老南昌说：噶里（南昌方言，这里）系（南昌方言，是）大校场，系英雄，系狗熊，系俊才，系丑角，都可以到噶里搏命（南昌方言，拼搏、奋斗）。系扎（南昌方言，只）角，是龙套，一搏就晓得（南昌方言，知道）。九十一年了，俄宁（南昌方言，我们）南昌人就作兴（南昌方言，赞赏、推崇）噶里。

百年沧桑，百年变幻。这里是时代的晴雨表，历史的折光镜。这片热土，见证了百年大潮起落，百年风云舒卷，见证历史注定选择了共产党，选择了南昌城。

南昌城，注定要成为英雄城。

我们把时针拨回九十一年前，拨到一九二七年七月底的那个南昌城。

第一章 风云际会

（1）

一九二七年。按照民国纪元，是民国十六年。

那时的八一广场叫大校场，是顺化门外的一片大草地，是军营驻地。

按照农历，一九二七年是丁卯年，兔年，春节是二月二日，南昌许多百姓家门口贴着对联：爆竹声中一岁除，春风送暖入屠苏。

写这首诗的人叫王安石，江西临川人。一九二七年的南昌人，期望这副对联可以给他们带来一九二七年的平安，期望兔年比刚过去的虎年过得好。南昌老百姓并没有指望发多大财，最大的愿望很简单：南北不要打仗，家里不要死人。

七月底，离立秋还有十几天，南昌滚烫的热气还没有褪尽，城里突然来了很多兵，是南兵。尽管老百姓敬南兵，爱南兵，还是忧心忡忡：南兵再好，也是兵，有兵就有打仗的可能。子弹不长眼睛，伤了谁家的人都不好。南昌人永远忘不了一年前南兵打北兵，北兵打南兵的日子，打得那叫个天昏地暗，日月无光。

南昌人和中国当时其他城市的人一样，害怕打仗。

那时南昌的热度尚无资格挤进江南"四大火炉"的排行榜，当时的中国"四大火炉"是：南京，武汉，长沙，重庆。但是，南昌热起来也是要人命，黄昏日落，许多南昌市民便被烫人的热力逼出家门，在城里到处游荡，凡有一丝凉意的地方，都是他们晚上安歇的首选之地。比如城门口、城楼下、麻石条街，都是好地方。顺化门外的大校场也是好去处，有的家庭整个夏天搂着草席就在大校场露宿。

作为一座有着两千两百年历史的古城，南昌四周都是古老的城墙，城墙外是一圈护城河，西部、北部的护城河纯天然，是宽阔的赣江。城墙有七扇城门，绕城形成一个南北长、东西窄的椭圆形，由东向南、由南向西、由西向北、由北向东的七座城门分别是顺化门，进贤门，惠民门，广润门，章江门，德胜门，永和门。

南昌的七座城门的分布很有特点，每座城门都有"主营业务"。

城东的顺化门，之前介绍了，是大兵们主要进出的地方。

沿着顺化门，顺时针方向向南，再向西，就是城南的进贤门，这是南昌城内贫民阶层的主要聚居地，也是送葬的必经之地。每天运肥送菜的农民从早到晚川流不息，披麻戴孝、送丧哭亲的死者家属进进出出。南昌人办丧事有个习俗，白衣白帽的孝子、串红绳挂细麻戴黑袖的贤孙在长辈带领下，边哭边叫边放鞭炮丢纸钱，绕着城门外或自己的村庄走一圈，只把这里每天弄得蔬菜叫卖声伴着震天的鞭炮声，热闹得很。

从进贤门向西不远，就到了城西南的惠民门。惠民门外有规模宏大的普贤寺，烧香行善的人家一到初一、十五，便扶老携幼，到庙里去祈福，求菩萨保佑平安。

从惠民门往北，不过一里多路，就到了广润门，这里是南昌最喧闹的所在，翠花街万寿宫是全市的商业中心，油盐米布杂货铺一早就开张，人山人海，大姑娘小媳妇在这里逛街购物，饿了吃一碗甜甜的"驴打滚"，或者来一碗凉飕飕井水淘尽浆水的雪白米粉，用辣椒大蒜生姜麻油一拌，鲜香美味得连舌头都要吞下去。

广润门再往北不远，就是章江门。章江门外就是宽阔的赣江，江边是客运码头，对岸就是牛行车站，从九江一带坐南浔路火车到南昌的旅客，都是先到牛行车站，再坐轮船摆渡过江，从章江门进入南昌市区。被兵火焚毁了的滕王阁就屹立在赣江边，浑身焦黑。不时有军人一批批进城，他们都是在江对岸的牛行车站下车，坐轮渡过来的。好事的几个人一打听，那都是从九江乘南浔线火车过来的北伐军。章江门内，是南昌的政治中心，旧时的总督衙门，巡抚衙门，藩台衙门，道台衙门都在这一带。

章江门再往北大约两里路，就到了北部的德胜门。顾名思义，这是南昌的军队出征打仗、德胜还朝的地方。兵者，大事也，事关军事行动，当然要取一个吉利的名字。不过，南昌的德胜门外还是刑场，执行地点就在赣江的沙洲上，名字叫下沙窝。也怪，这个地方方圆百米寸草不生。今年春天听说又杀了几个共产党人，人头落地，血溅黄沙，风一吹，血色全无。城门口有点

■上图为清朝南昌城地图，可以清楚地看到七大城门和市内的布局。下图为今天复原的民国初期南昌城略图。

冷清，因为南昌人相信德胜门外肯定有很多冤屈的鬼魂，所以，夏天再凉快，南昌人也不愿在这里乘凉，不愿看夜晚飞着点点萤火，像是"鬼火"闪烁。

德胜门往东大约两三里地，就是永和门，这是南昌城面向东北的唯一一座城门，门外一大片坛庙和坟地，是清明节、中元节南昌市民凭吊亲人、悼念祖先之地。

自打明洪武十年（公元1377年）大都督朱文正筑城以来，七座城门忠实地守卫了南昌城五百多年。七座城门东北、东、南三个方向仅都只有一座，西北至北部一带沿着赣江，倒是有四座城门，可见当时南昌城老百姓的生活重心就在濒临赣江的城西一带。

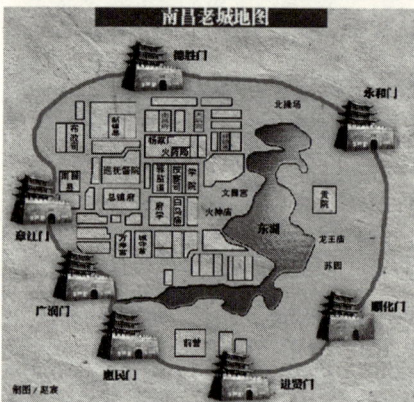

南昌的古城墙虽不及北京、南京、西安、洛阳、开封这五大古都有名，但在江南亦有"独领风骚"与"别具一格"之处。

"独领"指建城历史悠久。两千二百年前，西汉名将灌婴率部夺取豫章（南昌），筑墙为城。《水经注》载："六年，奉高祖令率骑平定江南，封颍阴侯，为豫章郡治，开始建成以防事患。"秦分天下三十六郡，南昌属九江郡。高祖五年（公元前二〇二年）十月垓下之战后，灌婴追斩项羽，进而略江南地，安吴、豫章、会稽郡，初为南昌取名灌婴城，后又名灌城。置南昌县为豫章郡的附廓，寓有"南方昌盛""昌大南疆"之意。

灌婴城筑成，"环十里许，辟六门"。城门内外遍植香樟，历经唐、宋、元、明、清至民国，六门增扩改致七门。

唐代诗人陆龟蒙曾到南昌游玩，看了城墙大为感触，题诗一首：

城上一培土，手中千万杵。

筑城畏不坚，坚城在何处？

莫道筑城劳，将军要却敌。

城高功亦高，尔命何处惜。

"别具"，指的是城门号称"江南奇葩"，不管城墙位于东南西北各处，城门都是一律朝南开。即使地处城北的德胜门，城东的永和门和顺化门，城西的章江门都是如此。其建筑之法是，在城门处加筑瓮城，改变城门的朝向，可以增加城墙的防御作用。哪怕敌兵攻破城门进入瓮城，守军也可以关闭各门，从城墙四周以箭弩击杀敌军。

明末清初，城东的顺化门外是护城河与沼泽地。后来，清政府将这些护城河与沼泽地填为平地，将训练新兵的大营安置于此。这样，城东一带就成了平坦的军训操场，也就是大校场，不光归军队使用，也成为南昌人日常举行活动的地方。后来，又在皇殿侧旁边修了体育场，与大校场、贡院的老操场一道，成为民国初期南昌人聚会、活动的三处重要场所。

大校场兵营以先后大小而建，有新老大小营房之分。由南转东，依次是老营房、小营房、大营房、新营房。早年驻扎的是清兵，辛亥革命后，驻扎了孙传芳的北洋军。一九二六年，北伐军攻克南昌赶跑了孙传芳，大校场又进驻了北伐军，在老营房驻扎的是朱培德的第九军第七十九团和第八十团，新营房驻扎的是朱培德第三军第二十四团。到了一九二七年七月底，又开来了新部队，一个叫贺龙的军长的教导团驻扎在大营房，第六团两千人驻扎在小营房，还有个叫叶挺的副军长的第二十四师第七十二团第三营也驻扎在这里。贺龙的第六团与朱培德的第七十九团只有一墙之隔，墙高刚过头，墙顶伸手可及，两军士兵非常友好，经常互相串门，情谊深厚。

南昌城突然增加这么多军队，不过，南昌百姓的日子没有受到什么影响，南昌人在担心惧怕中已经学会了慢慢习惯。他们把北洋吴大帅（吴佩孚）、孙大帅（孙传芳）的侉子兵叫北军或北兵，把攻克南昌的北伐军叫南军或南兵。这些天来，南军天天早上操练，听呼喊的口号：东征，东征，南昌人知道他们是要去南京打蒋介石的，因为标语上也写着"东征讨蒋"。

当时的南昌各中小学校、教堂都住满了兵。贺军长住在圣公会宏道堂后院的刘平庚牧师家里，叶副军长住在心远中学的工字楼。还有一些兵住进了百姓的民房院子。南昌人都知道，这些南军是路过的，暂住的，不知哪天就会离开。而且，这些南军士兵纪律都很好，跟老百姓说话和颜悦色，买老百姓的东西都会给钱，不像以前的北军，一进城就闹得满城乌烟瘴气，鸡飞狗跳。所以，南昌百姓与这些南军相处得很好。

自打赶跑了北军，南昌人这些时候过的都是安生的日子。安生的日子里，蓝天下的飞鸟比往日似乎都多了一些。城门箭楼屋檐角上咕咕鸣叫的，是一群夜归的乌鸦；急着往家里飞的，是白鸽紫燕。

黄昏落日时分，吃了晚饭，老人牵着孩子，脚跋拖鞋，腋下夹着一卷草席，到城墙周围寻找歇暑的地方，　告（南昌方言，睡觉）。老百姓和鸟儿一样重复着日常的生活，知足。

这天，是七月三十一日，星期天，一个很平常的日子，一个天气依然燥热的日子。

这天过了子夜，很多南昌百姓的觉却睡得不安宁了。丑寅时分，古城的城墙内外响起了密集的枪声。被枪声惊醒的人们纷纷攀上城墙高处，定睛瞧去，却看见了军人冲锋的身影。城东，城西，城南，城北，到处都有军队在打枪放炮，南昌百姓们惊恐了，怕是北军又杀回来，跟南军来一场大厮杀。不过，有些熟悉这些军队驻地的"军粉"仔细一看，却发现跟北军没关系，都是南军在打南军：顺化门外是第二十军教导团在攻打老营房；第十一军二十四师七十二团三营的队伍在攻打新营房的第三军二十四团；进贤门内的天主教堂和匡庐中学枪声更响，炮声震天，机关枪"哒哒哒"不断，还不时响起冲锋号，呼喊声像有千军万马，很壮观，这是第十一军二十四师七十一团在攻击驻军五十七团。

再远，就是佑民寺附近，一直延伸到老贡院、藩台衙门，到处都是呼啸飞过的炮弹和枪弹。两边都是南军，制服都一样，唯一的区别就是黑夜里模糊可见有些大兵左臂上缠着白毛巾。

爬上城墙头观望的人中，有棋盘街杂货铺万老板的儿子万仁俊，有大士院嘉宾楼陆老板家的陆少爷，有洗马池李祥泰绸布号的李公子，有荣　茶社的丁伙计，有沈开泰沈老板的孙子，有广益昌曹老板的侄子，有自行车行的学徒魏老弟，还有豫章中学的年轻老师和心远中学的年轻学生。

大家边看边议论：到底是谁打谁啊？他们为什么要相互厮杀啊？

这些年轻人都与南军打过交道。有给南兵送过水的，有送过货的，有聊过天的，甚至有跟南兵出过操的。他们年龄都不大，对于新生事物充满了好奇和向往，用今天的话说，他们都是北伐军的忠实"粉丝"。可是，都是北伐军，他们会自己打自己吗？他们为什么要自己打自己呢？他们想破了头也搞不清楚。

不久前，他们曾见过南军北军激烈厮杀，直杀得尸骨如山；他们见过孙传芳杀人如麻，血流成河；他们见过北军火烧章江门，一片火海，甚至把滕王阁都给烧了；他们见过自己家的房子瞬间变成断墙破瓦。

想到章江门外的滕王阁化为灰烬，南昌人心中就有气，烧了民房烧楼阁，放火烧房的煤油都是北军从南昌人的杂货铺里抢去的，说是为了保卫南昌城，人人要出力出钱。

战争给南昌的百姓带来了太多的恐惧与伤害，南昌的百姓已经十分惧怕打仗。

北伐军攻克南昌，他们上街欢迎，他们听兵士们说过打这一仗是为了保护老百姓。可是，南昌人还没过几天好日子，南军自己又"轰隆隆"打起来了。好在南昌百姓多年来已习惯了枪声，没有几个人为这夜的枪声受到惊吓，他们在枪声中评论闲聊、指指点点，也已经成为习惯。他们边看边议论：这枪是为犀利（南昌方言，为什么）打起来了？要打几久（南昌方言，多久）喔？是打仗？是内讧？还是兵变暴动？不是哇（南昌方言，说）好了去南京打老蒋的吗，嘟个（南昌方言，怎么）就在南昌城里头打了起来？

不要打仗，渴望和平，是那个年代每个中国人心中的梦。辛亥革命后，中国就没有停止过战争，古城南昌也一样。物质的摧毁，生命的灭亡，南昌几次处于战争的前沿。

并不是所有的南昌人都不解这一夜的枪声，有半知半解的，也有完全知道的。

万老板的儿子万仁俊，想到了自己的表哥，说："问问肇石兄，我就会晓得。"

李祥泰家的公子也说："我晓得，王肇石与陈勉哉都是学生联合会的头头。"

陆家少爷也跟着说："还是他邀我去章江门迎接叶贺部队的哩。"

万仁俊的表兄叫王肇石，是南昌最有名的心远中学的学生，也是南昌市学生联合会的小头头。六月底放暑假，学校空着，正好七月下旬大批南军从九江开来，学校宿舍就腾出来暂时给大兵们住。南昌市学生联合会和江西省学生联合会合并办公，办公室就设在东湖边的心远中学校园里，退庐图书馆的后楼，旁边就是工字楼，工字楼里住着叶挺，王肇石"上班"时常常会遇到。有两次叶军长明显心情比较好，还和王肇石聊了两句天。

万仁俊随表哥去过一次学联办公室，办公室里甚至还有一部手摇电话，那是他第一次看到电话，还拿起来摇了两下。电信局接线生根据他报出的号接上线，他还和一个同班的商人家的同学通了话，话筒里传出的声音好像就在身边，好清楚。

可是，这附近没有电话，半夜三更的，他也没办法去问表哥。

"等天亮了，记得去问啊。"小伙伴们叮嘱道。枪声渐渐稀少，少年们纷纷打着呵欠，跑到城墙下睡觉去了。

枪声渐小渐稀。待到天亮时分，一切都归于平静。

这个响枪的凌晨，是民国十六年七月初四，公历一九二七年八月一日。星期一。

太阳升起来了，睡醒了的孩子们簇拥着万仁俊一起往心远中学走去，他们相信王肇石一定会在学联办公室。

其实，这一夜的枪声到底怎么回事，不要说王肇石这样的中学生不清楚，就连很多左臂上缠着白毛巾的南军官兵也不一定知道。甚至，守卫在江西大饭店的一些官兵，也只知道这夜会有事，会有枪声，但到底为什么要打昨天的友军，也是一头雾水。

当年在第二十军政治部工作的文强回忆道："周（逸群）主任在晚上十点钟召集政治部全体人员讲话，他说不要外出，严守机密，半夜过后听到枪声不要惊慌，若有其他的情况再告诉你。大家只是猜测，想向周主任多问几句，他微笑地走开了……枪声由稀到密，由密到稀后，快近拂晓时，周主任高兴地拍桌说'我们胜利了！起义成功了！三、六、九军的留守部队被我们解决了。'这时，他才给大家安排胜利后的组织接待工作任务。"

文强，湖南长沙人，一九〇七年生，是毛泽东的姑表弟，比毛泽东小十四岁。毛泽东的母亲文七妹是文强的姑母。毛泽东曾是文强的老师。文强一九二五年八月考入黄埔军校四期政治科。北伐时任总政治部宣传大队宣传科长，后调至第二十军第三师政治部，参加南昌起义，并随军南下任第六团连长。之后脱离共产党，转入国民党阵营，并成为国民党情报战线上的一员悍将，并获中将军衔。一九四九年淮海战役中被俘，一九七五年被特赦释放，任北京黄埔同学会副会长。二〇一一年去世，享年一百〇四岁。

周逸群，籍贯湖北蒲圻，一八九六年生于贵州铜仁县。一九一九年赴日本留学，入东京庆应大学学习政治经济学。一九二四年入黄埔军校第二期辎重队学习。同年加入中国共产党，参加了北伐，任国民革命军总政治部宣传队长。九月任第九军第一师政治部主任。一九二七年六月任第二十军政治部主任，参加了南昌起义，并随起义军南下，任第二十军第三师师长，是贺龙的入党介绍人之一。一九三一年五月牺牲于湖南岳阳贾家凉亭，时年三十五岁，著有《周逸群报告——关于南昌起义问题》，为后世研究南昌起义留下了宝贵的历史资料。

万仁俊和小伙伴们来到心远中学外，却见气氛非常紧张，校门口被荷枪实弹的士兵严密把守，他们已经进不去了。王肇石和几个省、市学联的领导站在门口，明显也被大兵们挡了驾。于是，大家一起向共青团省委走去，路过总工会时，看到几个熟人涂友鹤（省委巡视员）、林梦生也都站在大门口，几个年轻人赶紧了解情况。听涂友鹤说，是东征部队缴了朱培德留在南昌部队的枪械。

原来，这整夜的枪声，是刚到南昌的叶贺部队打了驻扎南昌一年的朱培德部队。

大家盼望着天赶紧大亮，好弄清楚更多的情况。

（2）

兵爷，接我的，接我的瓜吧！

鲜甜咯，好恰（南昌方言，好吃）。

章江门外的官道上，稚嫩的叫声很快被一队队军人的脚步声淹没。少年小小的个子挤在路边人群里，与他的叫声一样，被大人的身躯遮盖了。只看见他举起的双手上，两个碧绿微黄的大梨瓜在不停晃动。一排排军人大步从欢迎的人群身边走过，留下了亲切的微笑。端茶送水的市民很多，军人的步伐也很快，很多市民端着茶，跟着跑，叫着：凉的，冰凉冰凉的，兵爷，大热天的，恰一口，是菊花泡的哩！

这是八月一日的前几天。

接碗喝水的兵不少，但就是没有一个兵接瓜。有个市民把一只大西瓜切成几瓣，递上去，年轻的北伐军官微笑地摇摇手，拒绝了。

高举梨瓜的少年就是万仁俊，这年十二岁，小学毕业刚升上初中，他身后站着的那位俏丽高挑的姑娘是他姐姐，叫万仁芳，十九岁，在法国教会医院圣类思医院当看护，昨天值小夜班，今天一大早就起床陪弟弟来章江门外迎接叶贺部队。因为火车误点，直等到日头最辣的时候，部队才过江进城。

万仁芳知道就这么傻傻站着，几个梨瓜永远送不出去。她盯上了两个年轻的兵，灰蓝的军装被汗水浸湿，紧贴着结实的肌肉，那两块胸大肌鼓鼓的，扛着枪背着包，英气挺拔。她推了推弟弟，说："跟上他们，递上去，快，跟上。"

万仁俊答应一声，快步冲到一高一矮两个大兵身边，说："兵爷，你就接着吧！天太热了！南昌夏天好热哩！这梨瓜又甜又香，而且冰凉。我真心送你们恰，真心的。兵爷，你恰一口啰！"

那个高个子兵把他拉到一边，弯下腰，问："你几岁了？"

"十二岁。"

"那就叫我们兵哥哥吧！我只大你六岁，他只大你五岁。我知道你是真心的，太阳太辣。兄弟，你别跟着跑了，会中暑的。这瓜，我买了。"说着，他掏出两张纸票，塞在万仁俊手上，转身去追队伍。

万仁俊机灵地推开了钱："兵爷，不要钱，不能要。我爸妈说了，你们是打北兵的兵，专门打军阀、保护百姓的兵，我们不能收钱。"话还没说完，前面那个矮个子兵突然倒在地上。出于职业习惯，万仁芳一个箭步冲上去，摸摸他的额头，又摸摸脉，说："不好，仁俊，快抬到屋檐下。闭痧，是闭痧！"

南昌人习惯把中暑叫作"闭痧"，大热天汗腺堵塞，汗出不来，容易中暑。对付这种夏天常见病，南昌人的土方法就是"刮痧"。万仁芳学过护理，父亲喜欢研习医术，又懂点民间医学秘方，在家传口授之下，她很清楚怎样抢救这个闭痧的兵哥哥。

几个士兵将中暑兵抬到阴凉处，万仁芳叫弟弟不停给他打扇，她为他解衣，跪在地上为他点太阳穴，掐合谷、仁中两穴，并不停刮胸前、腋下，又讨了一点十滴水，喂了兵一口，直到兵慢慢睁开了眼睛，又让兵侧翻身，在他背上从肩胛骨、背阔肌直刮到腰肌，这全套手法叫开胸、勒背，打通任督两脉。待兵完全气顺了，又让他饮了一杯菊花茶。

旁边的高个子士兵紧张得不停冒汗，见这兵完全清醒了，忙问："舒坦些没？"

兵点点头："报告，舒坦多了。我也不晓得怎么回事，走着走着，眼发花，人就倒下来了。"

原来这高个子士兵还是个军官。

军官说："今天太阳太毒了，怪我在过江前没让你们歇口气，下次行军打不得蛮。"

"走，我可以追部队去。"矮个子兵说。

军官说："莫急，再休息一下。"说着，从身上掏出一张纸币递给万仁芳："谢谢你的救命之恩。"

"官爷，我是看护，行医救人是我的本职。这钱不能收！"

"啊，看护？要是男的就好，就可以当兵了。我们部队缺的就是医官！多谢你了！我们追队伍去了！"说罢，军官搀起中暑的兵，大步流星追赶部队去了。

姐弟俩握紧钱，也跟着队伍追去，一直跟着部队追到松柏巷，追到女子师范学校，却再没有见到那两张熟悉的脸庞。

天黑了，他们只得回到进贤门内的家中，对老爸讲述了这几张纸币的故事。

他们的老爸是万记杂货店的老板，同行叫他"万佬巴"。万老板的店不大，主要经营杂货，兼营"洋油"（煤油）。那时的南昌，"洋油"是稀罕物品，老百姓点个煤油灯离不开。全市找不到官方油店，都是私营油店，最大的私营洋油店叫庆记油栈，在城外的沿江路上，此外还有仁记、德大、福隆等几个洋油店。万记杂货店开在广润门里，方便城内居民。

万佬巴的家在城墙边，他的万记杂货店开在棋盘街，这条街与棉花市、带子巷、翠花街等几条街，共同组成了当年南昌市最热闹、最繁华的商业区，盐、粮、百货、布纱、颜料、洋货，各项小商品批发都在这几条街上，古庙万寿宫也在附近。这儿就在广润门内，每天大批买卖人进进出出。老南昌人俗语"推进涌出广润门"，说的就是这儿的货物流量最大。直到今天，这里也是南昌市最热闹的地方，万寿宫翠花街一到周末，人山人海，万头攒动。

万老板为人厚道和善，生意做得不错。邻里夸他时，他便自嘲：我是万老八，差得很。"万老八"是南昌土话，一般用来贬人或物，比如谁的人品差，谁的货物差，都可以叫万老八，意思是不好，索（南昌方言，差劲）。万老板总是自嘲自贬"万老八"，但他给大家的印象却是低调谦和，价格公道，会做生意，久而久之，附近邻里买杂七杂八的货品都来找万老板，也都亲切地叫他万老八，他的真名反而没人知道了。只是，毕竟"万老八"写起来难看，万老板就给这个名字稍微改头换面一下，成了"万佬巴"，这个名字在南昌商界也算有点小名气。

作为一个南昌城的普通百姓，万佬巴见多了兵祸战火，打打杀杀，他的一贯生存之道就是明哲保身，也要求家人和孩子们对于来来往往的各路军队不要管、不要问、不要跟，只管自己好好过日子。管他谁当权，总少不了我们做小买卖的。可是，对于光复南昌不到一年的北伐军，万佬巴却是真心地充满了好感，心里感慨天底下怎么会有这么好的军队？于是，对于儿女们与北伐军的亲密接触，他也就睁一只眼闭一只眼，由他们去。所以，当万仁俊的表哥王肇石到自家找到两个孩子，说北伐军叶挺贺龙的部队马上要来南昌驻扎，准备东征讨蒋，完成国民革命，我们南昌年轻人要发扬优良传统，像去年迎接北伐军那样，去迎接叶贺部队时，万佬巴丝毫没有阻拦两个孩子。

万仁俊与王肇石是姑表兄弟，万佬巴的妹妹嫁给了湖北黄梅王枫树的望族王姓，同族一个兄长就是后来在萍乡办矿、留美回来任总工程师的王季良。王家在南昌开了一家叫"恒大"的糕点铺，以做九江茶饼、武穴酥糖闻名，后来，也做抚州的灯芯糕，南昌的蛋黄麻花。这家糕点店的糕点油重、糖实、型美，深受南昌人的喜爱。

南昌学联中，具体负责迎接北伐军的，是王肇石的同学陈勉哉。陈勉哉刚从武汉参加全国"学代会"回来不久，立刻召集王肇石等同学，传达了党的精神。他说，北伐军中分了共产党和国民党两派。去年北伐时，两党合作亲如兄弟，打到武汉后，国民党就翻脸了，蒋介石在上海枪杀了好多好多共产党。武汉的汪精卫开始是反对蒋介石的，最近也开始清除共产党了。但不管怎么说，武汉政府提出东征讨蒋的大方向没变。我们要组织南昌大中学生全力以赴，迎接叶贺部，宣传东征讨蒋。

于是，学生们很快被组织起来，在街头巷尾刷标语，在学校寝室打扫卫生。一时间，闹得南昌市民都知道马上有大批准备东征的北伐军要进驻南昌，包括名震全国的"铁军"叶挺部。"欢迎铁军东征！""拥护三大政策""打倒新军阀！""东征讨蒋必胜"的口号已经刷得满大街都是。

等到部队开来的这一天，陈勉哉又组织了大批学生到章江门渡口旁去热烈欢迎，很多市民也慕名跟随而来。当时南浔铁路从九江开到南昌，因为隔着赣江，铁路桥还没有修通，九江、星子、德安方向坐火车过来的部队，只能到南昌北边新建县的牛行站下车，乘渡船横跨赣江，从章江门进入南昌市区。

第二天，万仁俊又去了章江门外欢迎"铁军"，这回万仁芳要上班，没有再陪他去。万仁俊没料到，这天的欢迎人群更多，江西省总工会、农协会、学生会、南昌团市委统统发动起来了，市学联做了许多三角形的小红旗发给大家，爆竹街的潘老板还在麻石条街上放响了鞭炮，"噼里啪啦"好不热闹。

潘老板边放鞭炮边高兴地说："开心哪！这是打跑孙传芳的南军。

是铁军哪！没有他们，我们还在受孙传芳的欺负呢。放几挂炮，喜气喜气，表表南昌人的心意哟。"

这些举着红色小旗欢迎"铁军"的南昌百姓不知道，就在这几天，一大拨中国现代史上的风云人物都聚集在了南昌，每一个名字都是那么的响亮，令这座千年名城的上空星汉灿烂，熠熠生辉：周恩来，朱德，恽代英，李立三，谭平山，刘伯承，叶挺，贺龙……

贺龙第二十军的先遣队是七月二十五日到的南昌。两位军官一进章江门，就来到不远处的宏道中学。这所学校开办后，专招贫困子弟，很受穷苦人家的欢迎。

这是一座规模不大的小建筑群，位于子固路一百六十五号，建于一九一六年，距今不过十一年，房子都很新，一共前后两栋，都是坐东朝西、砖木结构的小洋楼。临街一栋是宏道中学和宏道堂，后面一栋，是校长刘平庚和部分老师的住房。

两位英俊的军官看到校园整洁干净，又安静又方便，觉得非常不错，不仅可以驻扎大批部队，还可以当作军长的指挥部。于是，他们找到刘校长，希望借用全部校舍和他住的后院。

刘平庚是宏道中学校长，也是南昌的圣公会会长。他有两个小孩，因天气炎热，搬家不易，他当时没有同意让出家中的卧室。

两天后贺龙进南昌城，见到刘平庚，说你还是住在楼上，我就在你楼下书房借宿几天。

刘平庚早闻贺龙将军大名，知道他也是穷苦出身，只因穷苦，想为天下穷苦人闹翻身，过上好日子，才举起两把菜刀闹革命。当然，刘平庚不懂"革命"，但知道对方不是土匪，因为贺龙身为军长，并没有赶自己出门，只是借自己的书房做几天办公室兼卧室。还是南军好啊！刘平庚不再犹豫，爽快地答应了贺龙的要求。

贺龙马上命手下在楼下书房里放了一张折叠的行军床，并在房内架了一部军用电话。刘平庚又让出了书房一侧的餐室作为军部会议室，军部其他人员都驻在旁边的礼拜堂，下属部队有的住在教室里，有的驻在沿街老百姓家。部队纪律严明，对老百姓秋毫无犯。

又一天过去了，万仁俊手中的钱还是没有找到那个兵哥哥归还，他拖着疲惫的双腿回家，听到爸爸和妈妈、姐姐正在议论北伐军的事，他们七嘴八舌地说，南昌城突然进了这么多南兵，百姓们都高兴，觉得热闹，喜气，但也有些老板就躲起来了，比如江西大旅社被南军全部包下来了，但旅社的大股东包老板就躲到乡下去了。

万仁俊的妈妈看到儿子回来，贴心地做了一碗薯粉制成的"凉豆腐"给他吃。"凉豆腐"洁白透明，切成一块块，用井水冰过，加入冰糖和桂花，一口下去，真是透心凉般的香甜。

万仁俊大口吃着好吃的"凉豆腐"，急着向家人叙述今天的见闻。

万佬巴听到儿子依然没有找到那两个给儿子钱的兵，说："崽呀，这钱，一定要还给兵哥哥。南军好啊！"想了想，想出了一个好主意。

"崽呀，你肯定看到那几个兵进了女子师范学校？"

"当然，肯定。"

"我问了。那儿住的都是叶挺军长的部队，正宗的'铁军'，打仗勇猛，对老百姓和善，买一分钱的东西都付钱。我们不能随便收他们的钱。南兵手上的几个钱也是拼命的钱，他们也要寄钱回家，养老养小。"万佬巴仔细想了想，"这样，他们每天早上都要在顺化门门口出操，你就在城门口等着，他们练操时，你就一个个看，总会找到。找到了，就一定要还给他们。"

第二天，天蒙蒙亮，万仁俊和小伙伴们约好了，往顺化门走去。

当时，顺化门附近的松柏巷天主教堂和匡庐中学里，驻扎了叶挺部十一军二十四师，七十一团第二营驻在离天主教堂不远的江西省第一女子师范学校。天主堂里，驻着刚开来的程潜部第六军的一个团。

早上六点，起床号准时吹响。南昌各个驻军点都响起了军号，不是齐奏，而是"各吹各的号""各唱各的调"，此起彼落，十分壮观。

万仁俊和小伙伴们爬上顺化门城墙头，听到整齐的步伐声，看到一队队军人在城墙内外整齐地出操、跑动。

这副景象震动了南昌市民。早起的菜农，晨练的武师，练声的艺人，买菜的主妇，都会情不自禁地停住脚步，看着这些英武的军人，有的人激动了，还会振臂高呼口号：铁军无敌！北伐军万岁！

这些看客们很快就发现，铁军队伍后面，多了一群"尾巴"，这是一群半大不小的孩子，他们冲下城墙，跑出城门，跟上队伍，对齐步伐，精神抖擞地跟着大声呼喊着口号：一、二、三、四！并有节奏地与大兵们一齐呼喊：打倒军阀，打倒新军阀！东征！东征！东征必胜！

路边的看客们纷纷大笑，并伸出大拇指发出恰噶、恰噶（南昌方言，很好，不错）的赞美声，这是孩子们最得意最自豪的时刻，他们仿佛一个个也成了"铁军战士"，他们昂首挺胸地跟着跑。官兵们看着他们笑，却并不驱赶他们。

过了几天，孩子们知道了，这是铁军每天的"规矩"：四操三讲。

所谓四操，就是：早晨一次跑步，上午下午各一次军事操练，黄昏时一次军事体操。所谓三讲，就是：上下午各一次政治课，晚上一小时点名训话。孩子们还知道了，如果部队出城去远一点的地方训练，就叫"打野外"。懂得更多的王肇石还告诉万仁俊："四操三讲"这规矩是共产党立的，也就是说，有这"四操三讲"规矩的部队里，一定就有共产党人。

去年南军赶跑北军，收复南昌城的时候，孩子们跟着队伍的尾巴只会唱儿歌：南军好，北军坏。南军是菩萨，北军是鬼怪。北军来了抢钱抢女人，南军来了爱民除祸害……今年，孩子们不光知道了"四操三讲"，而且知道了共产党。还模模糊糊地知道了加入青年团，加入共产党，是进步人的理想与追求。

顺化门城墙，大校场，铁军，四操三讲，孩子们慢慢知道了"共产党"。"共产党"这三个字，慢慢在这些南昌的孩子们心中扎下了根。

（3）

南昌人知道"北伐军"这个名字，正好一年了。

去年，也是夏天，确切地说是一九二六年七月九日。广州东校场。

震惊中外、载入史册的"北伐"誓师大会就在这儿举行。"北伐"的目的是"打倒军阀""推倒军阀所赖以生存之帝国主义""废除不平等条约"。蒋介石出任北伐军总司令，北伐军共八个军十万人，面对的敌军共有七十万，其中，奉系军阀张作霖，约有三十万；直系军阀吴佩孚，有二十万；由直系分出来的孙传芳，约有二十万。

北伐军面对的直接敌人，是吴佩孚与孙传芳。

挥师北伐，饮马长江。

首战吴佩孚。

一九二六年八月，北伐军血战汀泗桥。主力是第四军独立团，团长叶挺，时年三十岁，一八九六年出生，广东惠阳人，一九二一年任孙中山大元帅府警卫团营长，一九二四年加入中国共产党后，去苏联学习军事，一九二五年回国，任国民革命军第四军参谋处长，独立团团长。

占领汀泗桥后，第四军十二师师长张发奎命令：追击不得超过十五里。叶挺违命，继续向北穷追不舍，一鼓作气占领了咸宁城，逼迫吴佩孚逃向贺胜桥。叶挺名声大振，独立团名声大振，从此得名"铁军"。

蒋介石总司令跟进，在咸宁城召开了总结会，制订夺取贺胜桥的作战计划，决定由第四军、第七军担任主攻。

北洋大帅吴佩孚重整队伍，扬言贺胜桥一战定天下。他组织了督战大刀队，凡后退者格杀勿论。在北伐军的凶猛攻击下，大刀队屠杀了近百人也无济于事，溃兵如潮，反向大刀队开枪，吴佩孚龟缩进了武昌城，外无援兵，内无弹粮。十月，武昌城破，吴佩孚北逃河南。

北伐军从广东北上，战湖南，克湖北，第四军立下了汗马功劳。当时的第四军，军长李济深，副军长陈可钰，全军辖四个师十三个团，其中的主力，就是叶挺独立团，这是一支共产党领导下的军队，秋毫无犯，勇往直前，屡战屡捷，所向披靡，从北伐开始就担当先锋，一路打进武昌城，为第四军获"铁军"之誉立下汗马功劳。十二师师长张发奎积功升至第四军军长，对共产党采取合作态度，将独立团扩编为第二十五师，独立团番号改为第七十三团，由周士第任团长，叶挺由独立团团长晋升为二十五师副师长，后又升任四军扩编的十一军副军长兼二十四师师长。

说句后话。一九四　年七月，出任新四军军长的叶挺在柳州与张发奎相遇。张发奎开玩笑地说："你这个衰仔，当了三年军长，不升不调，不辞不掉，全国找不到第二个。"一年后皖南事件爆发，叶挺成了蒋介石的阶下囚，面对蒋介石的威胁利诱，坚决不降，并给后人写下了激昂感人的诗《囚歌》：

为人进出的门紧锁着，

为狗爬出的洞敞开着，

一个声音高叫着：

——爬出来吧，给你自由！

我渴望自由，

但我深深地知道，

人的躯体哪能由狗的洞子爬出！

我希望有一天，

地下的烈火，

将我连这活棺材一齐烧掉，

我应该在烈火与热血中得到永生。

在北伐军围困武昌城的时候，孙传芳统率着东部五省的数十万精锐大军顽强抵抗，其中，江西成了抗击北伐军东进的门户。一九二六年八九月间，孙传芳调集了五处军队向江西移动，准备与北伐军拼死一战。

北伐军一边围困武昌，一边抓住战机，乘孙传芳立足未稳尚未完成集结之时先发制人，于九月上旬开始向江西发动总攻，全军兵分三路：

西路，第三军朱培德部经萍乡、安源、万载、宜春、新余，直取南昌；

南路，第三军副军长鲁涤平率部从广东南雄入赣，经赣州北攻吉安，矛头指向南昌；

北路，第六军军长程潜部由湖北咸宁经修水、铜鼓入赣，直捣南浔线，向南压向南昌。

三路大军共有兵力五万。而孙传芳在江西有雄兵十万，又得奉系张作霖发电支持，一时间气焰嚣张，于九月七日致电蒋介石，限令北伐军二十四小时之内撤回广东，"否则职责所在，未容食忍"。

北伐军只当笑谈，旌旗招展，奋勇攻击，在江西老表的支持下，三路大军都取得重大进展：西路，九月十日占宜春，十二日占分宜，十六日攻下新余；南路，九月五日拿下赣州，逼近吉安；北路，九月十一日克修水，十三日占铜鼓，十七日拿下奉新，十九日入高安，远远地已经可以见到南昌西山那苍翠的山脊。

此时的南昌城内一片慌乱，孙传芳将主力西调新余，抵挡朱培德的东进，南昌城内空虚，只有六百余军队。北路程潜决定抓住机会，乘虚而入，命令正在攻击德安的部队撤出阵地，星夜向南开赴南昌。

九月十九日，程潜第六军先头部队两百余人，扮成农民从城东北的德胜门、城西南的惠民门混入城内，并策划省府警卫队做内应。晚上炸开了惠民门，接应大军入城。孙传芳的警备司令与北洋省府长官仓皇逃走，一夜之间，北伐军克复南昌。

南昌人知道"北伐军"这个响亮的名字后不过两个多月，一九二六年九月二十日，一个晴朗的初秋早晨，一轮太阳就像一个饱满的橙色圆球挂在东方的晨曦，饱受军阀蹂躏的南昌人迎来了纪律严明的北伐军。这些南兵们虽然说着一口南昌百姓难懂的话，但他们态度特别和蔼，对待老百姓总是笑脸相向，和和气气。一时间，南昌沸腾了，百姓们纷纷走上街头，欢迎、慰劳北伐军，万仁俊、万仁芳姐弟和小伙伴们跟在大兵们的屁股后头跑来跑去，万业兴盛，万家杂货铺，李家绸布店，荣茶社，嘉宾楼，沈开泰南货号，广益昌百货商场，胡源兴号……都挂出了热烈欢迎北伐军的条幅。

第三天，离一九二六年中秋节还有三天时间，南昌商会为表达对北伐军的真诚欢迎，在大校场举行了万人欢迎北伐军群众大会，会场边的城墙上贴满了"反对北军""欢迎南军"的标语。南昌市民杀猪宰羊，送酒送饼慰劳大军。北伐军一位英俊高大的军官大声教唱《北伐军歌》，于是，大兵们和百姓们全体高唱：打倒列强，打倒列强。除军阀！除军阀！努力国民革命，努力国民革命，齐奋斗，齐奋斗！工农学兵，工农学兵，大联合，大联合，打倒帝国主义，打倒帝国主义，齐奋斗，齐奋斗。万人齐唱，雄浑的声音搅动了这片沉睡千年的土地，绕城三日而不绝！

可惜，这般的热闹、精彩，在南昌仅仅持续了三天！

九月二十四日，孙传芳调动大军反攻南昌。由于兵力悬殊太大，第六军草草抵抗一阵便又从德胜门撤出，向九江方向撤退。当天，北军便进入南昌。敌酋岳思寅为了报复，关闭七座城门，放纵士兵大抢了三天，将市面上的店铺抢劫一空，并到处抓人，凡看到剪了短发的青年一律以通敌罪论处。仅两天就杀了两千多人，德胜门外，下沙窝边哭声、枪声、骂声、叫声，悲惨地响了几天。

过了几天，蒋介石亲自赶往江西战场，并从湖北战场调来了主力部队，再次围攻南昌城。其中，一军二师主攻德胜门和章江门，二军五师主攻永和门和顺化门，二军六师主攻进贤门、惠民门、广润门，二军四师为预备队。其中，一军全部由黄埔学生组成，营以上军官都是黄埔教官，号称"党军"，是蒋介石起家的本钱，是蒋介石的命根子，嫡系中的嫡系。以此可见蒋介石为了拿下南昌，下了多大的本钱！

双方对峙了一段时间，北伐军暂时受阻于城下。一时间，南昌城七大城门外，黑压压布满了焦衣血袖的北伐军士兵。

■上海市民庆祝北伐军胜利欢迎大会。南昌市民万众欢腾的场面和这差不多。

城内的北洋军想了一个毒招，想让城外的北伐军无处掩蔽。北军守城司令岳思寅下令火烧南昌城外的住宅，大兵们遵令，四处搜刮城内商铺贮存的"洋油"。南昌四大家"油栈"无处可逃，连小店也在劫难逃，其中就包括万记杂货店。

那天，万仁俊刚放学回到家，看到家中来了三个大个子兵，操着一口山东话，把后院藏着的十几桶洋油推了就走。他不晓得轻重，还跑上去意图阻拦，结果劈头盖脸就挨了三下枪把子，被打倒地上一时爬不起来。万佬巴有点慌了，赶紧带儿子去医院，医生拍了一张X光片细细检查，好在骨头没断，万佬巴才放下了心。

全市强行抢来的"洋油"堆成山，主要集中在章江门、惠民门、广润门、德胜门面向赣江的四城城楼。眼看千年名城就要被战火吞噬，几位德高望重的绅士带领近百号南昌知名商人，跪在省长公署前请愿，哀请大兵们手下留情，保千年胜迹，留南昌古楼，却遭到了北洋江西省长唐福山的严词拒绝，理由是不能让滕王阁作为"南军"的炮架子。见哀求无望，百位南昌士绅一顿哀号：千年古城必不保矣！哭声惨绝人寰，感天动地！

一九二六年十月十二日，北军司令岳思寅一声令下，北兵们把洋油倒进高压水龙头的水箱，将洋油喷射到城外，并抛出硝磺，引燃大火。瞬间，惠民门外的禾草街，广润门外的附城街，章江门外的河街、瓷器街，德胜门外的下正街，腾起熊熊烈火，近万户民房、商铺化为焦土。

章江门外的大火聚成一条火龙，向滕王阁蔓延。

当时，万仁俊和小伙伴们爬上了城墙，眺望火光中的滕王阁，眼中含泪，依依不舍。是啊，那儿是孩子们的天堂。平时，小伙伴们没有少在滕王阁一带乘凉、玩耍、捉迷藏。滕王阁下的深水潭，是洗澡游泳的好去处；滕王阁下的沙洲，是钓鱼摸螺蛳的好地方。这座南昌人敬仰的高楼，一直烧了三天三夜，只剩下残垣断瓦，灰土焦木，崔巍高大的滕王阁，只有在诗赋与梦里相见了：豫章故郡，洪都新府。星分翼轸，地接衡庐。襟三江而带五湖，控蛮荆而引瓯越。物华天宝，龙光射牛斗之墟；人杰地灵，徐孺下陈蕃之榻……赋里都是佳句，梦里却是烈火……

　　几十年后，万仁俊的心头依然清晰地留存着这样一个抹之不去的画面：一位中年妇女怀抱着孩子，从瓷器街上的一家瓷器店里冲出来，只听"怦"一声响，烧断了的横梁带着火苗缓缓往下砸。万仁俊和小伙伴们站在城头，无力相助，只能撕扯着嗓子大喊："快哆子（南昌方言，快点），大妈！快哆子！屋顶烧垮了！"大妈好像听见了，赶紧向前冲了两步，横梁没有打着她的头，却砸了她的后脚，她往前一扑，火苗落在她身上。她冷静地把孩子放落在地，死命向前一推，大叫一句：谁救救我的崽！墙门紧锁，还有北兵把守，孩子们无法跳下城墙救那个孩子，只能一齐发声喊：救那个崽，那个细崽！

　　可是，没有任何作用。万仁俊分明见到，又是一水龙头喷射过去，是煤油，火苗"刷"的一声张开，铺天盖地将大妈与孩子的躯体裹住，大妈"啊"的惨叫一声，之后再无声息，好像被风与火的吞吐声盖住了一样。

　　城墙上，这边是孩子们的哭号与咒骂，那边是北军的号叫与嘶喊。火势在蔓延，烧光了城外的一切，也烧透了孩子们的心！那是孩子们一生一世都难以忘怀的伤痛。

　　三天三晚的大火肆虐。为了减少百姓的无辜伤亡，城外北伐军暂停攻城。腾出手的北军又开始在城内大肆搜捕，挨家挨户搜查，凡是北兵认为形迹可疑的人，可以不经审讯，就地枪决。几天来，南昌城内到处传来枪声，又有一千多名南昌百姓死于非命。

　　万仁俊、王肇石、陈勉哉三位同学的家便轮番遭到搜劫。

　　当时，凡是留短发或剃光头的年轻男子，都是北兵

■赣江边的滕王阁，曾引得多少文人墨客吟咏传诵。历史上却多次毁于兵火。最惨烈的一次，就是一九二六年被北洋军阀三天三夜的大火烧得片瓦不剩。

搜捕的重点对象。万仁俊还是孩子，北兵看都没看他，可王肇石剃了平头，北兵抓住王肇石的额头，反复看了几遍，没有发现帽纹，也就放过了他。只要戴久了帽子，额头上有印迹，北兵就说你是南军的间谍，可以不由分说把你抓走，甚至枪毙！

陈勉哉也逃过了一劫，不过陈家的手表、闹钟、金银首饰统统被抢走了。陈勉哉身上还有二十元纱票，他急中生智早早放进鞋里，免遭一劫。陈勉哉的妈妈大度地说："算了，好在只搜走了钱财，留下了人。勉哉勉哉，花钱免灾啰。"

方惠燕是王肇石的学姐。她去法国医院给住院的姐姐送饭，回来时已到掌灯时分，正好撞上了巡逻的北兵。北兵说她是南军的探子，要搜身，方惠燕转身就跑，想跑回法国医院躲避。可是，人没有子弹快，一颗子弹从她腿部穿过，她倒在地上。两个北兵冲上来，见到方惠燕年轻貌美，顿时起了色心，抬起方惠燕进了旁边一家民宅，就想强奸。真巧，这家民宅主人的儿子是方惠燕的同学，他知道势单力薄，斗不过两个持枪的北方侉子，于是迅速通知左邻右舍的同学，赶来守在门口。待两个北兵放下枪正在解方惠燕的衣扣时，他们冲进房间，抢起枪把子一顿猛砸，将两个北兵砸死。之后，一不做，二不休，乘着天黑，把两具尸体与砸烂了的枪一起丢进井里，再用石块封住了井口。

北兵发现少了两个兵，出了这么大的事还了得。北兵到处找人，学生们正吓得不知所措的时候，好在南军又开始攻城，北兵一股脑儿上了城墙，再没有精力来搜查了，学生们才逃过了一劫。

这时，南昌城内的共产党和共青团工作已经转入地下，但是宣传北伐军救国救民的主张依然在悄悄进行。北洋政府下令南昌任何报纸都不准刊登北伐军的消息，但上海的《申报》《新闻报》及《民国日报》每天都会在头版头条发布北伐军的战事最新消息。

南昌城内有一条古旧书店街，叫戊子牌。这条街不长，约四百米，街道狭窄，书店云集，其中好几个书店名声很大，比如守信山房、点石斋、文翰阁等等，书店里不仅卖四大名著、才子佳人、明清善本，而且卖珍贵的鸡血石，南昌的读书人都会在闲暇时到这条街上流连。陈勉哉和王肇石的学联想了一个办法，在这条街上开了一间阅报室，取名"文友"，除了售卖那些传统的书刊之外，还偷偷售卖《新江西》《红灯》《江西民报》等报刊，还托人买来上海报纸，偷偷供南昌人阅读。所以，尽管南昌城内弥漫着北军的恐怖管制，但南昌人照样知晓北伐军人的功勋业绩，知道北伐军赶跑不得人心的北军的日子不远了。

北军加紧了对于革命人士的抓捕。

江西省共产党的早期领导者赵醒侬，便因叛徒告密被抓走了。

赵醒侬，江西南丰人。一九一二年就读于南丰中学，一九二一年入团，同年入党，一九二二年与袁玉冰、方志敏、曾天华来南昌成立党组织，创办新文化书店、黎明中学。一九二四年，他在扬子洲组织了南昌第一个农民协会。一九二六年八月十日，他从明星书店出来，走到百花洲外时，遭北军逮捕，黎明中学和明星书店也同时被查封。面对北军的严刑审讯，赵醒侬至死不供，但北军依然以"宣传赤化，图谋不轨"之罪名，于一九二六年九月十六日在德胜门外下沙窝的芝麻田里将他枪决。赵醒侬成为轰轰烈烈的大革命以来为革命牺牲的江西第一人。

赵醒侬是陈勉哉的领导。赵醒侬就义这天，陈勉哉与同学们站在德胜门的城头，遥望下沙窝刑场。他分明听到赵醒侬在高呼"打倒军阀！"的口号，他分明听到罪恶的枪声响起，他分明看到赵醒侬倒下的身影，他分明目睹赵醒侬的妻子痛哭着前来收尸。同学们心如刀割，泪如雨下。

那年，赵醒侬二十八岁，陈勉哉十七岁，王肇石十六岁，万仁俊十二岁。

这天，离北伐军破城，北军缴械投降只有二十四天。

北伐军加紧攻城，战况激烈。每天听得城外枪声大作，万佬巴忧心忡忡地说："今日打过来，明日打过去，嫩（南昌方言，你）杀我宁，我宁杀嫩，都细（南昌方言，是）中国人，都是爷和娘的崽，都是崽的爷，都是一条条活生生的命啊。这样的日子，何时是一个尽头喔！"

这当然是城里很多老百姓的想法。不过，有更多的南昌百姓盼望北伐军进城，赶跑北军，自己能够过上安宁的生活。

此时，北伐军总部正在调兵遣将，因为武昌已经被攻下，蒋介石将北伐军中的又一支主力部队，有"钢军"之称的第七军一个师由白崇禧率领向东驰援南昌。

南昌城，已经被北伐军围得如铁桶一般。

陈勉哉的家位于章江门内，后门就是城墙，抬头就能看见滕王阁。因为位置优越，被北军看中，要他家腾出房间给连长的姨太太住。陈家父母觉得有一个军官的姨太太住在这里也好，至少，兵痞子不会冲进来胡搅蛮缠乱抢物品。

这位姨太太是湖南醴陵人，二十岁左右，有几分姿色；连长是山东人，四十多岁，五大三粗。第二天，连长又要占厅堂做办公室，要在这里指挥打仗。陈家后门紧靠城墙，这一段城墙特别厚，一般的炮弹都打不穿。就算北伐军调来重炮，由于抛物线作用，炮弹也不会落在城墙根下。连长说，这儿最好，安全。

两口子一个山东人，一个湖南人，说话不一样，口味也不一样，一个吃得咸，一个吃得辣，每天三餐由小菜馆做好了送来，门口还设了哨兵。墙根脚下的几户人家反倒觉得平安多了，睡觉也安生了。

这夜，连长吃了只鸡，酒也喝高了点，一高兴话就多了。看到陈勉哉从门口过，把他叫进来问："你是学生吗？"

陈勉哉说："不是，是店铺学徒。"

"南昌学生好坏，前次趁我们部队到醴陵布防时，学生把南军引了进来，让我们吃了大亏。等我们杀退了这批南军，我们要杀一批学生。"

陈勉哉假装不懂地问："老总，学生为什么会站在南军一边啊！"

"想赶走我们呗。"

"都是兵，他们为什么要赶你们呢？"

"这年头，有枪有地盘就是王。老子原来是种田的，三代人都受欺负。我当了兵，当了排长，连长，有了枪，谁敢动我家里一根毫毛？动动看！老子崩了他！这就叫厉害，威武。懂吗？没钱，没枪，谁跟你？我姨太太，你看，美人胚子，我一到醴陵就看中了，说跟我，二话没说，就来了。你这个学徒的，看上个好女人，想要，行吗？有枪有钱就是皇帝！小徒弟呀！你还嫩着，当兵吧！跟着我，好好学。我保你吃香的，喝辣的，餐餐有鱼有肉，每天有钞票花。"

连长正说得唾沫星子乱飞，"轰隆隆""哒哒哒"，屋外响起炮声和枪声，炮弹子弹从城墙上空呼啸飞过，警卫慌张冲进来报告："连长，北伐军又攻城了。"连长大骂一声："他妈的，又想攻城，操！"急忙冲到门口，猛踹一脚，木门裂了一个大　。他们的跑步声和吼叫声在夜空下如惊慌的丧家犬发出的吠叫声。

就在这天晚上（一九二六年十一月八日），准备了很久的北伐军在南昌城内工人的接应下，从德胜门攻进南昌，南昌城内的北军挂旗投降，万余北兵都成了俘虏。北洋军几员大将唐福山、岳思寅、张凤岐、白家骏、侯全本全部被活捉，其中，火烧滕王阁的岳思寅逃到美国人创办的南昌医院地窖里，被医院几位工作人员悄悄告发。

一九二七年一月十一日下午，南昌市民在老贡院召开宣判大会，大会主席郭沫若宣布判处五名战犯死刑，无数被害得家破人亡的南昌百姓哭喊着拥上前，用石头、棍棒对他们敲击，讨还血债，岳思寅被打得最狠，几乎被当场打死。五犯被处决后，全市欢声雷动，老百姓纷纷拍手称快。

南昌人不会忘记为光复南昌而牺牲的北伐军勇士们。老百姓拆除了原豫章道尹衙门，辟建了"豫章公园"，还建造了"中山纪念堂"，并在纪念堂东侧树立了"北伐阵亡将士纪念碑"，碑铭是"壮哉将士，万里振翮，浴血粤赣，声威昭赫。鏖战赣境，碧血洒遍，痛歼军阀，追奔逐北。雄伟军魂，功铭竹帛。成功成仁，两者俱得。寸丹千古，浩气永塞。树碑於兹，江山生色，巍巍华表，卓尔千天。缅怀先烈，后死之则。"东、南、北三面碑文，记述了攻克南昌的详细经过。石碑雄伟，庄重深厚，四周是长青松柏，可惜多年拆迁，遗迹无存，旧景难觅。南昌人对北伐军的至深感情，今天只能铭记在心。

尽管北伐军攻下了南昌，却没抓住孙传芳，因为孙传芳的司令部一直设在九江。

后来，九江又成了南昌起义的孕育地，起义军的中转站。可以说，没有九江，中国共产党的第一枪就不会在南昌放响。

这与九江的地理位置密切相关。

九江地处"吴头楚尾"，又是"粤户闽庭"，北依长江，东临鄱湖，一山飞峙大江边，庐山更是天下闻名的避暑胜地。南浔铁路将南昌九江紧密相连，战略位置十分重要。

九江市内风景优美，南门湖与甘棠湖被长堤相隔，堤上有思贤桥，堤边有娘娘庙，甘棠湖中有烟水亭，相传是三国东吴名将周瑜练兵的点将台。

尽管山清水秀，民风开放，但这些年来九江风声鹤唳，战云密布。

孙传芳在九江驻扎时，为了对付北伐军，扣下了招商局的一艘五千吨大轮船"江永号"，作为运输给养船。当时，轮船上载有大米两千包，面粉三万五千包，菜油十八篓，军衣五千套，棉被三千床，枪支一千箱，子弹两千箱，大炮八门，炮弹两百八十发，还装了兵士一千八百余名，随时可以经长江西援武昌，南下经鄱阳湖抵达南昌，对北伐军构成了巨大的威胁。为了解除威胁，国民革命军决定趁"江永号"泊在江心的机会，干沉这艘大船。此时，共产党与国民党的特工人员正是合作的蜜月时期，两党特工合作，勘察了"江永号"的位置，定下了行动方案。

一九二六年八月十号拂晓，乘江永轮抛锚时，两党的特工人员借助江雾掩护，以茶役的身份潜上轮船，随即兵分两路，一路破坏太平水管，一路直奔炮弹仓，将洋油泼在军衣上，引爆弹药库。瞬间，火光冲天，爆炸声震耳，江风呼啸，火势迅速蔓延，轮船迅速下沉，依然在睡梦中酣睡的北兵被烧死、炸死、淹死者不少于一千人。

此时，九江生命活水医院的年轻女护士蒋永华正在医院上早班，听见了巨大的爆炸声，闻到了刺鼻的火药味，她知道一定是哪里出大事了。果然，很快就有伤病员不断送来：烧伤的，炸伤的，摔伤的，溺水的……她从伤员口中知道发生了什么。

南昌还在激战，十一月四日，国民革命军第二军和第六军沿南浔铁路进攻九江，孙传芳连夜逃往安徽芜湖。九江老百姓倾城而出，夹道欢迎北伐大军进城，蒋永华也走上了街头，和九江百姓一起庆祝，她希望能找到自己的哥哥蒋永尧——北伐军第二军第六师第十七团党代表。

蒋家兄妹都是九江对岸的湖北省黄梅县蒋园镇人，蒋家是当地的名门望族。在风起云涌的大革命时代，蒋氏家族泾渭分明，一班人加入了共产党，一班人又加入了国民党。蒋永尧是家中老大，从小跟随父亲在武昌读书，中学时就加入了共青团，后来和弟弟蒋永孚、蒋永龄都加入了共产党，蒋永孚后来牺牲在抗日战场，黄梅县志上有名字。蒋永华笃信基督教，是个无党派人士，进了教会医院。

两天后，九江生命活水医院东南侧的大校场举行了万人参加的"军民庆捷联欢大会"，九江城内万众欢腾，林伯渠、郭沫若和苏联顾问鲍罗廷等人都讲了话。会后，军民各界高举红旗游行，锣鼓声、鞭炮声、口号声不断，入夜，家家户户张灯结彩，奔走相告。

这夜，蒋永华也上街了，她在街上到处寻望，希望能够见到自己的哥哥蒋永尧。她看到士兵在街头张贴报纸和宣传单，有汉口的《民国日报》和九江的《国民新闻》，她看见士兵在对百姓宣讲三民主义，有解答，有提问。她人生第一次见到这样壮观的场面，第一次感受到平民百姓对革命的火热炽烈，第一次拥有参与的新鲜和激动，也第一次体会和感受到"革命"两个字的意义。

革命的种子悄悄落进了蒋永华的心田。

她在想着哥哥蒋永尧，为什么要离开黄梅故土去广州投奔"革命"？为什么不怕牺牲参加北伐，与北洋军拼死搏斗？

她还在尝试着理解"革命"：辛亥革命是推翻清政府，剪掉长辫子；这次"革命"，是打倒军阀。变革社会只能革命，才能推动社会进步。革命好啊！但革命是要死人的啊。每次革命从开始到成功都会有成千上万人死去。

革命一定要死人吗？她想。

她不知道，正在她思念着哥哥的时候，蒋永尧已随部队冲进了南昌。这是蒋永尧第二次打进南昌。

第二军很多人都像蒋永尧一样，是第二次打进南昌。

第一次攻占南昌后不久，北军又反攻南昌，北伐军被迫退出，第二军一位营长殿后，来不及撤出，眼看就要被北军抓住，被城边上万佬巴等几户人家看见了，赶紧为他找了个藏身的地方。北军关闭城门搜了三天都没搜到。

万佬巴把这位营长藏在了哪里呢？原来，南昌城里井多，三眼井、六眼井都是著名的地名。挨近棋盘街的城墙边也有几口井，万佬巴和邻居们找了一个桶，吊到井下，在井壁里抽出石砖，挖了一个刚好藏身的洞，把营长就藏在那个洞子里，每天派人送饭送水用篮子吊下去，井边上再叫些婆婆嫂嫂们打水洗衣洗碗，实际是站岗放哨，掩护营长。几天后，北军搜查结束，城门重新打开，万佬巴深夜偷偷把这位营长拖上来，把他装扮成买菜的人，一大早从章江门混出城外，一直把营长送过

■位于南昌老城区进贤门内的三眼井

赣江，才放心回来。

一个月后，北伐军第二次攻下南昌，这位营长找到万佬巴，送了一大包礼物，感激救命之恩。

南昌人真是恨死了北军，也爱死了南军。

南昌人爱南军，是因为北伐军一到南昌就关闭了赌场、烟馆，责令娼妓停业整顿。而在北军占领的那段日子，南昌城民风日下，烟、嫖、赌泛滥，好端端的一座南昌城乌烟瘴气。

南昌城算是文明古城，南昌人算是讲文明的人。清咸丰年间，广东烟商到南昌试销鸦片，南昌人骨头硬，硬是不尝不沾，令广东烟商十分头疼。这些奸商，以治病为诱惑，诱骗南昌人上当吸食，不过，大多数南昌百姓都敬而远之。后来，北军占领了南昌，大开烟馆，精心装修，还在烟馆里招揽了美女进行按摩推拿，门口放几杆烟枪让年轻人免费试抽，烟馆实际成为藏污纳垢之处。南昌的达贵官人、名媛富婆均以进烟馆为荣，南昌烟馆迅速增多，开烟馆的人三天发财五年致富，点钱点得让人眼红。正派人家中的父母吓得胆战心惊：这还了得，哪个孩子抽上几口上了瘾不是要往火坑里跳吗？

北军在的时候，南昌的赌场也是巨大的火坑。洗马池、翠花街一带遍布赌场，害了很多人。南昌城最大的赌场开在普贤寺旁边，场主是一个外号叫"夏老七"的南昌县幽兰乡人，赌场门口有五大三粗的彪形大汉守门，只有熟客才能进去，陌生的人要盘根问底。赌场的服务一样精细周到，从吃到喝，从拉到洗，从借到典，夏老七煞费苦心。万佬巴曾经到赌场送过洋油，进去一看算是开了眼界，赌现金、赌金条、赌首饰，应有尽有，老板坐庄抽头，日进千，月进万，不会赌的人穿金戴银进去，光着膀子出来，一夜豪赌可以让人沿街乞讨。还有一家赌场在寺前街，规模也很大。北伐军打进南昌城后，朱德任公安局长，这两家赌场再也不敢开门。

北军伤风败俗还有一害是嫖娼。虽说妓女问题自古有之，但北军统治南昌的时候，对于妓院不光不管，反而放纵，弄得南昌城内到处是妓院，一到夜晚，庸脂俗粉遍布大街小巷，伤风败俗。南昌人把妓院叫堂班，堂班的女人分两种，一种陪吃陪玩，叫卖盘，或叫打茶围，万佬巴年轻时就打过茶围。如果留宿，就叫"住局"，万佬巴还真没敢去"住局"，他知道南昌妓女分三派，本地派都是南昌本地的女人，徽帮都是安徽来的女人，还有袁州帮，是宜春过来的女人。一些穷苦的女子在张家门外三圣庙附近拉客，北伐军还没进城的那些时光，十四五岁就拉客了，专拉学生和老人。拉着男人的裤腰带说："老爷老爷，进屋里来歇歇脚，我一定会让你舒坦舒坦，你让我做什么我就做什么"，万佬巴一来自己打茶围染过花柳病，在花柳病专家张医生的诊所好不容易治好了，可着实吓坏了；二来想到天下父母哪个没有儿女，要是自己的女儿在这接客，父母会做何感想？于是，南军没有打进南昌城之前，他经常去偷偷看万仁俊放学后去哪里，生怕儿子进了烟馆、赌场、妓院，后来发现万仁俊喜欢与陈勉哉那帮学联会的人在一起，就放心了。等到南军打进南昌城，把烟馆、赌场、妓院统统取缔了，他才放下了心。这一年多，他不用担心儿子学坏了。

■北伐军攻克南昌城后，当时杂志上刊出的惠民门、章江门一带的残垣断壁。

北伐军第二军这二打南昌，是由西向东横扫过来，在西山万寿宫与北军的守军部队迎面相撞，展开了激战。

万寿宫是道教著名宫殿，在南昌西北的西山南逍遥山下。北军抵挡不住二军十七团的奋勇攻击，退入观内，并组织起数挺机枪，用炽热的火力挡住了北伐军的进攻。十七团团长廖新甲看到士兵伤亡惨重，命令炮击，当即遭到党代表蒋永尧的阻止："这是老祖宗留下来的遗迹，能保就不要毁。赶走了北军你去看看，许真君供在中央，十二真人分坐两旁，香案前长明灯长年不熄。这万寿宫有千年历史，一定能让你大饱眼福的。"

"那行，老子进了南昌城再逛逛万寿宫。"廖新甲团长说。

廖团长重新布置兵力，配置好火力，一个强攻，把北军打垮，占领了万寿宫。整个宫殿除了一些枪眼，丝毫无损。

蒋永尧的一番话，拯救了万寿宫这座千年古刹，功德无量！

二军六师继续向南压，和一军二师、二军四师，都打到了南昌城墙根下。十七团组织了敢死队，蒋永尧担任敢死队队长，组织了以共产党员、共青团员为主的敢死队，准备登城强攻。

蒋永尧有亲戚在南昌城内经商，于是，他通过内线找到城内萝巷的篾竹匠师傅出城，帮忙扎云梯。一夜间，两层楼高的几把云梯靠近了章江门、广润门、惠民门。

攻击开始了，廖新甲团长第一个爬上云梯，第一个登上城头，还没来得及冲锋，胸部便被一颗子弹击中，英勇牺牲在城头。

蒋永尧立即指挥部队将团长的遗体抢了回来，背下城墙。他还希望能救活团长，命令战士们用躯体护住团长的身体不要再被子弹击中，可是没有用。

几个扎云梯的南昌篾匠，看到一个个年轻的大兵为抢救团长以命相护的场景，感动得热血沸腾。以往，他们看到的都是北兵溃逃中各自奔命，甚至在溃逃中抢劫受伤的、不能动弹的伤兵身上的钱财。都是人，都是军人，南军北军就是不一样。南昌人不能不敬仰南军，一到开战，心都自动地站在了南军一方。

南昌光复了！

廖新甲，湖南湘乡县人，一八八六（一说一八八四年）年生人，辛亥革命时入湖南新军第四十九标当兵，后加入革命军，英勇善战，每次打仗，都是身先士卒，是全军闻名的猛将，积功升至团长。北伐出征时，廖新甲对全团官兵说："我是个大老粗，没读过多少书，也没当过师爷，当上这个团长是靠猛出来的。我们的部队现在是国民革命军，要特别遵守各项纪律，不贪财，不怕死，爱国家，爱百姓。"

他说到做到，军纪严明，沿途不住民房，不掠财产，不索军饷，强奸妇女者枪毙！赢得了所到之处百姓的拥戴。

廖新甲的牺牲，震动了全军。第二军军长谭延闿，副军长鲁涤平，政治部主任李富春都非常欣赏这员猛将，就连北伐军总司令蒋介石，因为北伐之初曾兼任过二军军长，对于廖新甲也很是熟悉。攻占南昌后，蒋介石下令举行了隆重的追悼仪式，悼念这位为南昌光复而献身的高级将领。

攻占武昌，攻占南昌，北伐军的威望到达顶点。

北伐军歌在江西全省唱响，南昌、九江、赣州、吉安……

打倒列强！打倒列强！

除军阀！除军阀！

国民革命成功！国民革命成功！

齐欢唱！齐欢唱！

后来，这首歌有了另一个版本：

打倒土豪，打倒土豪，

分田地，分田地，

我们要做主人，我们要做主人，

真欢喜，真欢喜。

这个版本一直流传到一九四九年。

一样的曲，不一样的词。虽然是国共合作，但政治取向有异，一首短歌词也能再现历史的异同。

北伐军进城后，南昌人一直和南军和睦相处。南昌人真的指望南军不要走，南昌才会永远安宁。

后来又听说，北伐军这么好，是因为好多军人是共产党员。

国乱民思安，疾风知劲草。这刚刚成立的中国共产党能把这样大乱的中国带入大治吗？

第二章 谁主沉浮

（1）

近代的南昌，从辛亥革命开始，一直是中国政坛的中枢神经。

很多事，身处平民阶层的万佬巴当然不知道。但他清楚地记得十六年前，自己正当壮年岁月的那个激动的秋天。

一样的地点，不一样的兵。

清宣统三年，公历一九一一年十月二十八日。

革命党人集聚在顺化门外大校场上的新兵工兵队开会。两天后的夜晚十一时半，革命党人从顺化门爬入城内，与潜伏在城内的陆军小学、测绘学堂里的同盟会会员联手，火烧巡抚衙门和辕门两侧的鼓楼，同时打开了顺化门、永和门，迎接城外的起义新军。城内第五十五标新军和宪兵未做抵抗，一哄而散，江西末代巡抚冯汝骙仓皇逃命。

是夜，兵不血刃。大校场见证了辛亥革命在南昌的成功。

这天是十月三十日，辛亥革命后的第十九天。

当天的《江西民报》出版发行了红字印刷的特刊，头版头条就是题为《满城风雨迎重阳》的社论。文章开宗明义：满清政府从此长辞矣。

第二天，同盟会江西分会在南昌万寿宫召开会议，决定通电全国，宣布江西独立。十一月一日，推举江苏无锡人吴介璋为江西都督，组成了江西政府。

从这天起，到一九一二年春，持续几个月，江西政局动荡不安。不到五个月的时间，江西更换了四任都督，直到江西武宁人李烈钧当上江西都督，才结束了江西混乱的局面。李烈钧"反袁反帝制"的态度，使南昌成为"二次革命"的发源地。

一九一二年四月一日，孙中山被迫宣布辞去临时大总统职务。李烈钧通电反袁，为了表示拥护孙中山，特邀请孙中山来江西。一九一二年十月二十五日，孙中山以"大总统特授筹划全国铁路全权"的名义乘船抵达南昌，从章江门进入南昌城。万佬巴清楚地记得那一天，从章江门外码头到百花洲的孙中山行馆，一路五六里地，路灯结彩，锣鼓喧天，南昌百姓在搭扎的松柏牌坊下载歌载舞，盛情迎接孙中山。万佬巴牵着四五岁的万仁芳，跟着敲锣打鼓的队伍看足了热闹。

十月二十八日，孙中山在大校场检阅了李烈钧统率的江西革命军，南昌军民各界代表千余人参加，与会者纷纷拥护"抵袁护国"。孙中山在热情洋溢的讲话中提出反对复辟帝制，坚持民主共和，并宣布了全国在十年内建筑二十万里铁路的宏伟计划。在这个背景

■南浔铁路的历史陈迹。这条江西全省的第一条铁路不仅加速了赣北平原的经济发展，更是直接早就了人民军队的诞生。

下，已陷于停顿的南浔铁路重新复工。南昌、九江相距约一百五十公里，此时铁轨已铺过德安，快要接近永修，南昌人仿佛看到火车驶来，听见了火车的鸣笛。四年后，南浔铁路全线通车，从南昌到九江全程运行五小时二十七分，大大改善了江西人的交通。江西，第一次与现代化高科技亲密接触。

这条铁路更重要的意义，在于十年后，为中国共产党的第一枪在古老的南昌城放响立下了汗马功劳。甚至可以说，没有这条铁路，就没有一九二七年八月一日南昌城头那一朵灿烂的礼花。这是后话。

"铁路""革命""共和"，六个字在南昌、在大校场落地生根。

一九一三年三月二十日，宋教仁遭暗杀，孙中山号召"兴师讨袁"。袁世凯先下手为强，九月份免去了李烈钧的江西都督职务，并派北洋军南下镇压。李烈钧随即成立讨袁司令部，发表讨袁宣言，自任讨袁军总司令，在江西掀起了"二次革命"的序幕。

南昌顺化门外大校场又一次响起了"革命"的口号，李烈钧率部在大校场举行誓师大会，誓与北洋军阀血战到底。主战场在江西南京之间的长江流域，史称"赣宁之役"。

不过，由于实力悬殊，李烈钧领导的江西讨袁战争最终失败，南昌人再次遭受北洋军阀的涂炭蹂躏。不过，就像一颗火种落入了深山老林，经过两年来的血火锻造，"革命"二字已经深入南昌人心中。

大校场，见证了"二次革命"举旗，见证了南昌人鲜血洒满南昌城墙根下，见证了辛亥革命后中国的民不聊生。生活底层的草民想求温饱安宁，过一个能生存繁衍的日子都十分艰难。政府无能为力为百姓营造活命最基本、最简单、最原始的环境。

一九一五年，唐继尧在昆明宣布云南独立，反对帝制。

一九一六年三月，袁世凯宣布取消帝制。

一九一六年六月六日，袁世凯在全国人民的唾骂声中死去。

一九一六年六月三十日，江西奉新人张勋宣布复辟，改民国元年为宣统九年，并通电全国，改挂龙旗。全国各路军阀武装讨伐张勋，不过短短十二天，张勋复辟闹剧落幕。

这些年来，南昌城墙内外有集会，有枪声，有战争，有抢劫。各类军阀各自为政，直系、皖系、奉系、联省自治……你方唱罢我登场，有枪便是"草头王"，谁都想独占地盘，各霸一方。何况，每一个军阀身后都有帝国主义的黑手，都觊觎着中国这块蛋糕，都想割上一块，吃上一口。

民主敌不过枪声，自由赢不了霸权。草民只能在枪声与霸权中，战战兢兢地活命。

连年征战，各省各地都在扩军。

一九一四年（民国三年），全国陆军四十五万七千人。

一九一八年，全国陆军八十五万人。

一九二五年，全国陆军一百四十七万人。

一九一六年，全国军费一亿五万三千元。

一九一八年，全国军费两亿零三千元。

一九二五年，全国军费六亿元。

一九二七年，全国军费七亿元。

兵员从哪里来？无非抓丁派夫，更甚者强奸占妇，杀人越货，谋财害民。

军费从哪里来？无非巧取豪夺，肆意抢劫，百姓买单。

中国的有识有志之士在质疑，在思考，在担忧，在行动。

政府何去何从？

中国前途在何方？

吾国何时有宁日？

吾民何时能安定？

一九〇六年，一位在苏州长元公立小学读书的十二岁少年叶绍钧，请先生章佰寅取个字，章先生说："你名绍钧，有诗曰'秉国之钧'，取'秉臣'为字好。"一九一一年十月十五日，苏州光复，十七岁的叶绍钧又找到章老师："清廷已覆没，皇帝被打倒了，我不能再作臣了，请先生改一个字。"章先生说："你名绍钧，有诗曰'圣人陶钧万物',就取'圣陶'为字吧!"这位少年,就是著名教育家、新中国教育部副部长叶圣陶。

可惜,满意的日子不长。民国不民了!

在袁世凯任临时大总统的那天,叶圣陶沉浸在失望和愤恨之中,写道:"以专制之魔王而任共和国之总统,吾不知其可也!如火如荼之革命,大雄无畏之革命家,竖自由旗,策国民军,血花飞舞,城市尽烬,乃其结果为不三不四之议和,为袁世凯任大总统,呜呼,吾希望者已失望矣!

十几天后,苏州发生兵变,军队持枪抢劫,四处放火,完全绝断了百姓"天下从此太平"的向往。叶圣陶又写道:"触我目入我耳者,无非此不情世界之恶消息,余本热心人,乃欲作厌世观矣。"

苏州的乱象,也是中国的乱象,也是南昌的乱象,那时的中国,何处有太平盛世?何处又是桃花源?

是啊,皇帝倒了,皇权丧失了,传统的道德法制、文化伦理、人生价值、信仰理念,却像断了线的风筝,没有依附,没有着落。政治权威未能与信仰价值观进行有效的对接,法律处在游离状态,谁也无法约束谁,总统匆匆上台又匆匆下台,只有带枪的地方武装长期割据一方,庶民布衣只希望国有宁日,民有安时。

山河处处硝烟起,举国混沌血泪中。

南昌城内,年轻的万佬巴写不出叶圣陶那样的文字,他只想安安静静地过日子,做买卖,好好把一双儿女养大。他的老婆刚刚又生下了万仁俊,得到一个崽,万佬巴欣喜欲狂,他这一辈子的最重大理想,也就是全家人平平安安。几年前欢迎孙中山的热烈,一度让他认为这样的好日子就在眼前,可是,几年来的腥风血雨让他的心头越来越怀疑,越来越忧虑,那段时间,他经常与几个好友登上南昌高大的城墙,极目远眺,忧心忡忡。他们看到的,是远处的雾霾茫茫,身边的刀光闪闪。

刀光剑影,夺旗易帜,血雨腥风,谁主沉浮?

大乱大治!

万佬巴不知道,他在南昌城头极目远眺之时,曙光已经出现!

一九一五年，一份杂志在中国畅销，创办之初名《青年杂志》，发行两卷后改为《新青年》，创办人叫陈独秀，安徽怀宁人，前清秀才出身，北大文科学长（相当于中文系系主任）。

俄国十月革命成功后，陈独秀又与北大图书馆馆长李大钊共同创办了《每周评论》。

李大钊，河北乐亭人，与陈独秀并称"南陈北李"，是中国"新文化运动"的发起者。

陈独秀想用德先生（Democracy）和赛先生（Science）——也就是民主与科学——来救治中国政治上、思想上、道德上、学术上的一切黑暗。

为了实现自己的理想，他与李大钊发起组织了一个党派。

一九二一年七月。这个小小的党派的代表来到繁华的上海开会。

十三个人，代表了全国五十多名党员，年长者四十五岁，叫何叔衡；年轻者叫刘仁静，十九岁。十三人平均年龄二十七点七岁。在这次会议上，这个小小政党的名字定为：中国共产党。

当时，这还是一个不能公开活动的秘密政党。

十三个年轻人在思考，中国的出路在何方？

成立之初，外人并不看好这个党。

这个党的两位创始者"南陈北李"也都没有参加"一大"。

陈独秀时任孙中山南方政府的教育厅厅长，"一大"期间，他正在筹款。

李大钊呢？正值暑假，他要利用假期找北洋军阀政府要工资。因为政府停发了北京八所高校教职员工的工资，他是"索薪委员会"的成员，负责人马叙伦生病，他得挑起这副担子。

全国这五十多名党员能干多大的事，他俩心中是否有数，笔者不敢妄自猜测。但，那个年代的现实是，每天成立的组织与散伙的组织一样多。谁能预测到六年后，这个党领导了一场轰轰烈烈的八一南昌起义，创建了一只铁打的人民军队，并在二十八年后，创建了一个崭新的、红彤彤的新中国？

当时的中国，国民党已是全国有着很大影响力的政党，国民党领袖孙中山已是世界知名人士，是代表着中国未来的人物，国民党拥有两广地盘，得到了苏联的支持，有十万军队，有军校。他们的革命态度，得到了全国各界人士的支持。

在这样的政治背景下，中国共产党的诞生，无疑是横空出世。

可是，中共成立之初，是多么没有经验啊，连军事部都没有设置。

在野蛮生长的二十世纪初的中国，没有军事，谈什么夺取政权？

国民党一开始也没有军队。

起初，在外界许多人眼里，孙中山是个冒险家，有理想，有信念，但没有属于自己的实力。

用现在的话说，他发动的每次暴动，都是"空手套白狼"。反清时，他收买会党；反袁时，他收买地方军队。他常用的手法是拉滇反桂，联皖反直。他与奉皖结盟时，舆论甚至把他视为亲日派。据说，当时第三国际都有人认定孙中山的胜利就是军阀张作霖的胜利，是军阀段祺瑞的胜利，也即是日本的胜利。

在一片混沌中，孙中山把目光转向了新生的红色政权苏联。共产国际代表马林来到了中国，参加了在上海举行的中国共产党"一大"，马林也不看好共产党，他心里偏向国民党，先交好于国民党。陈独秀也不喜欢马林，后来，一是出于党需要活动经费，二是马林积极参与了营救被捕的陈独秀的活动，两人才从交恶变交好。

在广西省的首府桂林，马林访问了孙中山。

他向孙中山提出两条建议：一、要进行革命，就要有好的政党，这个政党要联合各阶层，尤其是工农群众；二、要有革命武装，要办军官学校。

孙中山听取建议，做了改组国民党和创办黄埔军校这两件大事。

黄埔军校设于广州黄埔珠江中的长岛，学校大门两侧高悬一副对联：升官发财请往他处，贪生怕死勿入斯门。横批：革命者来。

《易经》载："汤武革命"，"顺乎天而应乎人"。后人解释"革命"两字，上为"廿"，下为"十"，含有"三十年为一世而道更"之意。而"命"则代表天命。改变天命，顺应人心。多乱的中国，百姓希望变革，希望中国走向安定、和谐、富强。

"革命"者，得人心。

很快，广州成为中国的国民革命中心。国共两党合作"革命"进入蜜月期。一批共产党的精英也加入了国民党，包括毛泽东、瞿秋白、董必武。比如毛泽东，就是国民党中央执委、国民党中央宣传部长。

黄埔军校本部在大革命时期先后办了五期，招生七千三百多人，武汉分校在一九二七年二月开学，有学生三千八百多人。

黄埔军校不仅为国民党培养了大量优秀的军事、政治人才，也为共产党培养了大量出色的军事、政治人才。

一九二四年，共产党人周恩来回国，任黄埔军校政治部主任。

毛泽东曾在上海负责过黄埔军校学生的考试和接送工作。

恽代英、聂荣臻、陈毅、袁也烈等著名共产党员，都在黄埔军校任过政治教官或军事教官。

陈赓（一期）、林彪（四期）、许光达（五期）等，在校时都是非常优秀的学生。

北伐军武昌血战吴佩孚，南昌三攻孙传芳，其指挥精英、骨干力量，大部分来自黄埔军校，来自叶挺、贺龙的精锐之师，这些部队中的共产党员与对共产党的支持者大都是南昌八一起义的参与者与支持者。那是后话了。

北伐的胜利，就是国共两党合作蜜月期的结晶。只是，蜜月期太短，太短了！

一九二七年三月，声威大震的北伐军由白崇禧率领攻克上海。当北伐军兵锋逼近上海郊区时，共产党领导上海八十万工人举行大暴动，策应北伐军。

三月二十二日，工人纠察队向北洋军阀的最后据点发起猛攻，经过两天一夜的激战，暴动工人完全占领了上海北站，当天宣布成立了上海临时政府。

三月二十三日，上海召开二十万人欢迎北伐军大会。

谁也没想到，此时，正在南昌的蒋介石已经动了向共产党施暴的心思。

这一点，一九二七年二月十九日蒋介石在南昌总部特别党部成立大会上的慷慨陈词中已经暴露得很明显："我只知我是革命的。倘有人要妨碍我的革命，反对我的革命，那我就革他的命。我只知道革命就是这样，谁要反对我革命，谁就是反革命。"

这些话，明确了国民党政治上的敌人。

四月七日，蒋介石交给东路军前敌总指挥兼上海戒严司令白崇禧一项任务：解除"一切非法武装分子的武装"。

四月八日到十二日，白崇禧驻军政治部利用上海的报纸发布行动命令：打倒在后方制造混乱的破坏分子！打倒反对三无主义的反革命分子！加强国民党党权！打倒篡党篡权的阴谋分子！

四月十二日凌晨，上海滩内的炮舰拉响了汽笛。

隐藏在租界的青洪帮打手们，臂上缠着"工"字符号的袖章，打着工人的旗号，在上海四处袭击中共上海市总工会组织的工人纠察队。在工人纠察队与青洪帮纠缠之时，蒋介石的军队出面"调解"，很快收缴了工人纠察队的武器。

中央军委书记、上海工人纠察队总指挥是周恩来，他也被国民党诱捕了，幸亏罗亦农得知，派黄逸峰通过第二师党代表营救，才使得周恩来脱离险境。

上海工人纠察队为抗议国民党无故收缴工人武装，上街示威。震惊中外的惨案发生了，国民党向手无寸铁的工人群众开枪，连续三天，工人纠察队被杀三百多人，被捕五百多人，失踪五千多人。

紧接着，李济深在广州动手，捕杀了共产党著名领袖萧楚女、熊雄。张作霖也在北京绞杀了共产党创始人李大钊。一时间腥风血雨，中国陷于一片白色恐怖之中。

共产党人已经无处藏身，只能奋起反抗。

"四一二"反革命政变前，郭沫若就是第一个公开喊出反蒋口号的人，他写了一篇讨伐蒋介石的檄文《请看今日之蒋介石》，文中旗帜鲜明地喊出了"打倒蒋介石！"，这篇文章就是在南昌写的。当时，郭沫若就住在朱德的居所花园角二号的二楼。

为了这篇文章，蒋介石对郭沫若恨之入骨，悬赏三万银圆通缉郭沫若。

三万银圆，什么概念？当时一块银圆的购买力，大概相当于现在的两百元人民币，三万银圆，差不多是现在的六百万。

也就是说，谁提供线索抓住了郭沫若，瞬间可以成为大富翁。

其实，蒋介石向共产党打响罪恶的第一枪要比"四一二"政变更早，那是一九二七年的三月六日，地点是江西赣州。那天，国民党新右派枪杀了中国著名工运领袖、赣州市总工会委员长陈赞贤。

共产党人第一次义正声严地讨伐蒋介石，是在江西南昌。

南昌，江西，在历史的瞬间，成为国共交锋的焦点、核心！

历史，就这样把南昌推到了台前！浓墨重彩，闪亮登场！

这个时候，国民革命军第二军六团团长蒋永尧调到了新成立的十一军二十四师，这个师的师长由副军长叶挺兼任，是共产党直接领导下的军队。蒋永尧任第七十二团副团长，就驻在南昌大校场。

此时，蒋永尧的堂妹蒋永华，追随者哥哥的步伐也来到南昌，在法国医院当护士，结识了一个很好的朋友万仁芳。

为什么中国共产党的第一枪，会在南昌放响？许多当事人也未必明白。

一九二七年八月一日，中国共产党武装从无到有，从弱到强。

一九三二年六月，蒋介石领导的国民党军事委员会统计全国军队，陆军四十八个军，每军两个师，共九十六个师，总兵力约一百万；三年后统计，算上新成立的尚且弱小的空军、海军，国民革命军总兵力约两百万。

一九四九年，国民党竟然溃退到台湾一隅。

南昌，井冈山，瑞金，遵义，延安，西柏坡，北京……

山山水水，这千山万水，这万水千山，能忘得了起始的那一刻么？

（2）

一九二七年很遥远，过去了九十年。

那个年代的事只能从经历了那个年代的人交谈中，或从发黄的纸质书中寻找。

历史学家说，一九二七年是中国历史的一个十字路口。历史车轮行驶到这个节点上，是向前？向后？向左？向右？

其实，这是历史学家做了事后诸葛亮。即使那个时代的伟人、智者，也并不知道，一九二七年，怎么就成了一个节点？

是的，当时的中国大地，站在一九二七年的地平线上，立足于一九二七年时间起点的日子里，谁能知道一九二七年将要发生什么？

南昌的老百姓更不会知道。

只是，生活在那个时代的南昌人，在很多年后，回顾起来，才蓦然醒悟。一九二七年，中国大地上的许多许多大事，与南昌密切相关。

一九二七年新年的第一天，元旦，广州国民政府迁都武汉。

这个时候，蒋介石住在南昌。

前一天，也就是一九二六年的最后一天，蒋介石新年设宴招待校级以上军官。酒会上他说，他希望国民党中央党部和国民政府留驻南昌，让南昌替代广州成为国民革命的新的中枢。他这样解释自己的理由："要底定东南，稳定两湖"，"军事重心系在南昌。东连浙，北接皖，西南又与湖粤相连，故总司令部设于此"。

南昌，一时间成了中国人心中极有分量的城市。

回顾历史，南昌虽然作为两千年历史名城，但很少成为全国的政治中心。历史上唯一一次建都，是在五代十国时期。南唐中主李璟，觉得首都江宁就在长江边，离后周前线太近，加上喜爱物华天宝的南昌，决定迁都南昌，于是大兴土木，花了两年时间在南昌修建皇宫，并于公元九六一年，将都城从江宁迁往南昌府，号"南都"。

可惜的是，由于李璟迁都路上游山玩水太过，不幸染病，在南昌皇宫"长春殿"里只待了三个月，就撒手西归。继位的后主李煜听从诸位大臣的意见，把都城又迁回了江宁。

就这样，南昌作为首都的时间，满打满算就只有四个月。

如果未来民国的首都设在南昌，那么，对于南昌的声望、地位和发展来说，那会具有多么重大的意义啊。

蒋介石是在一九二六年十二月二日到达南昌的，他从章江门码头登上了南昌的土地。

当时的报纸是这样描写蒋介石的：一身戎装，随意系了一条国民党的领带，中等个儿，面容消瘦，貌不惊人，他脸上由于自尊、自足而发光，竭力摆出一副威严的姿态。

蒋介石还特地乘船到对岸牛行车站迎接苏联顾问鲍罗廷及从广州北上的国民政府成员。当晚，在江西都督府举行晚宴，第二天又举行全市欢迎大会，蒋介石致欢迎词："鲍顾问，因为他是世界革命的领袖，是中国的导师，今天我特代表三千万江西民众意志，欢迎世界革命领袖，欢迎中国革命领

■一九二六年底，蒋介石到达南昌，南昌市民举行欢迎大会。

袖。"

可惜，肉麻的赞美词只维持了三十几天。

一九二七年一月，因为建都的分歧，两人反目。

蒋介石要求共产国际撤回鲍罗廷。因为鲍罗廷认为蒋介石定大本营于南昌是想另立中央，独揽大权。

一九二七年一月中旬，蒋介石再赴武汉，在欢迎大会上，蒋介石又鼓说迁都南昌，可惜无人响应。鲍罗廷更是直言："蒋介石同志，我们三年来共事在患难之中，所做的事情，你应晓得，如果有压迫工农、反对CP的这种事情，我们无论如何要想法子打倒他的。"

大庭广众下受到如此羞辱，蒋介石会后咬牙切齿地说："我哪里能放过你！"

事后，蒋介石又说："我校长教学生还没这样严厉语言，你在宴会场上几百人中间，把我一个国民革命军的领袖，又是中国国民党的一个领袖，竟给他一个国外顾问苏联代表当奴隶一样教训，这是怎么一回事！"

蒋介石不甘受责，心中依然坚持留守南昌。

那时的南昌，是商人手工业者的风水宝地。全市不到二十万居民，厚厚的古老城墙包裹着的，是文化，也是围城；是安全，也是禁锢。这里没有太多工业，只有一家电厂。在那个年代，南昌曾是多少人向往的城市，外地许多地主老财逃亡都纷纷选择南昌。

南昌也很新潮。有电灯，有电影院，有照相馆，有舞厅，传统与现代在这儿汇集。

蒋介石相中了南昌。

不过，南昌与直线距离不过三百多公里的武汉相比，差距还是不小。

那个年代，全中国的大都市，城市名字前冠以"大"字形容的，只有两座，一座，是"十里洋场"大上海，一座，就是"大武汉"。武汉地处中原，号称"九省通衢"，交通通畅，经济发达，胜过南昌。而且，一九二六年十月，国民党中执委会议定下了武汉作为国民政府所在地，可蒋介石为什么还要坚持把国民政府定在南昌而弃武汉呢？关键有两点：其一，武汉是国民党左派和共产党人的革命中心，国民革命军中共产党人掌握的军队大多在武汉周边，这是蒋介石最为忌惮的一点；第二点也不容忽视，就是武汉有唐生智。

唐生智，国民革命军第八军军长。祖父唐本友是曾国藩湘军功臣，官至广西提督，得过皇上恩赐的黄马褂。唐生智在武昌第三陆军中学求学时，加

■一九二七年一月，国民政府收回了汉口英租界。这是当时杂志上的报道。

入同盟会，后又入保定陆军军官学校。武昌起义时，唐生智积极参与。保定陆军军官学校毕业后，他回湖南执掌湘军。湖南是南粤与豫鄂之间的中间地带，通缉过毛泽东的赵恒锡的背景就是北洋军阀，唐生智欲逼赵恒锡投向革命。一九二六年春，唐生智带部队逼近长沙，赵恒锡逃跑找到吴佩孚，吴佩孚支持赵恒锡打回长沙，紧急之下，唐生智求助于广东国民政府，孙中山立即派遣距离湖南最近的韶关第四军十师、十二师和叶挺独立团入湘增援，北伐号角就这样吹响了。

某种意义上说，伟大的北伐序幕，是由唐生智徐徐拉开的。

由于这个原因，蒋介石明白两湖在唐生智多年经营之下，根基稳固，自己不想有寄人篱下之感。所以，他决定向东打通江西，进军上海、浙江、福建，那才是自己的天下。

以上两点，就是蒋介石选择南昌当司令部，做首都的心结。

既然产生争议，南昌不能成为理想中的中枢，蒋介石没办法，退而求其次，在南京另立中央。于是，这段时间，中国大地上非常诡异地出现了两个国民政府：武汉国民政府，南京国民政府。

一九二七年元旦这天，汉口爆发了反英怒潮，怒潮迅速向东部江西九江扩散。一月七日，中国国民政府正式接收了汉口英租界，月底，收回了九江英租界。

这是近百年来，中国扬眉吐气的大事，是中国人民反帝斗争取得重大胜利的一件大事。

（3）

南昌城，在这山雨欲来的日子里，认识了郭沫若。

一九二六年十二月，郭沫若以北伐军中将政治部副主任的身份来到南昌，兼任北伐军政治部驻赣办事处主任。审判、枪毙北洋军阀五凶的，就是郭沫若。当时，郭沫若任裁判逆犯委员会主任，也就是军事法庭的审判长，方志敏、朱克靖、邹努等十三人为委员。经半个多月的调查、取证和审理，一九二七年一月十一日，对五名罪大恶极的战争罪犯进行了公开宣判，地点就在南昌老贡院空旷的操场上。

审判会万仁俊和万仁芳等一众小伙伴都去看了，他们见到一个中等身材、体型瘦削、戴个圆圆眼镜片、留个分头、尖型脸、穿着一身西装的中年男人，用很浓重的四川口音，宣读着判决书：唐福山，直隶玉田人，四十三岁；张凤岐，安徽宿县人，四十五岁；岳思寅，山东济宁人，四十二岁；侯全本……白家骏……等五人为首犯。他们对民众历年之摧残与压迫，施痛甚深，为害甚巨，姑且不论。即以数月来之残害论，南昌一隅，焚烧商店民房计万余户，杀害民家逾二千名，掳掠财物达一万元以上。其如滕王阁胜迹，同付一炬，事实显然……实触犯新刑律一八六条第一项之罪，处以死刑，立即执行。

随后，布告全城张贴，布告上留下大大的名字：郭沫若。

一时间，全城欢庆，大家都在谈论这个姓郭的四川男人真了不起。

万仁俊回到家后，做生意走不开的万佬巴也不停向儿女打听宣判会的盛况，听着儿子一遍一遍描述岳思寅差点被老百姓砸死的惨状，边听边痛快地骂着：砸得好！

十天后，郭沫若又出现在南昌大众面前，这回是在皇殿侧的南昌公共体育场，主持了列宁逝世三周年纪念大会，宣传北伐胜利，号召军民将革命进行到底。他那激昂热情的演讲，给南昌人留下了深刻的印象。

尤其是对邹努、陈勉哉、王肇石这些青年学生来说，当时的郭沫若，因诗歌《女神》已成为男女文学青年心中的大腕级明星，文曲星从戎，穿着笔挺的灰色军装，胸前交叉着两根武装带，双脚扎上绑腿，英气勃勃，要多威武有多威武，倾倒了南昌的半城男女。

邹努、陈勉哉、王肇石们不可避免地成了他的"超级粉丝"，他们的态度当然也影响到了万仁俊这些小伙伴，一时间，他们心目中最大的人物，就是这位北伐军政治部副主任了。

当时，北伐军政治部主任是邓演达，著名的国民党左派。不过，邓演达的主要精力放在军事工作上，尤其是武昌前线，邓演达花费了大量心血，他对政治部的事务很少过问，副主任郭沫若就成了政治部里里外外一把手。他还兼做民运工作，凡宣传科、民运科的重大会议和活动，他都亲力亲为，从不找人替代，南昌工会、农会、学生会的负责人都是他的座上客。

这天，郭沫若约来邹努、陈勉哉等几个学生领袖，开了一个小型座谈会，内容就是南昌学生如何更广泛地组织起来，配合迅速发展的北伐形势。邹努做了汇报后，郭沫若指示，希望学生们能更多地走出校门，扩大宣传对象，创新宣传方法。临别时送了一册册油印、铅印的小册子，和许多卷标语、传单、张贴画。

回到学联，邹努、陈勉哉几个一商量，决定增加演讲的频率。当时，南昌作为革命中心，经常有著名的革命人士常驻或路过，学联不定期地经常举办一些演讲活动，宣传革命道理，加深南昌民众对革命的认识，他们先后请过邓演达、李富春、蔡畅、林伯渠等人做演讲。有时，请的名人会突然离开南昌，或因要事缠身无法出席，陈勉哉就要临时找人替代。郎个办？（南昌方言，怎么办）大家一致想到的就是郭沫若，一来郭沫若喜欢跟青年人互动，这种机会从不推辞，只要没有要紧事，二话不说，跟着学生直奔会场；二来，年轻人都喜欢听郭沫若演讲，他激情澎湃，深入浅出，一口北方官话基础上的四川方言又很容易懂。所以，听演讲的南昌青年们只要一见是郭沫若，立刻掌声雷动，经久不息。郭沫若不用任何准备，都可以完全按照演讲的主题，不用打腹稿，出口成章，滔滔不绝，口若悬河，让下面的青年人听得如痴如醉，似乎是一场享受。

那个年代，不知郭沫若、没见过郭沫若的南昌年轻人微乎其微。过了很多年，南昌的一些老人说起郭沫若，仍是一脸的敬佩，满口的崇敬。

历史人物有历史人物的局限性。现在，很多人说起郭沫若在"大跃进""放卫星"和"文革"中的某些表现，总是颇有微词，认为他迎合了当时的不良风气，对于当时的虚假丑恶应负一定的责任。事情也许是这样，但是，我们看问题必须历史地看，辩证地看。在那热火一般的大革命时代，郭沫若的坚强品格，高傲风骨，惊世才华，确实是那个时代的一个巨大亮点，是他人生当中的一道耀眼光华！

在蒋介石的利剑越来越对准共产党人的时候，郭沫若也展现了他的坚强立场和横溢才华。

一九二七年三月六日，陈赞贤在赣州被杀，被认为是蒋介石"向共产党打响了第一枪"。郭沫若得知此事，立即以政治部名义，报请蒋介石，予赣州指使杀害陈赞贤的倪弼以"免职查办"的处分。

蒋介石明写批准，暗下电告：阻止执行。

三月十六日，郭沫若离开南昌到九江公干。第二天，蒋介石雇用一批暴徒，捣毁了九江市拥护孙中山三大政策的党部和总工会，刚到九江的郭沫若天真地向蒋介石汇报，希望派士兵阻止暴徒行动。

蒋介石回答："好啦，好啦，我们警告他们一下。"

三月二十三日，郭沫若又顺江到了安庆，安徽省国民党党部和各种合法的民众团体遭到袭击。郭沫若得知这事是蒋介石安排的，因为安庆电报局局长是他的熟人，偷偷告诉他，九江、安庆、芜湖、南京、上海这些沿江重要城市，"老头子"都安排好了，走一路，打一路，专门打倒赤化分子。郭沫若恍然大悟，原来蒋介石已开始向共产党和革命民众挥舞屠刀了。

他准备对此进行无情的揭露。

要知道，认识到这一点很不容易。因为，第一，那时，郭沫若还不是共产党员；第二，此刻的蒋介石，在国人眼中是"大功臣""大英雄"，是刚刚登上美国《时代》周刊封面的中国伟大领袖。

的确，北伐军出师北伐，一年多的时间，兵力由八个军扩充到四十多个军，攻克了武昌、南昌、福州、杭州、上海、南京等中国大城市，占据了中国最富饶的半壁江山，在河南战场与奉系军阀的激战中也是节节获胜，眼看就要统一全中国，全国民众都在为蒋介石"点赞"，都希望跟着他过上安定、富强、有尊严的生活，很多共产党人和国民党左派也一样沉醉在蒋介石的英明领导中，尚未认清蒋介石奋斗的目标和实质，而蒋介石已经暗中开始把矛头指向"清党"：清除共产党和国民党的左派。

郭沫若回到南昌，住进了南昌市东湖边的花园角二号，这是朱德的寓所，建于六七年前，是一栋两层楼砖木结构的江南民宅，青砖黑瓦，木窗木门，门上有雕花，屋角有飞檐，关上门，一片寂静，是个闹中取静，非常理想的所在。

郭沫若在二楼挥笔疾书，写下了著名的讨蒋檄文《请看今日之蒋介石》和《警告革命战线上的武装同志》。

花园角，见证了一代文豪对反动派阴谋家无情的、痛快淋漓的揭露和批判。

郭沫若在文中尖锐地指出：蒋介石叛党叛国叛民众的罪恶如此显著，我们不能姑息了，他在国民党内比党外的敌人还要危险，他第一步勾结流氓地痞，第二步勾结奉系军阀，第三步勾结帝国主义，现在差不多，步步都已做到了，他已加入了反共的联合战线，他不是我们孙总理的继承者，他是孙传芳的附炎者了。同志们，我们赶快把对于他的迷恋打破了吧！把对他的顾虑消除了吧！国贼不除，我们的革命永远没有成功的希望，我们数万战士所流的鲜血便要化成白水，我们不能忍心看着我们垂成的事业就被他一手毁坏。现在凡是有革命性，有良心，忠于国家，忠于民众的人，只有一条路，便是起来反蒋！反蒋！

郭沫若提出了口号：要打倒他，消灭他，宣布他的死罪。

郭沫若托人把文章带去武汉，四月初发表在武汉《中央日报副刊》上，后又印成小册子在民众中广为散发。

这篇在"四一二"反革命政变前发表出的重量级檄文，本应引起全体中国共产党人高度警觉，也许就能防止"四一二"反革命政变的发生。然而，中共总书记陈独秀看到这篇文章，却是痛心疾首，认为一个非党人士这样替共产党出头，会造成国共两党关系的破裂，于是赶紧彻夜亲自撰写了一篇《汪陈联合宣言》，公开替蒋介石"辟谣"，宣称希望两党间"立刻抛弃相互间怀疑，不听信谣言，相互尊敬，事事协商，开诚进行"。

郭沫若的顶头上司邓演达也责备郭沫若不该在这个时刻公开反蒋。

一时间，到底该不该反蒋？蒋介石到底是个什么人？在普通的共产党员和国民党左派间成了个模模糊糊、剪不断理还乱的话题，郭沫若的警示与提醒变成了"极左"，变成了"毁坏"。

三十六岁的郭沫若感到委屈苦闷，他在四月四日的日记中写道：革命的悲剧，大概就要发生了，总觉得有种螳臂当车的感觉。革命的职业可以罢免，革命的精神永远是不能罢免的……我好像从革命的怒潮中已被抛撒到一个无人的荒岛上。

郭沫若惧怕的局面终于出现，上海的"四一二"大屠杀完全证明了他的判断，让他震惊，但也让他更加坚定。

四月二十四日，郭沫若到了上海，当晚见到周恩来，郭沫若主张到武汉组织力量，打倒蒋介石。

七月底，身在武汉黄埔分校的郭沫若跟着军校生们来到九江，与李一氓、梅龚彬坐手摇机车赶去南昌参加起义，这是他第三次到熟悉的南昌。他的人生在南昌又翻开了崭新的一页。

第三章 山雨欲来

（1）

这是一个风云变幻，波诡云谲的年代。

南昌，便身处这个年代的中心。

北伐军进入南昌城后，共产党和共青团组织渐渐公开，从"地下"走到"地上"。

可是，时间不到一年，南昌城头便乌云翻滚，上海、南京、广州相继传来共产党员人头落地的消息。

国民革命军第三军军长兼江西省政府主席朱培德也逐渐向蒋介石靠拢。

朱培德，1888年出生，云南禄丰人。早年深受革命思潮影响，加入同盟会，三十岁出任靖国联军第七旅旅长，因粉碎了北洋军队南侵，同年晋升粤滇联军第四师代理师长，兼广州警务司令。因战功显赫，一时被孙中山视为护国干臣，孙中山甚至为新婚的朱培德主婚。

一九二一年任滇军司令，参加孙中山领导的诸多战役。

一九二三年任大本营与拱卫军警备司令。

一九二六年七月九日，北伐军在广州举行誓师大会时，朱培德担任阅兵总指挥。北上时，朱培德任中路军总指挥兼第三军军长，主攻江西。北伐军占领南昌后，朱培德任江西政务委员会代理主任委员，兼南昌警务司令，成为南昌乃至江西的头号人物。

一九二七年元旦，朱培德在南昌参加了军事善后会议。蒋介石制订长江下游作战计划，任命朱培德为第五路军总指挥，并兼预备队总指挥，留守江西。第五路军下辖第三军、第九军和两个直属团：教育团和警卫团，全军六万人，成为实力非常强大的一支武装力量。

朱培德一开始倾向于武汉国民政府，后来立场又发生动摇，接受了蒋介石任命的江西省政府主席一职，并于一九二七年四月五日正式就任，成为真正的"江西王"。

朱培德与朱德的关系很好，他们当年在云南讲武堂是同窗学友、"铁哥们"，两人互帮互助，共同进步，成为云南讲武堂的"模范二朱"。正因为这样铁的关系，中共派从莫斯科回国不久的朱德在四月份来南昌找到朱培德。朱培德一来对朱德绝对信任，二来当然自己的心腹越多越好，朱培德立即任命朱德为第三军军官教育团团长。这样，朱德与第三军军长王均，第九军军长金汉鼎，第九师师长杨池生，第二十七师师长杨如轩，都是同学或老乡，互相之间非常熟悉，这为他在朱培德部队里开展工作创造了良好的条件。

朱德包租了南昌市永和门内花园角二号的一幢楼房，作为自己的居所，既可供家人居住，也可以做活动据点，这儿离军官教育团只有一里之遥，非常方便。

朱德上任后，以"要为人民服务"六字为教育团的基本宗旨。自己也以身作则，平时穿粗布衣，裹绑腿，有时还穿草鞋，出门很少坐黄包车，中餐经常买几个烧饼充饥了事。

不久后，他接到中央的指示"准备必要时，在南浔线起义"。

"必要时"，哪时？"南浔线"，从九江到南昌哪一段？沙河？德安？永修？不知道。

手下的军官教育团没有多少人，就是三个连的兵，账上也没有什么钱，怎么办？朱德默默地等待着时机，保持与党中央的联系，等待新的指示。

朱培德上任江西省政府主席后,又任命朱德为南昌市公安局局长,第五路军总参议,有职有权。

上任公安局局长不久,朱德就奉命到抚州剿匪去了。

朱德作为党组织在国民党阵营里布下的一颗闲棋冷子,关键时刻发挥了巨大的作用,这是后话。

朱培德终于没有拒绝蒋介石南京政府不断送来的橄榄枝,五月二十七日,他下令查封了共产党创办的《三民日报》,并且发布命令,对于阵营内的共产党员和国民党左派,统统"好来好去",礼送出境。

第一批礼送出境的有第三军各师团政治部的共产党员,包括军政治部主任朱克靖,秘书傅烈,还有国民党左派姜济寰、肖炳章、刘一峰、王枕心等。之后,又陆续把方志敏等著名的共产党员礼送出境。

六月五日,朱培德又"礼送"刚从抚州剿匪回来的朱德出境,朱德在南昌只"潜伏"了几个月。

一九二七年七月十八日,中共临时中央局在武昌胭脂山啸楼巷二号湖北省委所在地开会,确定了三个原则:1.武装暴动;2.使用叶贺部队;3.起义地点定在南昌。

第二天,临时中央政治局五人会议进行了战略上的部署,确定了党掌握的武装力量:第四军十师(师长蔡廷锴),二十五师(独立团扩编,师长李汉魂),第十一军第二十四师(师长叶挺兼),第二十军贺龙的三个师(一师师长贺锦斋,二师师长秦光远,三师师长周逸群);黄埔军校武汉分校的一个团;武汉国民政府警卫团;朱德的第五路军军官教育团,一个营兵力;南昌公安局两个大队,共四百余人。合计约两万余人。

周恩来想到南昌敌军主力虽然北调湖口一带,但城内也有五个团,具体配置如何?谁能先期进入,摸清情况?周恩来又想到了朱德,周恩来是朱德留法时的入党介绍人。也有人提出质疑,朱德是旧军阀,入党前是同盟会会员，行吗？周恩来说，朱德在护国军中屡建奇功，到德国学过军事，又到苏联军事学院深造过，他完全有能力承担这个任务，完成起义前的准备工作。

朱德接受了党的任务，重返南昌。七月十九日夜离开武汉，二十日到达九江，二十一日乘火车抵达南昌。

朱德深知任务的艰巨与重要。一路上，他考虑的是如何既要深藏不露，又要搜集情报。他脑海中搜索了一下南昌敌军五个团的团长，觉得警卫团团长李正中最为可靠。警卫团是南昌最高军事机关的警卫，能得到他的掩护，可以减少很多人的怀疑。

一下火车，朱德便直奔李正中的公馆。

李正中见到这位不速之客，惊诧地问："玉阶兄，今天是什么风把你吹回来了？前些日子到了什么地方？此次复返南昌不知有何贵干？"

朱德轻松自然地回答："我虽离开南昌，但没有走出江西地盘一步，一直在九江铸九（金汉鼎）那儿住。承他盛情招待，过得舒服，登上牯岭，看了看庐山真面目。"

"总指挥也在山上，老兄和他幸会了吧？"

"当然，当然。总指挥怕我发生误会，见面做了种种解释，让我以后仍在南昌做事。"

李正中听罢，放下心来，也轻松地说："老兄暂离南昌是总指挥委屈你了，老兄应能谅解。"

朱德乘机说："总指挥的做法我完全理解，只是有些不够朋友的人，见势而趋，失势而远；更有甚者，诬陷邀功，卖友求荣。古人说，广交天下士，知心能几人。"

李正中以为是朱德在发泄怨气，忙说："老兄不必过虑，我李某人虽不是什么豪杰，绝非不义之辈，你若不信，我可对天盟誓。老兄差事尚未定前，可借宿我处。现在时局动乱，你若是有个三长两短，我也无法向总指挥交代呀！"

朱德乘势而上："老弟盛情，实在感激。我住在你处，心里过意不去，事务繁忙，迎来送往，多有不便。还是烦你替我另找一个住所，这样我的家眷也可以接来。"

李正中想了想，说："你住过的花园角二号大概还闲着，我叮嘱房东不要租给别人，你去住吧！"

下午，朱德就住进了花园角二号，并很快与江西省委秘密接上头。

此时，江西省委正在松柏巷女子师范学校内召开全省第一届党员代表大会，七月二十三日，选举汪泽楷为江西省委书记，陈潭秋为组织部长，宛希俨为宣传部长，丘倜为农委主任，吴振鹏为青委书记，徐全直为妇委主任。

朱德向刚成立的江西省第一届省委传达了中央的决定，省委立即决定成立南昌市民欢迎铁军大会筹备处，设立招待站、运输队，并由朱德寻找安排军队到达后的住处。这些日常事务安排好后，朱德更多地留意敌军在南昌城内的布防情况。

据档案揭秘，此时的朱培德已经觉察到朱德与贺龙、叶挺等旧识关系密切，以他多年从军从政的敏锐嗅觉，他完全能判断出不久后南昌将有大事发生。但是朱培德恰逢身体不适，去了庐山疗养。这给了共产党人一个绝好的集结、活动、准备的时机，这也是共产党的第一枪在南昌打响的一个重要原因。

朱培德的"礼送"行动也波及了江西省学联主席邹努和陈勉哉等少年，他们是最后一批被"礼送出境"的。这样，江西省和南昌市学联只好转入地下。陈勉哉在老贡院旁边的羊子巷租了一幢民房，让邹努和另一名外地干部住着，两人白天在东湖边的匡庐图书馆上班，晚上回秘密住所。为方便掩护，还有两名女中学生陪同。

可这不是长久之计，没有多久，邹努的行迹就被朱培德的手下发现了，朱培德对邹努下大了驱逐令。

一九二七年六月五日下午，江西省"学联""青联"的学生干部们到羊子巷与邹努告别。

邹努，一九　二年出生，江西新干县人，从小品学兼优。因家境贫困，没钱读中学，得知南昌第一师范不收学费，还能免食宿，便来南昌考学。因作文出众，进入口试环节，校长黄光斗看到一个乡下孩子身体矮小，貌不出众，便有意考考这位少年。邹努对答如流，深得校长和语文老师钟爱。进入一师后，他的学习精神和高尚人格博得师生广泛赞扬。很快，他结识了同在一师读书的赵醒侬和曾天宇，不久后加入共青团，很快又加入了共产党。就读二年级时，他便担任了江西省学联的"一把手"。

邹努大陈勉哉八岁。在一次"学运"中，他们双双入狱，合睡一床，就这样，两人成了兄弟加密友，又双双成了江西学运的"头目"。现在，只要一谈到江西历史上的学运活动，就会谈到"邹陈"这对搭档。

这个下午，这对亲密无间的搭档要被迫分别，邹努去武汉，陈勉哉留在南昌。未来会怎样，谁也无法预测，只能相互默默祝福。

两位女中学生泪流满面，她们不解风云突变，只是备感离别之情依依不舍。半年前北伐军开进南昌时，她们响应学联的号召，到章江门外迎接过北伐军；到江西大旅社为北伐军洗过军衣；到北伐军驻地打扫过卫生；在大校场呼喊口号；在顺化门外游行庆祝。

她们青春激荡，充满活力。她们还回忆起两个月前，朱培德从九江准备返回南昌，南昌学生专程九江用花车迎接。朱培德非常高兴，请学生们一起吃饭，席间大谈准备东征讨蒋。谁知这么快，朱培德就变了脸，当上江西省政府主席后，把共产党人说"礼送"就"礼送"了。世事难道如孩子的脸么，说变就变？

离别的时间到了，邹努被一辆小车带走，因为还要继续"隐蔽"，几个女生都不能出面再送一程。"礼送"邹努的车出章江门，轮渡过赣江，到了牛行车站，一辆专列将几批"礼送"出南昌的共产党员和国民党左派送到九江，然后乘船去武汉。

江西省总工会组织部长、代理委员长曾延生，这天同时被送到九江，不过他与对手玩了一次惊险的"躲猫猫"，又折回了南昌。

他能幸运脱逃，是因为他曾在九江工作过小半年，对九江的地理环境太熟悉了。

曾延生，一八八七年出生，江西吉安县永和镇人，出身于书香门第，十六岁时进入上海大学社会学系学习，同年加入中国共产党。一九二六年十一月四日，北伐军攻克九江城，他与妻子蒋竞英被派往九江，任九江地委书记，领导了一九二七年一月收回九江英租界的斗争。三月二十九日，曾延生接待了从安庆潜逃至浔的郭沫若，并派出三人专程护送郭沫若到南昌找朱德。郭沫若那篇著名的讨蒋檄文完成后，也是经曾延生转交武汉宛希俨，再在《民国日报》上发表的。

"四一二"反革命政变后，曾延生从九江来到南昌，直到被"礼送"至浔，又摆脱"礼送"重返南昌，最后参加了南昌起义，并担任了粮秣管理委员会的委员，也就是起义军的后勤部长。

南昌起义后，起义军南下，曾延生一直为部队寻找粮食。九月三日占领潮州时，他到城外筹粮，傍晚返回驻地时，部队已开往汕头，他与部队失去了联系，不得已又回江西找党。找到党组织后，与宛希俨一起被派往赣南，任特委书记。

一九二八年三月二十三日，中共赣南特委机关被反动派包围，他和妻子蒋竞英及宛希俨等二十余人被捕。四月四日，他与宛希俨英勇就义于赣州正府里。

一九三零年十一月，井冈山下来的毛泽东率领红军打下吉安后，曾专门去了永和镇曾延生的家乡，看望慰问了他的母亲。

这个时候，曾延生的弟弟曾山已经成为江西苏维埃政府的年轻的领导人了。

书归正传。邹努去了武汉后，南昌市的学生工作就落在陈勉哉肩上了。

陈勉哉，一九　九年出生于江西上饶的尊公桥乡。

陈勉哉是浙江绍兴人，他父亲就是一位典型的"绍兴师爷"，在江西担任颇有声望的幕宾，深受器重，陈勉哉也就成了江西人了。十一岁从德兴县小学毕业，十二岁就读青年会中学预备班，十三岁考入南昌心远中学,十四岁进入省一中,并参加了中南五省运动会,任横笛手。同年入童子军。十五岁加入共青团,十六岁参加江西省学联工作,十七岁接任邹努任江西学生总会的负责人,并参加了"八一"起义的后援工作。

六月底,江西学生总会接到全国"学总"通知,要江西派代表参加在武汉召开的全国第九届代表大会,江西一共有三名代表,除了已经身在武汉的邹努,另两人一是南昌的陈勉哉,一是九江学联的周兆南。

那时的武汉,成了宁汉对立的中心,外地学生去武汉,路途遥远,且充满危险。比如,一位来自黑龙江的学生代表,要从哈尔滨出国到苏联,转道海参崴,南下乘船到上海,再南下至广州,再乘火车北上武汉。那时,共产党人已完全处在逆境中,随时可能被捕,被枪杀,可全国还是有那么多进步青年来到武汉,集结在珞珈山下,参加了全国第九届学生代表大会。虽然此时国共已经分裂,对垒已经形成,共青团中央书记任弼时还是坚持会议照开。会议于七月十五日到二十日胜利召开。这段日子,也正是八一起义形成决议,计划进入实施阶段的时间。

会议结束后,陈勉哉与周兆南一同乘船返回九江,他们知道武汉政府正在调集兵力东征讨蒋。返程的客轮上,他们看到一条条大船满载着大兵向九江开拔,他们知道这是第二方面军叶贺部的精锐部队,他们也知道黄埔军校武汉分校的部分男女学员也已抵达九江。

陈勉哉看到的是真实的历史。

六月底,武汉国民党中央和国民政府开始了"东征讨蒋"计划,国民革命军第二方面军张发奎的部队陆续开往九江集结,并由湖口向安庆进发。

第二方面军下属三个军,第四军(军长黄琪翔),参谋长叶剑英,第十一军(军长朱晖日,副军长叶挺)。叶挺的第二十四师为"东征讨蒋"部队的前锋,先行乘坐"江平号"轮船从武汉抵达九江,在怡和码头下船入市。蔡廷锴的第四军第十师归叶挺指挥,在后跟进。

陈勉哉在长江上看到的一串串灰军装的俊朗大兵,就是这两支部队。后来,这些部队都参加了南昌起义。

陈勉哉回到南昌，兴高采烈地向王肇石等学联的同学传达了青年团中央的指示，要求学联组织全省的青年学生做好配合武汉国民政府东征的准备。万仁俊和万仁芳等小伙伴也知道了这个消息，也是兴奋得跑前跑后，准备迎接"铁军"。

看起来形势一片大好，共产党人联合汪精卫武汉国民政府"东征讨蒋"气势宏大，但真实情况真是这样的吗？

真实的情况，就是汪精卫已经开始与蒋介石合作，宁汉合流，共产党人的处境更加危险。

陈毅在回忆南昌起义的文章中写道："汪精卫为首的武汉政府，其反动性质，实际上和蒋介石已经没有区别，一样的杀共产党，一样的捣毁农民协会，一样的解散工人纠察队。所不同的，这些罪恶是在东征讨蒋的欺骗、掩饰下进行的。武汉政府当时发表了张发奎为江石军总指挥，唐生智为江左军总指挥，东进讨蒋，对革命人民保持了一定的欺骗。事实上，他们的司令部里有日本特务公开活动，反映了日本帝国主义者和美帝国主义者在侵略中国这个问题上的矛盾。"

汪精卫在一九二七年七月十五日确定了"清共"，与蒋介石共同对付共产党人。只是，从决议到部署，有一个时间，所以陈勉哉他们看到的只是表面上的欢欣鼓舞，潜藏的凶险暗流，他们一无所知。

事实上，对这次东征讨蒋，武汉阵营内部也是各怀鬼胎，各有打算。唐生智和张发奎两路大军便是这样。

唐生智视这次东征为排除异己的机会。

一九二七年八月二十九日上海《时事新报》评论说：第二次北伐时，唐生智对于共产党有关系之军队，即有步步提防。饷械两项格外慎重，故领得七十万现金，仅予以五万余元，领得四百万子弹，仅予以七万。临颍战役，临时变更作战计划，以共产党有关之军队参加正面作战，致彼损失八千多士兵；唐生智由豫进汉赴湘，即来电要求改组工农运动，排斥共产党。冯玉祥由徐返豫，亦有同样要求。

对于在赣之共产党军队（即第二十军贺龙部及第十一军叶挺二十四师），亦有根本解决之计划，即以东征为号召，以贺、叶军队担任中路前锋，左路唐生智之第三十五军沿长江两岸前行，第三十六军更紧随其后，右路为程潜之第六军及第十三军，朱培德所部则在赣南集中，为断彼回粤之计，以左右两翼之力量，压迫彼去打硬仗。如胜利，则令其开赴江北，且饷械不予接济，则彼必归于自然消灭之一途。

这必然使第二方面军走到一个十分危险的地位，势孤力尽，至生无容身之地，死无葬身之所。观唐生智用心险恶歹毒。

张发奎不是傻子。

南昌起义，张发奎是一个举足轻重的人物。

张发奎，一八九八年九月二日生，广东韶关始兴县人，一九一二年入陆军小学，参加同盟会，后以优异成绩入武昌第三陆军中学，入粤军后，由排长升到旅长。

一九二二年孙中山大元帅警卫团有三个营，营长分别是叶挺、张发奎、薛岳。

一九二六年北伐始，张发奎出任第四军第十二师师长，连续攻克汀泗桥和贺胜桥的叶挺独立团、黄琪翔第三十六团，都是十二师的部队，第四军因此得名"铁军"，张发奎作为北伐名将名满天下。之后迅速升迁，升任第四军军长，一九二七年六月十三日，二次北伐凯旋武昌的张发奎升任第二方面军总指挥，成为中国当时的军界巨头。

张发奎治军极严，他的部队有四大禁令：不嫖娼，不赌博，不抽大烟，不开小差。还有三大公开：财政公开，赏罚公开，用人公开。二次北伐攻打河南临颍时，前线缺粮，官兵喝粥已两天，张发奎为稳住军心，命令把所有的米粮全部做饭，饱餐后攻城，城破，奉系军阀大败而走。第四军"铁军"名声再次扬威。

张发奎对共产党一直采取合作态度，身边也有很多共产党员。比如，第二方面军司令部秘书长高语罕和四军政治部主任廖乾吾，就都是著名的共产党人。正因为张发奎的部队中有大量中共党员，所以共产国际对他十分重视。一九二七年六月联共（布）中央曾致电鲍罗廷，建议他们以伤亡减员为由，将张发奎部队作为比较可靠的部队调往武汉做后备部队，赶紧补充工人和农民。或把他们作为主要支持力量留在武汉，或令其向南京蒋介石后方推进，或利用他们去解放广州。

中国共产党对这支掌握了很大一部分力量的武装更是非常感兴趣，一直加强与张发奎的合作，并且希望争取张发奎加入共产党。张发奎对共产党的态度也很好，甚至准备放弃"东征讨蒋"，联合共产党打回广东去。于是，中共中央有了"中央机关立迁九江而转上海"的想法，不过这一想法因"依张回粤"未施而弃。

蒋介石"四一二"反革命政变，汪精卫"七一五"反革命政变后，张发奎对于部队中的共产党人既不像蒋介石那样屠杀，也不像朱培德那样礼送，他采取了收容措施，接纳了郭沫若、叶剑英、张云逸等著名的共产党人。于是，当时社会上流传着这样的"歌谣"：蒋介石屠杀共产党，朱培德礼送共产党，张发奎收容共产党。

张发奎为什么对中共这么友善？他自有他的打算：趁东征之便，离开武汉前往九江，占领南浔铁路，并借助共产党的势力，抬出汪精卫，以汪立党立政，以己立军，争霸一方，伺机回粤。张发奎曾向郭沫若泄露天机：进可以谈，退可以走，还要向什么地方去呢？退回广东去，由北伐而南旋了。这就是张发奎的真实打算。

那么，他为什么那么看重共产党呢？因为他在北伐中亲眼看到了共产党员的强悍战斗力，他多年后曾说："我为什么要依靠共产党？丢他妈，你看到你也会依靠。他们打仗真是勇敢，真不怕死，高喊着跟我来，就一个个不要命地往上冲。纪律又好，我就是觉得他们好！"

基于这样的想法，张发奎将最能打仗的部队、也就是共产党掌握的部队，全部先期调往九江、星子、德安一带，散布在南浔线上，方便他随时杀回广东。

历史，就是由一个个这样的链条串起来的。正因为共产党人一直想联合张发奎打回广东，才将主力部队部署在南浔线上，才有了"南昌"这个看似偶然实则必然的地点的爆发！

南昌，就这样不经意间来到了历史的重大关头！

这个时候的中共中央也产生了分歧。瞿秋白主张东征打下南京，然后沿陇海路北上打击奉军；周恩来、李立三则提出应趁蒋介石在沪宁立足未稳，"迅速出师讨伐蒋介石"。共产国际顾问与陈独秀却急于进军河南，接应冯玉祥的国民军出潼关，顺便打通"国际路线"。

随着二次北伐的结束，情势逐渐明朗。六月一日，北伐军与冯玉祥国民军会师郑州，十日汪精卫与冯玉祥在郑州会谈，之后冯玉祥倒向蒋介石，武汉政府虽然第三次提出东征讨蒋，但亦提出"分共"。六月下旬开始，武汉政府开始部署"清党""分共"，共产党人的处境一天天恶化。

可这时，陈独秀依然主张与汪精卫、冯玉祥联合反对蒋介石，以至于共产党没有做好用最坚决的手段应对最困难局面的准备。叶挺在一九二七年十月给中共中央的报告中写道："及至河南战争幸获胜利，但冯玉祥与蒋介石联合，而反对武汉政府，此时武汉政府情势险恶，两党的分裂已成万不能免之势。但我们仍让步保持合作，并没有坚决的作进攻的准备。"叶挺这段话明显直指陈独秀的右倾路线。

中共中央政治局连日开会讨论，一度准备在湖南组织武装起义，打算在力量集结后，派周恩来去指挥，并委任毛泽东为湖南省委书记。但对于这个计划，鲍罗廷是反对的。这个计划终被取消。

（2）

一九二七年七月十二日，中共中央进行改组：成立了由张国焘、李维汉、周恩来、李立三、张太雷五人组成的中共临时政治局常务委员会，停止了陈独秀的职务。

周恩来开始担当军事重任，走上历史前台。

其实，周恩来是共产党早期军事工作的重要开拓者之一。

一九二四年十一月，周恩来回国出任黄埔军校政治部主任，时年二十六岁。

一九二五年任中共广东区委常委兼军事部长,参与领导黄埔军校校军进行第一次东征。九月任国民革命军第一军政治部主任,第一军第一师党代表,授少将军衔。十月参加第二次东征,十二月离广东,秘密至上海。任中组部秘书兼中央军委委员。

一九二七年二月,领导上海工人第三次武装起义,任总指挥。五月二十五日任中共中央(军人部)军事部部长。

这个时候,新的中央临时政治局确定了土地革命和组织民众武装暴动的新政策,一是发动湘鄂粤赣四省举行秋收暴动;二是以共产党所掌握和影响的部分北伐军为基本力量,联合国民革命军第二方面军总指挥张发奎,向广东发展,广东工农运动基础好,经济比较发达,也便于得到国际援助,有利于革命复兴和发展。

这个时候,张发奎的态度便变得非常重要。临时中央局根据各方面综合的情报,发现张发奎一直没有随部队前往九江,而是一直滞留在武汉,并与汪精卫接触甚密。临时中央局根据这个局面,决定组织张发奎军中共产党掌握的军队,组织一次武装起义,起义后南下去广东重新开拓革命根据地,并成立以聂荣臻为书记,贺昌、颜昌颐为委员的前敌军事委员会,派他们先行去九江做准备工作。

至于起义在哪里打响,当时还没有确定。

七月十三日,中共中央局发表了《对政局宣言》,揭露了武汉汪精卫集团对革命的背叛。当晚鲍罗廷与瞿秋白离汉赴九江。

七月十四日下午,两人上庐山,商讨如何面对变化的时局。

七月十五日,汪精卫在武汉宣布"分共",公开背叛革命,街头贴出"宁可错杀千人,不可一人漏网"的标语,同共产党彻底决裂。当晚,中共中央在武昌啸楼巷二号中共湖北省委机关驻地召开紧急会议,会上周恩来作了撤退的部署,准备第一步撤到南昌,并请吴玉章、林伯渠立赴九江,"成立一个国民党中央办事处,以接应我们的同志与国民党左派人士到南昌去继续参加革命工作"。

南昌,这个地名,在临时中央局的头脑中逐渐清晰。

七月十六日，吴玉章、林伯渠，以及由朱培德将南昌共产党员与国民党左派礼送到武汉的邓鹤鸣，乘第四军特务营的工作船抵达九江，同船的还有谭平山，时任共产国际主席团委员、国民党中央常委、中央组织部部长等要职。

不久，国民党左派人士宋庆龄、彭泽民、张曙时也都来到九江。

这么多名人、大员云集九江不是参加"暴动"，而是去"国民党中央办事处"开会。那些日子，还没有出现"暴动"这个名词。

必然寓于偶然，机会缘馈智者。三天后，这个名词出现了。

七月二十日，先期到达九江的李立三、邓中夏、谭平山、聂荣臻、叶挺五个人，由林伯渠安排，在九江原英租界开了一个碰头会。

主持人是谭平山。

他们首先谈到了武汉国民政府的近况。他们说张发奎虽反唐生智，却拥汪精卫，难以与其继续合作。而唐生智已对共产党开了杀戒，张发奎也完全靠不住。唯有江西，地理位置上处于宁汉冲突之间，与两边距离差不太多，不即不离，政治生态上，第三军朱培德与武汉与南京都有瓜葛，对于共产党人还比较友好，共产党的生存空间还比较大。加上唐生智反共十分积极，其布局在战略上给南昌起义带来了两个契机：一是汪精卫和唐生智把张发奎的部队推向东征前线，集结在南浔线上，张发奎部共产党员很多；二是唐生智大军沿长江北岸向东挺进，驻扎湖北黄梅，遥望九江南昌，虎视眈眈，朱培德不得不调兵设防，以防唐生智乘南昌城空虚而伺机破门而入。这样，南昌城内朱培德

■以叶挺独立团为底子扩编而成的第十一军，战斗力极其强悍。

兵力空虚。

李立三敏锐地捕捉到了这个机会。

李立三发现贺龙的第二十军，叶挺的第十一军都部署在南浔铁路线上，而外围是朱培德的第三军，程潜的第六军，再外围是唐生智的大军，共产党掌握的主要军事力量陷于一个大型包围圈中，稍有不慎，很可能被敌人吃掉。这是围困，也是契机。

就在九江这次会议上，李立三果断提出：立即调动南浔线上的贺龙二十军和叶挺十一军集中在南昌，举行暴动，解决三、六、九军在南昌的武装，政治上反对武汉、南京两个反动政府，南下广东，建立自己的新政权。

武装反抗国民党暴行，是临时中央局前些天提出的总方针。但，在何时何地举行何种形式的起义，并没有明确的计划。这次九江会议，李立三提出了地点、时间、方式，这是关于南昌起义最早的建议。

南昌，就这样走向了历史的前台！

会议结束后，李立三、邓中夏等立即登上庐山，向刚刚到达的共产国际代表鲍罗廷与瞿秋白、张太雷汇报。

鲍罗廷沉默，瞿秋白、张太雷赞成。

共产国际新任代表罗米那兹在汉口召集中央会议，李立三请瞿秋白去汉开会时将起义一事向中央报告，速做决定。

李立三继续"备战"，并请聂荣臻、林伯渠下山进一步了解部队情况与起义的准备状况。

七月二十二日傍晚，张太雷、聂荣臻、林伯渠下山，张太雷去武汉向中共中央汇报南昌起义一事。

南昌起义能不能举行，除了等待或需要中央的指示外，关键还需要贺龙表态。如果贺龙的二十军不同意参加，南昌起义就没有发动的基础条件。

七月二十三日，贺龙的第二十军全部集结在九江一带，军部驻扎在九江塔公祠（二十年后柴桑小学建于此。）

　　贺龙此时心中非常向往共产党。在汪精卫公开"分共"后，周恩来便曾专程登门看望贺龙，他们初次相见的地方，是汉口俄租界鲍罗廷的公馆，即苏联驻汉公使馆的二楼。贺龙豪爽豁达，一见周恩来就说："你的大名，我早有耳闻，逸群佩服你，逸群是个能人，他佩服你，你一定更行！今日一看果然名不虚传啊！"

　　周恩来说："疾风知劲草，我也很敬佩你！"

　　贺龙说："敬佩不敢当。我一直在寻找能让工农过上好日子的政党。最后认定了中国共产党，我服从共产党的领导。只要共产党相信我，我就别无所求。"

　　周恩来说："贺龙同志，我们当然相信你！我们有什么理由不相信你？！"

　　贺龙说："我很清楚，只有共产党才能救中国。我听共产党的，决心与蒋介石、汪精卫拼个高低。"

　　这年周恩来二十九岁，贺龙三十一岁。

　　国民党左派也想拉拢贺龙。朱培德、黄琪翔邀请贺龙、叶挺七月下旬到庐山开会，时值盛夏，九江奇热，到山上避暑看起来是个不错的选择。

　　四军军长黄琪翔还传达了张发奎的命令，令贺龙二十军集结德安。

　　贺龙心中非常明白。

　　第四军参谋长叶剑英心中更是明白，他从黄琪翔那里得知，庐山会议是汪精卫召集的，是一个大阴谋。名义上是研究东征讨蒋问题，实际上是想在第二方面军中"分共"。

　　叶剑英立马把这个消息通知了叶挺。

　　还有一个人立马把这个消息通知了共产党人，就是黄琪翔。

　　又一位历史人物浮出水面。黄琪翔，一八九八年出生于广东梅县一个贫困农民家庭，中国农工民主党创始人之一。保定陆军军官学校第六期炮兵科毕业，后留校任教。受孙中山革命思想影响，他辞去军校职务回广东投奔革命。北伐初期任四军十二师三十六团团长，与叶挺并肩作战。汀泗桥一战后，十二师师长张发奎升任四军军长，黄琪翔升任十二师长，不久后又升任四军军长。由于四军扩编了十一军，所以当时四军全军只有官兵六千余人，但共产党员就超过两千五百人，战斗力强悍。

七月十五日，第四军迁师南浔线，准备东征讨蒋。七月二十九日，黄琪翔参加了汪精卫的庐山"分共"会议，他连夜派人下山通知了高语罕和恽代英，在很大意义上促成了南昌起义的爆发。

南昌起义后，黄琪翔不愿追随蒋汪，又没有勇气跟随共产党。他说："北伐至此，最觉痛心，拟将第四军所有枪炮抛沉大江中，军中所有款项，平分全军作路费还家，做个真的'解甲归田'"。

苏联顾问曾这样评论黄琪翔："张发奎的助手，是杰出的年轻将领，对苏联和共产党有一定的好感，他在自己的军队里容留共产党员比谁都久，共产党员在他的军队里担任了许多负责的职位，对国共合作很感兴趣。"

黄琪翔的参谋长叶剑英，一八九七年出生，广东梅县人。一九二年，叶剑英毕业于云南讲武堂，一九二四年到黄埔军校任教授部副主任，深得蒋介石赏识，被委任为教导团团长。同年，叶剑英提出加入中国共产党，因当时认为他是蒋的嫡系，未获批准。一九二七年又提出入党，并于一九二七年七月初获得批准，正式成为中国共产党党员。刚入党的叶剑英很快密报了汪精卫的庐山阴谋，对中国革命做出了巨大贡献。

叶挺得到密报后，找到贺龙，决定尽快采取行动。

七月二十四日，九江。

中央指示还未下达，李立三已得到密报，知道汪精卫要借庐山会议解决叶、贺军权，决定趁着张发奎尚未到九江，尽快发动南昌暴动。李立三、邓中夏、谭平山、恽代英四人再一次开了碰头会，做出决定，叶贺部队于二十八日以前集中南昌，二十八日晚举行暴动。他们将此决定急电告中央。

七月二十四日，武汉。

中共临时中央局收到李立三紧急电报，立刻开会讨论。

中央当时关于起义的地点，还没有具体的方案，只是同意选择在南浔线上任何一个点，可以是南昌，可以是九江，也可以是德安或者永修。李立三电报中认为放在南昌最为适宜，因为敌军已在九江集聚，对起义不利，叶贺部已向南昌移动集结。

终于，中共中央临时政治局正式通过了暴动放在南昌的决定，并决定组成中共前敌委员会，任命周恩来为书记，成员有周恩来、李立三、恽代英、彭湃，共赴南昌领导起义。

南昌，浓墨重彩，正式登场。

第二天，七月二十五日，贺龙、叶挺、叶剑英、高语罕、廖乾吾五人在九江市区甘棠湖中的一只小船上，以划船游湖为名，开了一个紧急会议，史称"小划子会议"。叶剑英简单介绍了汪精卫庐山会议的真实目的。

由此，甘棠湖、小划子会议，历史书上又多了两个与南昌起义密切相关的名词。

在二十世纪五六十年代的回忆录里，"小划子会议"的参与者中并没有高语罕与廖乾吾，因为高语罕一九二九年十一月被开除了党籍。而实际上"小划子会议"有他们的参加，因为第四军驻扎九江时军部就设在甘棠湖中的烟水亭，第二方面军司令部秘书长高语罕，四军政治部主任廖乾吾就住在烟水亭。

廖乾吾，一八八六年出生于陕西平刘龙门乡，一九二二年加入中国共产党，曾任黄埔军校政治教官，北伐时担任四军十二师政治部主任，后升任四军政治部主任。北伐时响彻全国的《国民革命歌》，就是他用法国民歌《你睡吧》的曲调，写出了"打倒列强，打倒列强，除军阀，除军阀"的歌词，成为那个时代最流行的歌曲。

高语罕，一八八八年出生，安徽寿县人，早年赴日留学，毕业于早稻田大学，一九二三年加入中国共产党，一九二五年任黄埔军校政治教官，成为最受欢迎的政治教官之一，并和邓演达、恽代英、张治中一起被誉为"黄埔四杰"。他是叶剑英的共产主义启蒙老师，后任国民党中央监察委员，国民革命军第二方面军总指挥部秘书长。南昌起义后任革命委员会秘书科秘书，起草了《中央委员会宣言》。起义军南下途中，一系列重要宣言和文告，及阐明起义宗旨和纲领的文字大都出自他手。

"小划子会议"上，五个人敲定了三件事：

第一，是否上庐山去开会。结论：不去。

第二，张发奎命令第二十军集中到德安，究竟到不到德安？结论：不到德安，直接开赴南昌牛行车站。

第三，叶挺部明天（七月二十六日）由九江坐火车向南昌开拔。二十七日贺龙部乘火车抵达南昌。

开完会，当晚，贺龙就在九江饭店召开全军营以上会议，紧急命令移师南昌。

贺龙说："到南昌干什么？大家只管放心，人往高处走，水往低处流。我贺龙决不带你们钻牛角尖。你们看看，九江这边，朱培德、张发奎叫我们上庐山开什么会；九江对岸，唐生智部队不断集结，搞什么名堂？无非想打我们二十军的主意。现在是火烧眉毛了，我们只有听共产党的，向南昌进军，再没有别的选择。不能稍有怀疑。"

当时，贺龙的先头部队已在德安，叶挺的大部队仍在九江，贺龙如不先走，起义风声万一透露，部队将会陷入被动。

贺龙迅速下令：第二十军从九江、德安两地出发，向南昌集结。

七月二十五日晚，周恩来告别了留在武汉的邓颖超，与陈赓一起在武汉关登上轮船，向九江进发。

七月二十六日，周恩来、陈赓到达九江，立即召集谭平山、邓中夏、恽代英开会。

谭平山汇报了叶贺部队的部署。

周恩来向与会者传达了中央关于武装起义和实行土地革命的决定，并要求把起义部队集中到南昌，进行起义准备，并派邓中夏回武汉将详细计划报告中央。由此，原定起义时间七月二十八日要推迟。

会后，周恩来又听取了前委军委书记聂荣臻、前委军委委员贺昌和颜昌颐的汇报。

周恩来说："我们要去南昌了，你们去马回岭，设法把二十五师拉到南昌参加暴动，并且负责接应赶到九江的部队和零星人员，使他们及时赶到南昌参加暴动。"

聂荣臻问："起义时间最后定了吗？"

周恩来答："还没定。等我到南昌后，就形势发展再定吧！"

聂荣臻又问："我们没有电台，民用电台又不保密，如果起义开始了，我们如何与南昌联系？"

周恩来想了想说："这样吧，南昌一开始行动，我便让他们立刻放一列火车到马回岭，你们见到火车，说明南昌起义开始了。"

来一列火车，又可以报信，又可以运输部队和辎重，一举两得。

聂荣臻接受了命令，立刻和贺昌、颜昌颐进行了分工。贺昌是共青团武汉区的负责人，返回武昌准备召开最后一次共青团会议，布置今后隐蔽战线的任务后再返南昌；颜昌颐留九江负责接应，因为武汉方面不断有重要人物比如陈毅、郭沫若等会到达九江，还有一批批部队比如武汉军校的女兵也不断从武昌涌来，必须由他负责平安送到南昌；聂荣臻则赶赴马回岭，直奔二十五师驻地。

第二十五师是大名鼎鼎的叶挺独立团扩编的，叶挺攻下武昌后，升任二十五师副师长。该师七十三团就是叶挺独立团，团长是共产党员周士第，现任二十五师师长李汉魂是张发奎的嫡系。让他参加南昌起义可能性不大，可又该如何甩开他呢？

聂荣臻到七十三团找到团长周士第，党代表李硕勋，参谋长王尔琢，传达了党的指示，还分头找了一些党员谈话。其中七十三团二营七连一位年轻的连长，日后成长为红军中的明星人物。他的名字叫林彪。

七月二十七日，周恩来、李立三、彭湃齐赴南昌。

南昌，一个历史性的时刻就要到来！

（3）

这个时候，一批女兵也涌进了南昌城。后来，史学家论定这是人民军队中的第一支女兵队伍！

事情要从黄埔军校的武汉分校说起。

一九二六年十月，北伐军光复武汉后，为了迎接革命发展，满足政治、军事人才需要，国民党中央决定在武汉开办黄埔军校政治科，也叫政治培训班，校址选择在武昌文昌门与平湖门之间的双湖书院旧址，国民政府迁至武汉后，一九二七年一月十九日，更名为中央军事政治学校，人们习惯上称为黄埔军校武汉分校，仍由蒋介石任校长，恽代英任总政治教官，兰腾蛟任总军事教官。国民党二届三中全会决定改校长制为委员制，由谭延闿、邓演达、恽代英三人组成常委，恽代英主持日常工作。

学校开办后，一共招收了男女学生及入伍生两千余人，男生有罗瑞卿、许光达、程子华、陈伯钧、臧克家（诗人）等著名人物，女生有李淑宁（赵一曼）、曾宪植（叶剑英之妻）、张瑞华（聂荣臻之妻）、黄杰、谢冰莹、胡筠、黄静波等。

一九二七年二月十二日，是中央军事政治学校首期学员班暨黄埔军校第六期学员班开学的日子，宋庆龄、孙科、邓演达等一批重要的嘉宾出席了开学仪式。送走了客人后，女生们回到书院东院的一个大院里。她们一样穿灰色军装，戴军帽，扎武装带，一律留短发，一样出早操，英姿飒爽。

女生们每天早上五点半起床，穿衣梳洗，被子要叠得方方正正，摆在木板床中间。时间只有十分钟，就要准点出门跑步。吃饭也有时间规定，只要队长放下筷子，学生必须全体起立，没有吃完的要受批评。每天八节课，四节学科，四节术科。中途没有休息，军事训练课有步操，射击，到武昌蛇山"打野外"，进行实地军事学习。步兵科目主要教授射击教范、野外勤务，还有战术学、兵器学、交通学、筑城学等四门理论课。术课教学有队列、刺杀、投弹、隐蔽、掩护、攻防配合、行军、宿营、战斗联络等。政治科目有中国农民问题、三民主义、各派社会主义、社会问题、党组织及其意义等，还有民众心理学、建国方略、国民革命军历史及战史、十月革命研究等课程，女生还加开了《妇女解放运动》一课，由沈雁冰（茅盾，时任国民党中央宣传部秘书）主讲。一共三十二门功课。毛泽东、周恩来、李立三、邓演达、戴季陶等风云人物，都参加过讲义的编写和授课。

学习期间不能随便请假，外出会客、军事内务都有明确的制度与操作流程，每晚九点半必须准时就寝。

女生生源来自全国各地。

一九二六年十一月，光复武汉后的第二个月，武汉军校招生的广告便发往全国各地。

四川。重庆二中的学生们在《新蜀报》上看到招生广告，相互转告，并很快传到各个县区，近千人报名，最后录取的女生有宜宾的李淑宁（赵一曼），以及游牺、童幼芝、陈德芸等人，其中的游牺，原名游传玉，后来为表达忠于革命，不怕牺牲的理想，改名为游牺。男生有罗瑞卿（南充）、陈伯钧、陈季让（陈毅之弟）等，一共三百多人。

湖北。王鸣皋一直在老家湖北光化县老河口从事党的地下工作，任县妇女部长。一九二七年"四一二"反革命政变后，她被列入逮捕名单。她化装成男人，坐轿子逃出了光化县，来到武汉，进入"中国工人训练班"，学习军事知识，恰逢夏斗寅围攻武昌兵至纸坊镇，她立即参加了叶挺组织保卫武汉的战斗。六月底，她和另四个学员插入中央军事政治学校首期女生队学习。所以，严格意义上说，她是个插班生。

江西。胡毓秀是江西高安人，一九二六年北伐军攻克高安后，她负责筹建县妇女协会并入党，第二年得知武昌创办了军校，遂报名，顺利入学。

河南。杨庆兰，河南信阳人。当时正在武昌，近水楼台，就地报名，就地录取。

浙江。谭乐华是浙江桐乡人，她从上海《申报》上看到中央军事政治学校武汉分校的招考广告，顺利考取。

……………

她们都是花季年龄。入学时，赵一曼二十二岁，胡毓秀二十岁，谭乐华十九岁，游牺十八岁，王鸣皋十八岁，杨庆兰十七岁。

进校后的第一件事，就是剪发。爱美的女孩都很为难，甚至有人舍不得而泪洒理发馆。游牺斗志最坚，毫不犹豫剪掉长发，还去武昌有名的黄鹤楼照相馆拍照留念，在照片后题上"女儿乔扮男儿装，问您好笑不好笑？"

她们入学后，天天脸上挂满笑容，高唱着《国民革命歌》《农友歌》《劳工歌》《少年先锋队歌》，"走上去啊，曙光在前，同志们奋斗，用我们的刺刀和枪炮开自己的路……"整齐地走出校门，走到阅马场，走到江边，从汉阳门轮渡过江到武汉关，意气风发，歌声震天，引得多少人围观，多少人投来羡慕的目光。

入学两个多月后，她们就投入了中共"五大"的保卫工作。

之后不久，又参加了反击夏斗寅叛乱的工作。

驻湖北的国民革命军独立第十四师师长夏斗寅，乘北伐军主力鏖战河南之机，通电"联蒋反共"，反动叛乱。他率部从宜昌东进，在嘉鱼登陆，经武昌县外围纸坊镇直逼武昌城区。四川军阀杨森鼎力配合，由万县东下，沿长江北岸东进，入汉川逼汉阳。

武汉国民政府面临困境，急令叶挺解围。叶挺率二十四师留在武汉的两个团，加上武汉工人纠察队及中央军事政治学校学生临时编成中央独立师第一团奔赴纸坊镇。

军校女兵都编入第一团政治连，下属两个分队：救护队与宣传队。

女生们开到战场上，主要任务是宣传与护理，打扫战场，掩埋战友尸体，站岗放哨，巡逻警卫。兵力不够时，也要参加战斗。

湖北六月，晒蛋熟的天气，她们经常与男兵一样，一天行军六十里，风餐露宿，在枪林弹雨和生死拼搏中迅速成长。

这时，李淑宁病了，高热，可她坚决要求参加战斗，并写了两句话

"男儿若是全都好，女子缘何分外重？"

部队打下咸宁，女生宣传队奉命去抓捕一个外号"活阎王"的大地主，抓捕的是李淑宁和胡兰畦，守卫的是游牺。没想到扑空了，百姓向游牺报告："活阎王"逃跑了，向城里方向。游牺立刻向上级报告，自己撒开长腿追捕，渐渐追上了对手。

"活阎王"见是一名女兵，满不在乎，继续沿小路奔跑，游牺毫不示弱，拼命追赶，并大声喝令停下，"活阎王"仍不理会，游牺"巴勾"朝天开了一枪，"活阎王"才吓得趴在地上，束手就擒。

后来，成为中国第一个女兵作家的谢冰莹，记录了这次作战的经历，书名《从军日记》，影响波及全国。

七月十五日汪精卫宣布"分共"，武汉黄埔军校宣布解散，革命进入低谷。七月十八日恽代英从九江回来，男女兵们不得不提前毕业。短短的军校生活结束了，军校烙在青春年月上的印记却深深不可磨灭。恽代英在毕业典礼上给学生们致告别词：希望每一个同学，都是一粒革命的种子，不论撒在什么地方，就让它在那里发芽，开花结果。

广东来的黄埔五期学生全部毕业。武汉新招的第六期学生改编为第二方面军军官教导团。女生一般动员回乡就业就学，发给路费，少数人安排去苏联学习，如李淑宁。有影响的已公开的党员如彭漪兰、彭援华等安排去南昌，参加武装起义。

可是，女生中有一半人不愿回家，党组织将他们分到叶挺和贺龙部队中，由于历史的风云际会，她们就这样与南昌起义结下了不解之缘。

为了方便工作，以防反动派追捕，很多女兵改了姓名，李淑宁改名赵一曼，游牺改名游曦，陈德馨改为陈德芸，她们与许多同学分批乘船去九江，同行的有危拱之、周越华、曾宪植、王鸣皋、杨庆兰、谭乐华、胡毓秀、陈觉吾等。

彭漪兰与彭援华（二十一岁）是最早到九江的。与她同船到达九江的有周恩来、吴玉章和谭平山。他们住在当时的九江旅社。后来，她们又跟随周恩来同时来到南昌，彭漪兰作为武汉分校女生队指导员，跟着前委在一起，担任起义军部队的财务出纳工作，也住在女子职业中学，周恩来常找她报账。同时来到南昌的还有胡毓秀。

就在彭漪兰与胡毓秀都到了南昌时，还有许多女兵刚刚离开武昌，在追赶起义部队的路程中。

谭乐华就是第二批离开武昌的女兵。

谭乐华这个时候改名谭勤先，和十位女兵一起分到十一军政治部工作，七月二十七日随军从武昌乘船到九江，见到了十一军政治部主任徐名鸿，以及周铁思、苏同仁两位女战友。

七月二十九日，上级找到这十一位女兵说："国民党已明目张胆地反共，我们不能在此停留，组织上决定立刻行军南下。此后的战斗生活将十分艰苦，在南下途中，我们只有前方，没有后方，说不定还会过游击生活，你们不怕艰苦的，愿意和我们一起南下的就一起走，如有困难，组织上可以发给路费让你们回家。两条路由你们自己挑选。"

女兵们听罢十分激动，全体表示：为了革命，不管南下途中遇到多大艰难险阻，我们有决心勇气去克服，纵然牺牲也在所不惜。

此时，九江开往南昌的火车已经中断，七月三十日下午四点，在毛毛细雨中，十一个女兵随十一军政治部官兵南下。这是一支庞杂的队伍，约有千余人，大都来自武汉的中共中央机关，这一千人临时组织被命名为独立团，为了掩人耳目，先从庐山北部的威家登上庐山，上山后知道孙科、张发奎正在开"分共"会议，只有三个连的警卫，有人主张包围他们，干掉这些反动派，团长不同意，说："我们的任务是去南昌。不能打草惊蛇。"于是，晚上从山南通远悄悄下山，来到星子县，走到鄱阳湖边，乘船向南昌进发。在船上，大家才知道这次南下行军是参加南昌起义。

船行至新建铁河一带，女兵们在军服外套上一件有红十字记号的白大褂，下船以医务人员的身份向当地百姓问路。老百姓说："南昌不远了，还有二十多里地。不过，南昌出大事了！你们还是不去为好。"女兵们这才知道，南昌起义成功了。这时已是八月五日，她们得到上级通知，南昌起义队伍已经退出了南昌城，于是，她们不从南昌上岸，而是在向导的指引下，绕道抚河，在李家渡登岸，步行到抚州，终于追上了南下部队，又融入了革命的队伍，心终于踏实了。

杨庆兰和王鸣皋的离校则是一次突然袭击。

七月底，少部分留守武汉军校的学生突然接到紧急集合，到南校场"打野外"。大家整队离开学校，出了武昌城门，到了江边，有两只民船正等待他们。她们不知通往哪里，只能跟着大队匆匆上船。

小船在长江里走得很慢，天亮后又怕敌人发现，不得不停泊在岸边，晚上继续航行。这时，传来了南昌起义的消息，船上的男生女生分成了两派：一派希望追上队伍，继续干革命；另一派的意见是就地解散，回家各干各的。带队的干部中也有两种意见，小小船上发生了激烈的争论，演变到后来，甚至动起手来。大多数干部和学生希望追赶队伍，他们从虎口逃出，就是希望跟着大部队继续革命。在这种迫切心情的驱使下，追赶者对那些反对追赶、延误时间的人愤怒之极，甚至一怒之下，把主张解散队伍的干部当众枪决了。经过这场殊死战斗，船行速度才加快，于八月二日到达九江。

王鸣皋和同学们登岸后，没有分配房间，只是把行李武器全部集中在一间大屋子里等待，大家可以在周围散步，但不准远离，气氛十分紧张。大家在惴惴不安中度过了一夜。

第二天一大早，接到了张发奎的命令：第二方面军中所有共产党员，限三日内通通撤出。党支部立即召开了紧急党员会，商量对策，如何撤退？撤往哪儿？武汉回不去，南昌能不能去？怎么办？会上，大家主张去找贺龙，投奔二十军，他们知道那儿有周恩来，有恽代英。

目标一定，信心又有了。王鸣皋换上了白色看护衣，戴上白色护士帽，甩掉了行李包，只留下几件换洗衣服，跟随队伍向南昌进发。出发时间是下午四点，到了晚上九点，走了四十里路。晚上不热，继续赶路。赶到南昌时，方知起义部队已撤出南昌，向广东方向转移了。不能进南昌城，又不能久留，只能一路询问一路走，尾随起义部队追赶。王鸣皋因从小缠过脚，脚趾头已变形，这样的长途行李，她的双脚不仅长泡还破皮。为了解决双脚的痛苦，途中她花了一块大洋买了一双布底草鞋，穿上又走了三天。

到了李家渡。领头干部说要坐船。船停在岸边，大家睡在船上，王鸣皋虽然脚痛，但心情平静多了。她和大家一样，又是期盼赶紧追上队伍，又担心反动军队的追杀。这夜月色通明，波光闪闪，却激不起年轻人的任何诗意。大家坚信，向南向南，总会找到自己的队伍，于是，又走了三天，终于在第七天晚上，在抚州找到了二十军一师政治部。

杨庆兰、谭乐华、王鸣皋加上已在队伍中的陈觉吾，这四位女兵在南下行军途中，英勇顽强，敢做敢当。当时正值三伏天气，烈日当空，每个女兵身上背着换洗衣物和步枪，子弹袋里的子弹都是满满的，成为起义军中一道美丽的风景线。

（4）

二十六岁的陈毅听到起义消息的时候，起义部队已经离开了南昌。

南昌起义那天他还在武昌，做他的党务工作，不过，是隐蔽的。他的秘密职务是中央军事政治学校武汉分校的中共党委书记。

军校有学生两千多人，其中七百余人是党团员，还有很多支持同情共产党的进步青年。这些年轻人对蒋汪屠杀共产党人表达了惊讶、愤怒与不满。有几位排长对陈毅说："你们是共产党员，我们今后不可能合作，但我们一定不要自相残杀。你在我们这儿不要紧。只要上面没有命令，我们决不会怎样你，上面要有命令，我们芝麻大官也护不了你，你再走也不迟。"

命令终于来了。

七月，学校学员被编为张发奎第二方面军教导团，八月二日出发"东征讨蒋"，乘船去九江。两千余人分乘几十条小木船，用一艘小火轮拖三四艘木船，沿江而下，浩浩荡荡。

陈毅就在船上。

陈毅当时并没有接到中央军委的命令，所以他既没有参加南昌起义的心理准备，也没有物质准备。小火轮动力不足，四十八小时后，木船才到达九江，停在江心就得到通知，不准上岸。不久，张发奎派人到船上发话："大家有枪的把枪放下，国共分家了！"

学员们分散坐在各艘小船上，大部分学员是空手，没有枪，没有应变计划，谁坐哪艘船也不清楚，相互间没法联系。最后，大家集中到趸船上，张发奎亲自上船，对学生简单地讲了几句话："国共分家了，共产党站那边，国民党站这边，分一下，别误会。"张发奎有意不说左边右边，但学员们心中有数，没有分边，统统站在一起。

当晚上岸，陈毅召集了共产党员干部会议，会议开得很短，陈毅指出了几条路：一条可以回家搞农民运动，一条连夜出发到南昌去和叶贺部会合，没有暴露的，可以留下。算了一下，有两百多人可以留下，于是组织了一个支部，并跟着张发奎去了广州。这两百多人后来成了广州起义的骨干力量。

陈毅因为已经暴露，所以与特务连连长萧劲结伴，顾不得饥饿与疲劳，连夜从九江奔向星子，准备从星子坐船经鄱阳湖到南昌。一夜走了三四十里，快天亮了没吃没喝也没睡，一路上看到人家都是关门闭户，农民协会的牌子也被砸烂了，土豪劣绅认为形迹可疑的人便肆无忌惮地抓捕。

两人遭到了盘查。

"你们是干什么的？"

"我们是当兵的。"

"你们到哪儿去？"

"我们要回家。不干了。"

萧劲是黄埔军校三期生，湖南临　人，应付这些团练很有一套。两人很快摆脱了纠缠，走了二三十里，走到了星子县的姑塘镇。其实姑塘镇距九江旱路只有四十里，但两人在夜里误走了弯路。

姑塘镇位于鄱阳湖岸边，面对鞋山，原本不知名，自打九江被辟为通商口岸后，英国人赫德在姑塘镇兴建了海关楼以及别墅、教堂，一时间，洋商、洋货、洋官、洋教士纷纷涌进姑塘，人口最多时达到三万。因为兴旺发达，人口流动大，姑塘镇干脆叫作姑塘市。但是南浔铁路开通后，货运主力渐渐由水路转入陆路，姑塘镇的繁华渐渐凋落，这一点，跟永修县的吴城镇非常相似。

陈毅、萧劲来到时，姑塘正处在从极盛到衰落的过程中。

但是，毕竟是瘦死的骆驼比马大，姑塘还是很有一番繁华的味道。集市上非常热闹，很有烟火气。两个人买了几件老百姓的布衣，换下军衣，在一个面摊上打听了去南昌的道路。面摊师傅告诉他们，到南昌可以在姑塘海关那个码头边找船。

两人匆匆赶去码头，路上许多同路人，因为这几天南浔线火车停了，到这儿乘船的人又多了。各种消息传来，人与人之间充满了警惕与怀疑，互不答话，行色匆匆。

萧劲找到一个年轻的安徽人问了些情况，这个人说："你们老百姓不懂，现在汪精卫也杀自己的人了。背叛革命，背叛工农，骂苏联。苏联有什么不好？"他压低声音对陈毅说："汪张是假革命，我们年轻人受了他们的骗，决定不干了。"

陈毅轻声问："你是不是共产党？"

年轻人说："我还不够资格。我这样的人，共产党不收。我现在回家去，反正不干革命了。"

陈毅和萧劲终于上了船。船上的人都是临时凑在一起，说起话来胆大得多。

有人说，贺龙在南昌发生了暴动。

有人说，张发奎的兵全都集结在九江。

还有一个老人说，蒋介石是乌龟下凡，他妈偷和尚，他是和尚的儿子。又说，孙中山这个人不错，就是老婆不好，他不该与乌龟做连襟。

一个广东口音的人说："蒋介石是坏蛋，与孙夫人有什么关系？孙夫人是革命的，你再瞎说我揍你！"

陈毅看了一眼，看来这位广东人是个军人。

民意民心。

这就是民意民心啊！

后来追上队伍，陈毅才发现这个广东人果然也是革命军人，而且编到了陈毅的连里，天下很大，其实很小，无处不相逢啊！

轰轰烈烈的革命，风云际会，甚至将一座小小的古镇姑塘也推向了历史的前台！

第四章 一波三折

（1）

万仁俊跟着出操好几天了，仍没有找着那两个兵哥哥。好在又新结识了几个兵哥哥，他们大都是"广仔""湘哥"和湖北老兄。

昨天黄昏后，他没有去棋盘街万记杂货店帮忙打烊，也没有夹着草席去城墙根、麻石条街找歇暑的地方。他守在家中等老爸回来。

他的家，在进贤门与顺化门之间的城墙边上，灰砖黑瓦，黑漆的大门，两层楼房。后门与古老的城墙间，是一条长长的麻石条铺成的路。

天漆黑了，妈妈点亮了煤油灯。

万佬巴进货回来，热得一身大汗。他手里摇着一把油纸扇，坐在一把旧藤椅上，"啪啦啪啦"摇着。

万佬巴这把扇子有讲究，是南昌北郊赣江边的北栎徐村制作的油纸扇，这北栎徐村，是徐孺子的后人居住的地方，祖祖辈辈制作质量精美的油纸扇，很是有名。这种扇子又大又重又结实，又分两品，一品是有画的，一品是无画的，使用无画的，多是城市平民，使用有画的多是店主、小老板等有点身份的人，扇面上画着各式各样的图案，比如三国刘关张三结义，比如水浒一百单八将忠义堂，比如花草虫鸟、美人仕女，应有尽有。万佬巴这把画的是林冲夜奔。说起来，南昌人手里的扇子很多时候是一种身份的标志，文人雅士手里大多是苏州的折扇，名媛小姐用的则是杭州的绢扇。学生一般用的是纸壳子或马粪纸做成的扇子，用一根柱子架着一根细铁丝固定，粗糙，好用，掉了也不可惜。

万佬巴"啪啦啪啦"摇了一阵，见到儿子呆呆坐着，奇怪地问："蔑不搭黑的（南昌方言，漆黑的），一个人坐着想什么？"

万仁俊说："爸，这是钱，不是兑换券。我在想，怎么找到那个给钱的兵哥哥。"

兑换券，这是当时许多南昌人心中的痛。

去年，北伐军占领南昌城后，一些北伐军购物不是用钞票，而是用兑换券，全称叫鄂湘赣三省通用兑换券，五元、十元一张，还有角票。局势稳定后，朱培德当了省政府主席，组建了江西省财政厅，规定凡持兑换券者可到财政厅排队换成钞票。有些市民就有意见了，麻烦是小事，主要是兑换券贬值，一时间，城里部分商人与菜农对北伐军满肚子牢骚。

后来，南昌商会出面做了协调与解释工作。

财政厅的一位课长说："蒋总司令也是没有办法，离北伐还只有一个月时，军饷就缺口三百万，三十天凑不齐呀。只好发行公债，六月七日就发行了有奖公债五百万元。"

原来，这些年来征战不停，百姓贫困如洗，北伐军发行公债后，无人购买，为了吸引商人认购，增设了特别大奖，可是刺激再大，还是无人问津。财政部无计可施，只有增税，广东省举步就交税，嫁女交税，打麻将交税，逛妓院都要交"花捐"，弄得广州百姓苦不堪言，笑说：千税万税，国民党万税！北伐誓师那天，军饷仍未全部到账，蒋介石火了，耍起了横的，说："娘希匹，我为革命流血，你们出点钱都不爽快。那就按兵不动。"广州总商会只好出面筹集了五十万，国外华侨又捐款五十万，预征一百万到账，总算补足了缺口。北伐军终于开拔上路，旗开得胜。

北伐军一路拔寨，直捣两湖，饮马长江，第二、三、六、七军攻击江西，第一军向福建、浙江进攻，战线不断拉长，补给面临重大考验。

一九二六年八月十一日，蒋介石到达长沙后的第三天，发电国民政府要求批准他代发中央银行兑换券，以维持军事需要。半月后，第一批鄂湘赣兑换券在长沙开印，这种兑换券迅速进入部队的财务流通系统。部队手头活了，购物方便了，可是对百姓不是好事。当时北伐军确实不赊群众一针一线，购什么都给"钱"，但是购买军粮、购物购油都是给的兑换券，其实就是在打"白条"，商人手里握着大把兑换券，不知何日能兑现成钞票或银圆。

北伐军攻克南昌后，蒋介石更是逼停了江西地方银行发行的纸币，广州中央银行发行的纸币又无法跟上，市面上空余大量兑换券。

至于江西财政，因为多年征战，民财已经被搜刮一空。前几年，省政府改组，省财政库办理移交时，现金仅存十五元。大清银行虽然宣告结束，"民国银行"有过盛极一时的辉煌。可是好景不长，经过军阀的巧取豪夺，北伐军进城前，金库空虚，留下的只是军阀发行的千余万元复兴隆的纸钞，这是江西地方银行乱发的纸钞，钞上印有"复·兴·隆"三个字，字是吉利，可却是一张张废纸。现在北伐军的兑换券又让百姓雪上加霜。蒋介石专门组织了"江西财政委员会"负责筹款，可是钱款迟迟未能到位。其中，南昌商人受害最深，很多店面粮庄因市面上太多兑换券而无钱周转，纷纷倒闭，以后数年又不断发行公债，可越发越穷，越发越苦。这是北伐军攻克南昌后的一个小插曲，一个临时救急的办法，却造成严重的后遗症，花了十多年时间都没医治好。到了一九四一年，北伐发行的公债百分之七十成了呆账，兑换券沦为叠叠废纸。

万佬巴听到儿子这么说，心中直叹这些南兵的仁义，对万仁俊说："崽呀，这钱，是要还给他的。他仁义，我们更不能不仁，爸爸给你取的名字都有一个'仁'字，做人就是要仁义当先。这样，你要设法找到那个兵哥哥呀，他们家人也要糊口呀。你还记得兵哥哥的样子吗？"

"记得。"

"那好，你可以到进贤门、惠民门看看。买菜摊前，理发店里，杂货店里，我看到很多南兵在那里买东西。这是大海捞针的事，你莫急，慢慢找总能找到的。"

万仁俊点点头："爸，我一定会找到。"

七月三十一日，农历七月初三，星期日，洋人做礼拜的日子。南昌城内外军号一样齐鸣，兵哥哥们出操一样威武。万仁俊今天心里有事，没有再跟着他们出操。他按照万佬巴的指点，去到米市，去到菜摊，去到剃头铺。

爸爸说得在理。当兵的每天也要吃饭，司务长每隔几天就要外出买米买菜，掏钱的兵哥哥说不定就是司务长。

可是，为什么要去剃头铺找？万仁俊却不大知晓。

爸爸说，凡出征打仗，当兵的都会去剃个头，刮个脸。

南昌人一生很看重三次剃头。第一次是出世，叫"满月头"，要把剃头师傅请到家里，剃头师傅要会说几句吉祥话：一进大门天地宽，双脚踏上紫金砖。恭贺府上添贵子，不是发财就当官。然后才洗面剃发，放炮庆贺，去邪迎新，一场剃头仪式宣告结束。

结婚前，青年男女都要洗发，剪发，烫发。女性还要梳妆修脸，绞汗毛。新郎新娘各取一撮头发合在一起，叫"合髻"，祝贺他们"结发夫妻""白头到老"。

当兵出征要剃头，是因为打仗极为凶险，九死一生，人死前或死后无论如何都要理发修脸，这表明了军人一种视死如归的态度。再说，剃个头，刮个脸，也是为了消除"楣气"。

其实，打仗前剃头，是有科学依据的，因为头颈脸部是最易受伤的部位，万一这些部位受伤了，出血了，长长的头发会污染伤口，导致发炎，造成二次伤害。剃光头能有效预防和减少、减轻军人头颈受伤后的炎症。所以，一直到今天，上前线的军人一律要剃光头，留守后方的军人才允许留发。

万仁俊先去了菜场。早年南昌并没有固定的菜场，卖菜的小贩挑着菜满大街地吆喝。南昌起义后的第二年，南昌市政府工务局拆除了城墙，在中山路中段府学前盖了个"第一菜市场"，同年秋天，又在永和

■一九二七年的南昌洗马池一带，是商业中心，也有很多书店。随处可见各种广告，也能买到流行的报刊。

门建了个"第二菜市场"。从此，菜农乱窜的现象好了很多，市民们有了固定买菜的去处，方便多了。

没有固定的菜市场，南昌人买菜一般通过两种方式，一是进出城门口的麻石条路的两边，总会有些菜农摆摊设点；二就是那些满大街走的菜农，他们走街串巷，把菜担到家门口卖，比城门口会稍微贵一点，其实就是贵一点脚力钱，夏天遇到一个好人家，还可以讨碗凉水喝。

那时的南昌城，没有"城管"，但有警察。菜农只要不占道不争吵，警察不去管他们，一般也不会有抢、卡、拿的行为。

南昌城内突然增加这么多军人，菜农们开心了，一担菜挑到城门口转眼就让大兵们买走了，菜农们不用与老百姓讨价还价，也不用满大街到处吆喝了。大兵们也马虎，一胆子菜来了，只看菜浸水了没，叶子发黄了没，顶多压两角钱的价，一担就全要了。万仁俊没见到讨价还价，只见军人点点头，菜农就跟着军人身后，挑着担子向营房走去，看来是已经买熟了的老主顾了。

万仁俊等了半天，眼睛都看花了，也没在进贤门的门口看见那位兵哥哥。果真是大海捞针啊。万仁俊又去了几家米铺逛了逛，发现跟城门口菜场差不多，一般都是司务长说好了价，留下了款，指明送米地点，米店老板派徒弟送米上门。

万仁俊想，现在，最有希望碰上兵哥哥的地方就是剃头铺了。

当时，南昌剃头铺开办的日子并没有多长。辛亥革命前是满清，都是留发留辫的，不怎么需要剃头，自己拿把锋利的刀子，把前额旁边的毛发刮刮干净就可以了。辛亥革命后，男子"束发"时代结束，南昌城才产生了剃头这个行当。师傅挑着担子沿街走，遇见客人就可以落肩做生意，那叫剃头担子。担子的一头是椅子，一头是炉子，炉子上放一个脸盆，脸盘下面有火盆，木炭火烧热，可以烧热脸盆里的热水。从此，中国多了一条歇后语：剃头担子一头热。早年间，剃头技术含金量不高，一把剪刀一把刀，剪剪刮刮就了事。后来有了西装头，才有了推剪。又有人不愿坐在露天里剃头，要讲究，要摆阔，就应运而生了剃头铺，有人嫌剃头铺名字不雅，就改叫理发店。

■江西大旅社。遗憾的是，这是多次修缮后的现迹。原汁原味的历史遗迹已经难以找到。

北伐军进城那阵，南昌城里好一点的理发店都集中在洗马池、百花洲那一段。那时，理发店里冬天有一盆炭火，很暖和，边理发，边烤火，很惬意。夏天，头顶上悬挂着一块长方形布制的拉扇，一根绳拽在小伙计手上，一拉一放，长布如扇，客人头顶上很凉爽。放暑假时好多贫困人家的孩子都会到理发店找拉风扇的事做，一天五角钱，八小时或十二小时不停地拉，非常辛苦。

当时，洗马池是南昌最热闹的地方，跟翠花街比邻而居，除了商业街，这儿也有闹中取静的书街，专营文房四宝和木版印刷的古籍书，另外就是布满了大小理发店。

万仁俊径直走进"顶光"理发店，理发店里拉风扇的孩子是他的同学，叫腊根。

他向腊根一了解，果然如爸爸所说，这些天剃头的军人特别多，都是清一色来剃光头。

他向腊根讲述了那天那个兵哥哥发痧、闭痧、刮痧的故事，讲了自己和姐姐怎么救这个兵哥哥的经过，描绘了那个高个子兵哥哥的形象，特点是外地口音，嗓门大，大概是湖北人，那个闭痧倒下来的战士可能是他的"本家"，很容易辨认，颈前颈后以及胸前皮肤上有刮出的紫色点点和红紫色条条，那是刮痧的印记。

腊根想了想，猛地停下手中的绳索，说道："来得早不如来得巧。刚刚一位高个子兵哥哥与你说的样子一模一样，他身边还站着一个兵，我奇怪地瞄了半天，怎么从颈到背青红紫绿，我猜想他是闭痧了，还叫他坐下歇歇，喝了一口菊花茶。"

万仁俊听得两眼放光，急切地说："那，他们到哪里去了？你记得他们往哪个方向走了吗？"

腊根想了想，说："我无意中听到他们的对话，好像是剃完头要去师部。我跟师傅说一句，陪你去找哈。"

腊根说的师部，就是第二十军第一师的师部，设在江西大旅社。江西大旅社是当时南昌市的地标式建筑，一九二二年由南昌商人李晋笙、包竺峰、罗仲和集资四十万元兴建，两年前落成。开业大典的时候，万仁俊和腊根还挤在人群里凑热闹，抢糖果，捡没有放响的鞭炮。

大旅社的门口站了岗哨，万仁俊不敢上前，站在门口伸头望，门口挂上了一条长木牌，写着一行字：第二十军第一师指挥部。进进出出的人很多，听他们说话，他就知道这些人都不是南昌本地人。

心远中学，天主教堂，匡庐中学，老贡院，宏道中学都驻了兵，都是外乡人，也没有什么奇怪的。东征嘛，不知他们哪天就会离开南昌。

他对腊根说："不让进哪……"

腊根说："没事，我熟。"

"你熟？"

"嗯，他们都来剃过头，一来二往就熟了。我还常到这里面帮忙做点杂事呢，他们还给钱。这帮当兵的，好呀！"

果然，腊根与门岗哨兵嘀咕了几句就进去了。

进到旅社里面，腊根说："你眼睛放尖点啊，他们穿衣戴帽都一样，别漏掉了你要找的兵哥哥哈。房间里就不要瞎蹿了。这厅堂院是军人的必经之地，住里门的都是当官的，门口住的是警卫员和卫生员。"

腊根还兴致勃勃地告诉了万仁俊一件事，旅行社有个勤杂工，也会剃头，自己还有剃头刀，剃头剪，他前几天还为这些兵剃头，"顶光"店老板还以为这个勤杂工有意抢店里的生意，一问，原来是做善事，做义工，天热不收费，为兵哥哥剪个头，刮个胡须，精神凉快。于是"顶光"店老板宣布为兵哥哥剃头减半收费，还加刮脸、捶背、捏颈全套服务。后来，当官的来得多了，又可以剃头，又可以闭目养神、捶背捏颈，舒服啊！"你刚刚看清了么？这两天师傅没停手，师傅累了，我就会上前为师傅捶捶背，捏捏颈，师傅说我手艺也不错。还说，每天帮我多加一角钱工钱哩。"

万仁俊真没心思听，进出人又多又杂，大兵们走来走去，可那个高个子兵始终没有出现。

两人走到一口大缸前，腊根叫住他："来，喝一口茶水。"

"这缸里是茶水？"

"是呀。你知道这一缸水放了多少茶叶吗？"

"不知道。"

"这是包老板养金鱼的缸。南兵住进来后，人多，茶水桶小，熊哥就想了个法子，换个小缸养鱼，用这大缸盛茶水。人来人往，谁有碗、有壶都可以装满，解渴方便。你也喝一口，听说，这是庐山云雾茶，很香的嘞！"

万仁俊说："我不懂。我从没喝过茶叶，都是喝白开水，喝井水。"

"那就更要尝尝，蛮香的，解渴解暑。"

"这么大一个缸，怎么烧茶水啊？"

"白天灶上要烧饭，都是晚上半夜后才烧水。天亮时分，四口大缸才能装满，可以供千把人喝，真难为熊哥了。

腊根再三提到的熊哥叫熊明亮，二十岁，是大旅社里的勤杂工。

两个孩子正说着，正门走出来一群军人，看得出都是当官的，好像是刚刚散会，腋下还夹着公文包。有个高个子特别醒目，万仁俊心头一跳，追了过去看，越看越像。对，就是他。

万仁俊大胆地叫了一声："兵哥哥！"

高个子愣了一下，转身看见是万仁俊在叫自己，亲切地问一句："有什么事吗？"

万仁俊近距离细看一下，像，又不太像。他迟疑着问道："你是给钱的那个兵哥哥吧？"

"给钱？"

"对，瓜钱。刮痧的钱。"

"啊……我想起来了。我听过你们南昌人送瓜救人的故事。南昌人好，真好！这钱不用还了，这人也不用找了，我们马上要东征，今天晚上还要打'野外'，大家忙哩"。

万仁俊不依，缠着要还钱。

大个子军官突然放下脸说："孩子，你不懂！你听着，我们当兵就是为了救国救民，就是要保护民众的。吃了你的瓜，你还救了我们的命，还不收钱，这是不能做的事。你钱留着，留着孝敬父母吧！"

　　大个子一个箭步就冲出了大旅社，门外树下系着一匹红马，他敏捷地跨上马，拍马远去。

　　万仁俊下意识地追了几步，钱还攥在手里。望着大个子军官的背影消失在拐弯处，万仁俊怅然若失，骂自己，怎么就不敢把钱塞进兵哥哥的口袋里呢？悔呀！

　　腊根见状，拉着万仁俊就要走出大旅社，眼前一亮，只见一人挑了一担货。他们都认得，那是广益昌百货店的伙计曹福生。

　　腊根奇怪地叫住曹福生："曹老兄，你们送什么货呀？"边说边走近看，原来是一包包紧扎的白毛巾。曹福生乐哈哈地说："这天太热，兵爷说了，给每位南兵买一条毛巾好擦汗。我家老板连夜到处找货，仓库里的都搜光了，南昌店里一条都找不到了。这是我老板从谢埠和长收来的货。这天热，这么多兵，这毛巾生意好做嘞。"

　　腊根说："是呀，南兵好啊，如果是北兵，不要你送货，我看抢也抢光了。"

　　曹福生喜滋滋地说："是呀，南兵仁义呀。我们店这两天生意火爆，进钱如潮水一样。毛巾是一纸箱一纸箱地买，红绸布是一疋一疋的要。我们店里柜子上的红绸布也都空了。我问兵哥，你们买这么多红布干什么？兵哥说，东征打胜仗，庆贺呀！披红挂绿热闹呀！好了，我要送进去了，你们玩。"

　　万仁俊跟着腊根走出师部。回望着五层楼的大旅社，万仁俊想这辈子可能再也没有机会走进这样辉煌高档的旅社了。前两年落成的时候，万佬巴就介绍说这是南昌最大的旅社，最高的楼房，最美的建筑，东南西北构成一个"回"字形。一层楼前面是账房，后面是办喜事的礼堂，叫喜庆堂。两边是休息的厢房。二、三层是菜馆，四楼有西餐厅，整个五楼有九十六间客房。房顶有露天花园。登上房顶，望下看，南昌会是怎样的啊！那一个个行人，那一匹匹马骡，那各色车辆，是不是像金壳虫那样爬行啊？

　　腊根匆匆赶回剃头铺去了，万仁俊就漫无目的地在街上溜达。

　　他往顺化门的方向走，一条笔直的麻石路一路通过去，沿街过去是万家祠、席公祠、石公祠，再往东就是百花洲、皇殿侧，就是李璟迁都南昌的皇宫的旁边。快近中午了，要吃中饭了，阳光炽热，街上行人渐稀，酒楼饭店门口非常热闹。人力车满街跑。好一点的人力车，脚下有踩铃，叫黄包车，或叫东洋车，南昌人叫"橡皮车"，车上往往坐着俊男俏女，男人油头粉面，跷着二郎腿，女人高开衩旗袍显露出的美腿，让路过的汉子不停回头。跟着人力车后跑的、推的往往是小乞丐，光膀子，短裤衩，一身汗珠，总希望那戴黑眼镜的俊男，露大腿的俏女能丢两个赏钱。这种希望往往是肥皂泡，真正能给一口水喝或一口饭吃的是车夫。车夫会问：崽俚子（南昌方言，小孩子），是挨了爸妈打，还是出来讨饭的？每次，万仁俊看到这个场景，总会庆幸自己有饭吃，有衣穿，有书读。他想起来有一次和姐姐万仁芳、表哥王肇石、陈勉哉、邹努这些学兄在一起时，他问过一个问题："为什么我有吃有穿，有书读，讨饭的小孩为什么没有？是他们懒？可他们不懒，他们不是在大热天帮忙推人力车吗？"

王肇石说："我们青年团是要帮穷人翻身的。蒋介石是要帮富人打压穷人的。共产党青年团的人是反对打压穷人，剥削穷人的，是为了救国救民，保护穷人的。"

万仁俊又想起了那个高个子兵哥哥说的："我们是救国救民，保护穷人的……"这话，怎么和王肇石说的一模一样？

万仁俊又想起来这些天看到的新闻，一下子是蒋介石在上海杀人，一下子是汪精卫和共产党要东征讨蒋，一下子是汪精卫和蒋介石达成共识，还有南昌的朱培德，一下子反蒋介石，一下子又与蒋介石站在一起……城头变幻，云里雾里，有点像几个小孩子打架！万仁俊年纪小，想不通，弄不懂，他最切身的感受就是北军坏，南军好，他希望南军永远在南昌保护自己。现在，不管是南昌城内的老的朱培德的军队，还是新来的叶贺部军队，都是打北军的南军，都好。可是，为什么也好像分成了两派呢？

他问过老爸万佬巴，可老爸有老爸的担忧。老爸说："武汉成立了政府，北方政府还没有倒，蒋介石在南京又成立了新政府，那不成了'三国演义'吗？都说一国不能二主，现在的中国，都弄出三个主来了"。

万佬巴还说："又不北伐了，把北伐变成了'东征讨蒋'，谁赢？谁输？叶贺部队对老百姓好，老百姓心里明白。可不知什么原因，叶贺部队不待在九江，不东进安庆，呼啦啦突然都进了南昌，还真不知唱什么戏？"

万佬巴的想法朴素，单纯，代表了南昌市民当时的普遍疑虑。

街边老樟树上的知了在不停地叫，天热得似火炉。万仁俊不知不觉向右拐了个弯，走到了进贤门。不去店里了！今夜还是上城墙找地方歇暑，这几天实在太热了。

（2）

天下事，常有莫名其妙的因果因缘，即使是八一起义。

一九二七年七月二十七日早上，南昌牛行火车站。

南浔线上，这列火车走了五个半小时，不是路程太远，而是负荷太重，沉重的历史负荷。

从车厢里走出了贺龙的第二十军官兵，走出了李立三、刘伯承、彭湃、吴玉章、林伯渠、徐特立……还有从武昌一直由陈赓陪护着的周恩来。周恩来穿着中山装，手挽黑色皮包，跟着人流，离开牛行火车站，走向赣江边，轮渡过江，上岸，由章江门进入南昌市区。

周恩来出任中共中央军事部部长以来，已是多次临危受命，组织、领导武装起义。

两个月前，莫斯科方面来电，要求现在应开始组建八至十个由革命的农民和工人组成的、拥有绝对可靠的指挥人员的师团。这些师团将是武汉在前线和后方用以解除不可靠部队武装的革命的近卫军。此事不得拖延。

几天后，共产国际又来电明确指出，动员两万名左右的共产党员和五万名革命工农，组织一支可靠的军队。为实施这一计划，苏联方面将特别提供一大笔经费。

九十年后的今天，读到这样的电文，觉得实在是荒唐而可笑，在那个共产党员血流成河的日子里，到哪里去一下子组织两万名党员和五万名革命工农？

共产国际的指挥棒高高在上，雾里看花，不着边际，其方向常让人莫名其妙。中共中央陈独秀、张国焘均表示不能同意。张国焘的回答更是明确："拒绝并通知莫斯科"。

勤勤恳恳的周恩来明白，如果没有苏联支持，中国革命实在难以进行下去。作为中共中央军事部的负责人，他还是全力以赴投入了这项工作。

六月十五日，周恩来派出十名军事干部到湖南浏阳、平江一带组织农民，准备武装暴动。当时，叶挺十一军二十四师正驻扎在湘鄂边境。

六月十七日和二十日，周恩来两次在临时中央局会议上提出了湖南农民暴动计划，但由于共产国际并不支持，计划告吹。

七月，南昌暴动的计划又报告了临时中央委员会。

临时中央委员会大多数人举手同意。

共产国际支持了南昌起义的经费吗？

回答是：否。

那么，南昌起义的军费从何而来呢？且留作后话。

几十年后，张国焘在其回忆录中针对此次讨论发动武装起义，回忆了毛泽东和周恩来两位领导人的表现："毛泽东当时表现了他的奋斗精神，自动选择回湖南，担负领导农民武装的任务。我们原分配他到四川去，这是为了他安全着想，亦由于四川也是大有可为的地方，尤其是关于农民的发动。他这个湖南的'共产要犯'，却要冒险到湖南去，不甘心让他所领导起来的湖南农运就此完蛋。我们当时很高兴地接受了他这个要求。这也许就是他后来被逼上井冈山的起点了。

"周恩来是一个不多发表议论而孜孜不倦的努力工作者。他很镇静地、夜以继日地处理纷繁事务，任劳任怨，不惹是非。所有同志们的疏散工作，多半由他经手。他之获得一般同志的敬重，地位日益重要，也是从此开始的。"

很多年后，毛泽东在谈到一九二七年的抉择时也说："我们都是党派去的，恩来领导了南昌起义，我领导了秋收起义。"是的，当年的青年毛泽东是以明知山有虎、偏向虎山行的英雄气概，顶着"湖南的共产要犯"帽子回到家乡，举起了秋收起义的火把；沉稳踏实的周恩来，也是冒着极大的危险，挑起了南昌起义的重担。

时间紧迫，周恩来进入南昌城，立刻来到了花园角二号朱德的寓所。

朱德久久地握住周恩来的双手。朱德的警卫员刘刚第一次看到团长对一位远来的客人这样亲切激动。朱德叮嘱刘刚上街买一些炼乳饼干。刘刚从来没有听过，也没有买过这样的食品，多问了几句，才知道这是法国口味的食品。朱德又要厨师去买菜，买来菜后，朱德亲自掌勺，为周恩来做了几盘可口的川菜，两人共进午餐。

团长的热情让警卫与厨师都有点奇怪。

周朱二人自己知道，他们都在迫切等待相聚的这一天，盼望太急切。他们心中都有一张时间表，催促他们不停工作的时间表。

朱德把这几天的工作情况一一做了汇报，由他自己绘制的一张军情分布和起义军进攻路线的草图也交给周恩来。草图上有驻军番号、配备及进攻方向示意图。

下午，周恩来来到江西大旅社，召开前敌委员会第一次会议，李立三、彭湃出席会议，谭平山列席会议。

会议对敌我双方力量作了比较、分析。

敌人。第五方面军总指挥朱培德在庐山，所部第三军和第九军分别驻扎在樟树、吉安、万安、进贤、临川一带，南昌城内只有朱培德所属的警卫团，第六军的一个团及第三军、第九军各一部。总兵力六千余人。

我方。兵力有叶挺部第十一军第二十四师，蔡廷锴部第十师，贺龙第二十军，朱德的第三军军官教育团，第二方面军总指挥部警卫团，广东农军。还有驻扎在马回岭的周士第第二十五师，起义发生后，可以迅速开赴南昌。共计二万二千人。

我军兵力具有压倒性的优势。

会议确定了指挥机构：前敌委员会，设于江西大旅社，周恩来负责；总指挥部，设于宏道中学，贺龙任总指挥；前敌指挥部，设于心远中学，叶挺任前敌总指挥。

另外，因贺龙、叶挺刚刚进到城里，对敌人各部的具体情况还未搞清，恽代英也还未到达，所以，起义时间推迟至七月三十日晚。

当晚，周恩来回到花园角二号，与朱德同宿一处。

第二天一早，朱德派警卫员到系马桩附近找到一栋房子，这房子是江西省女子职业学校的，周恩来来到这里住宿、办公，学校就成了周恩来的办公室，学校代号"炮兵营"，陈赓负责警卫工作。

周恩来安顿下来后，随即来到宏道中学，在后院一楼的贺龙指挥部，两人进行了秘密交谈。周恩来将起义计划详细告诉贺龙，并征求贺龙的意见。贺龙当即郑重地表示："我完全听共产党的话，要我怎样干，就怎样干。"周恩来当即以前敌委员会的名义任命贺龙为起义军总指挥。

刘伯承这时也赶到了南昌，他是接到中央命令后，向武汉政府请"病假"一个月赶赴南昌的。按照周恩来的指示，刘伯承到第二十军军部协助贺龙拟定起义计划。两个曾在四川讨袁战斗中相识相交、相互了解的亲密战友，相逢洪城共谋大事，不需过多的客套。

刘伯承对南昌当前的局势十分冷静。他认为，从南昌城内看，军事力量是两万对六千，我方占明显优势，但把眼光向外看，就会发现南昌外围全是敌军，起义军处于一个巨大的包围圈中。一旦战斗打响，必须速战速决，一旦外兵来援，形成包围之势，突围会十分艰难。

刘伯承制订了非常周密的起义计划：

一、叶挺指挥第二十四师，解决敌第六军第五十三团和第三军第

二十三、二十四团，即歼灭天主堂、贡院、新营房等处驻敌，并解决敌卫戍司令部，占领敌方在佑民寺的修械所和弹药库。

二、贺龙、刘伯承指挥第二十军，负责攻占朱培德第五方面军总指挥部，消灭大营房的敌军，解决省政府的守卫部队，解决敌第九军第七十九团和第八十团，并控制江北的牛行车站，警戒铁路线与赣江水域。

三、聂荣臻向驻马回岭的第二十五师周士第部传达前敌委员会决定，领导该部起义，向南昌靠拢。

四、朱德利用第五方面军军官教育团团长的身份，加强牵制与瓦解敌军工作，了解南昌敌军动态。

作为起义军的参谋长，刘伯承还担负着与江西省委的沟通工作。

这时的江西省委宣传部部长是宛希俨，是日后朱毛红军会师的重要联络人宛希先的胞兄。这年，宛希俨二十四岁，却已有四年党龄，他是湖北黄梅县宛大屋人，一九　三年出生，他在家乡读完小学，十四岁入武昌启黄中学，后任学生会主席。每年寒暑假都会回到黄梅老家，组织平民教育促进会、青年团小组、少年黄梅学会，宣传共产主义。前文提到的蒋永尧，蒋永华，王肇磊等青年人都是在他的引导下靠拢革命的。

一九二五年，二十二岁的宛希俨任武汉地委宣传部部长，协助董必武主办《楚光日报》（后任主编）。北伐军占领武汉后，宛希俨任中共中央军委机要处主任秘书，警卫团政治指导员，同时主编中共中央机关报《民国日报》。毛泽东著名的《湖南农民运动考察报告》一文，就是在他主持下首发于该报的，不久该报又发表了郭沫若的《且看今日之蒋介石》，引起了全国性反响。当武汉"分共"形势恶变时，宛希俨受党委派来到南昌，出任中共江西省委常委兼宣传部部长，配合并发动民众支援南昌起义，他与妻子黄慕兰携部分中央工作人员乘船先到九江，并于七月二十七日来到南昌。黄慕兰来南昌后任秘书，兼交通员。

七月二十八日，刘伯承来到小校场三益巷，与宛希俨、黄道举行了秘密联席会议。刘伯承传达了南昌起义的计划，并希望江西省委组织群众积极配合。

七月二十九日，中共江西省委在松柏巷第一女子师范学校召开了省、市党团员骨干分子会议，商讨组织民众迎接起义的工作。

同一天，谭平山负责召开国民党左派中央执行委员及各省党部负责代表会议，准备组织国民党政治及常务机关迎接起义的发动。

万事俱备，只等七月三十日晚，神圣的枪声响起。

然而，这个时间又要推迟了。

前敌委员会接到了张国焘两封电报，他将于三十日上午来南昌。

（3）

一九二七年七月三十日上午。系马柱，南昌女子职业学校的一间教室里。

李立三、叶挺、彭湃、谭平山、周逸群等南昌起义的领导者围坐一起。他们在等候张国焘的到来。张国焘的电报说：暴动宜慎重，无论如何要他来后再决定。

暑假的学校静悄悄的，操场上更是空荡荡的。突然，教室里安静的氛围被操场上的脚步声打断。大家静静等待着悬念的解开。

周恩来和恽代英陪同张国焘走进了会议室。时间不等人，立马开会，张国焘传达了中央的意见。

中央的意见是不同意南昌起义！

这意见缘自四天前。

七月二十六日上午，邓中夏从九江返回武汉，向中共中央汇报了南昌起义的计划。中共中央又将计划呈报苏共中央。很快，共产国际根据联共（布）中央政治局决定发来了对南昌起义指示的电文。

一九二七年七月二十六日下午，在武汉的中共中央委员秘密举行了一次会议，出席会议的人员有张国焘、瞿秋白、李维汉、张太雷，共产国际代表罗米那兹，军事顾问加伦。

会议首先传达了联共（布）中央政治局关于南昌起义计划的复电内

容：如果有成功的把握，我们认为你们的计划是可行的，否则，我们认为更合适共产党人辞去相应军事工作并利用他们来做政治工作。我们认为乌拉尔斯基和我们其他著名的合法军事工作人员参加是不容许的。

落款：最高领导机关。

乌拉尔斯基就是加伦。

求证这次会议每个人发言的真实性，已有难度。

据史料记载，张太雷当即指责张国焘错误传达中央指令，阻挠南昌起义，张国焘当然不认可。张国焘的回忆说：秘密会议上，加伦提出，张发奎如能同意回师广东，并且不再强迫叶挺退出共产党，就可以和张发奎一起行动。如果在南昌的起义兵力不超过五千到八千人，在敌军优势兵力阻击下，便很难打回广东。如果张发奎能同意，再发动南昌起义也不迟。

罗米那兹则从经济上否定南昌起义的可能性，他认为目前没有经费可供南昌暴动使用。

争来吵去，党中央的决定是停止南昌起义。

谁去南昌传达中央的指示？会议一致推举张国焘。

据张国焘后来的回忆，他当时进退两难，心情复杂。要奋起反击国民党反动派，他无异议。当初周恩来提出武装暴动，他也没有反对，现在要他去劝周恩来、谭平山停止行动，他感到很不合适。而且，他也认为南昌暴动没有成功希望，因为共产国际显然置身事外，不仅要俄国顾问勿卷入漩涡，而且不肯给予经济支持，这更会使南昌暴动陷入绝境。

思考再三，他还是同意代表武汉党中央到南昌去。

他于七月二十七日清晨到达九江，此时，恽代英、高语罕、廖乾吾、夏曦尚在九江，贺昌也从武昌返回了九江，他立即召集众人，传达了武汉会议的指示，并希望大家讨论表态，希望大家提出质疑。孰料，大家异口同声地说：没有讨论的余地，就按原计划干。一致同意继续南昌暴动。

张国焘说："为什么不可以讨论？这是中央派我来的意思，这也是共产国际来电的意思。"

恽代英强悍地说:"现在还管他什么中央不中央,国际不国际!"

张国焘无法说服大家,只好决定到南昌去。因等候火车,在九江滞留了两日。七月二十九日早晨和中午,他向南昌前委连发两封急电,电报用的暗语:那宗大生意,待我去后,再确定是否拍板。

江西女子职业学校教室里的会议正式开始了。

张国焘传达完毕党中央的指示,说:"暴动如果有成功把握,可以举行,否则不可动。应该争取张发奎的同意,否则不可动。"

大家沉默了一阵,李立三第一个打破了沉默:"张发奎绝不会同意我们的计划。必须彻底放弃依赖张发奎的幻想。今后革命,我们党应公然站在领导地位,暴动决不可拖延,更不可作罢。"

张国焘说:"起义是要死人的,这关系到我们几千个同志的生命。请大家再讨论一下。"

李立三激动地指着张国焘:"一切都准备好了,为什么我们还需要重新讨论?"

性格急躁的谭平山开口骂道:"混蛋!假使这次我们军中的同志还不能够干,那以前一切军事工作都不能算是我们党的军事工作。"

叶挺也从军事角度表示:"分化能推迟一点也好!"

周恩来见大家纷纷积极表态,而张国焘还在喋喋不休地说着共产国际的意见,性情温和的他突然站起身,握紧拳头,猛敲着桌面,愤怒地吼道:"这与中央派我来的意思完全不符!如果我们此时不行动,我只能辞职,也不再出席今天的特别委员会会议!"

周恩来的愤怒不仅让张国焘,也让所有与会者感到意外,一个温文尔雅的周恩来,一个埋头苦干、礼貌周到的周恩来怎么会出现这种怒发冲冠的样子?

彭湃明确表示:"暴动决不能拖延,更不可以停止。"

但张国焘始终没有松口。

张国焘是孤立的,他的意见被众人的坚持所淹没。然而他不点头,今晚起义的计划便不能实施。他毕竟代表着中共中央与共产国际。

会议还得继续。

会歇。

张国焘知道李立三固执，如果能说动他，或他同意延迟，一切都好办了。他主动与以性情火暴闻名的李立三交谈。李立三居然安静了下来，给张国焘详细讲述了当前的形势：

第一，张发奎越来越偏离左派人士；第二，贺龙并非张发奎的嫡系，明显与张发奎　合神离。我们已经取得贺龙的支持，如果停止起义，贺龙的处境将十分难堪，党将失去掌握的整整一个军的力量。所以，时间不允许我们等待，不允许我们改变！

三十一日早晨，前委扩大会议在江西女子职业学校继续举行。

气氛紧张如昨。

这时，传来了新的消息，汪精卫、孙科、张发奎以避暑为名由武昌抵达九江，密谋"清共"，三十日已封查九江书店和九江《国民新闻》报社，抓走了报社负责人。恽代英、廖乾吾、高语罕已遭通缉。九江已经开始大搜捕。（南昌并不知道，那夜抓走了七十余人，八月五日，也就是八一起义后几天，蒋介石为了泄愤，下令在九江大校场集体枪毙了二十六名共产党员。）

谭平山得到消息，见到张国焘依旧傲慢地继续老调重弹起义时机不成熟，气愤得跳了起来，冲着张国焘大骂："混蛋！"对门口的卫兵喊道："把他给老子捆起来！"

卫兵拿着绳索利索地冲了进来。

冷静的周恩来说："不能捆人！他是中央代表，我们不能采取强制行动。"

这时，一个卫兵进来，送给叶挺一封加急电报，叶挺看后交给周恩来，是张发奎从庐山发来的：一、着贺龙叶挺速去庐山开会，不得迟疑；二、严令贺龙、叶挺限期把军队撤回九江；三、他本人将于八月一日抵达南昌，督促叶贺撤兵之事。

时不待人，不能再商量了，不是干与不干的事，而是箭在弦上，不得不发。

在这种情势下，张国焘只得表示："少数服从多数，你们决定吧！"并提出要看看《八一起义宣言》。

看罢后，指出宣言需要修改，并建议起义再等一日，八月一日发动。

周恩来说："宣言由我来改。请叶挺起草作战命令，以贺龙名义发出。命令内容为：我军为达到解决南昌敌军的目的，决定于明（一）日四时开始向城内外所驻敌军进攻，一举而歼之。"

尘埃落定！

然而，一波三折，第二十军又出了一名叛徒，投朱培德部告密，起义时间必须提前。

（4）

七月三十日下午二时，心远中学教学楼。

虽然起义的最后决定还没有定下，但叶挺已经召开了传达起义的军事会议。到会者是第二十四师四十名营以上军官，大都是共产党员。

叶挺传达了中国共产党关于起义的决定及前敌委员会对当前形势的分析，指出宁汉合流已成定局，革命遭到严重的挫折，中共中央决定举行武装暴动，挽救目前危局。

二十四师参谋长徐光英介绍了双方兵力：敌人兵力约六千余人，我们兵力两万多，贺龙二十军与我们同时行动，胜利有绝对把握。

尔后，徐光英作了战斗部署：七十一团三营负责攻占天主堂，七十二团三营和广东北江农军，协调攻打驻扎在永和门外新营房的敌第三军第八师第二十四团。七十二团二营负责主攻老贡院驻军第三军第八师二十三团。新营房七十二团攻打南昌卫戍司令部及设在佑民寺的修械所和弹药库。要求一个晚上结束战斗。因为一旦相持到天亮，战局可能发生变化，樟树、进贤之敌可在二十四小时内抵达，吉安、抚州之敌也不过两天可到。

与会军官中,二十四师七十二团三营营长袁也烈动开了脑筋。他奉命攻打新营房,他知道这次行动比北伐誓师,比保卫武汉第一次反击国民党反革命军队的战斗意义更重大。

袁也烈,一八九九年出生,湖南洞口县人,一九二四年考入桂军军官学校,一九二五年考入黄埔军校二期,同年加入中国共产党。北伐时在叶挺独立团任连长,攻克武昌后升为副营长、营长。

这个营的军官中,副营长是国民党员,连长,指导员中有三个国民党员,排长中国民党员更多。这些国民党员虽然基本是左派,可一旦面对面,敌方许多军官就是黄埔同学,会不会影响战斗意志?自己还要去好好掌握。

另一位营长、二十四师七十一团三营营长黄序周也在动脑筋。他的营负责主攻天主堂,敌人是程潜第六军第十九师第五十七团,黄序周所部四个连,以四个连对付一个团,是块硬骨头,先要明确敌情,"知己知彼"才可能克敌制胜。他决定第二天上午亲自去松柏巷天主堂侦察。

与此同时,贺龙在指挥部也召开了团以上军官会议。

贺龙开口就说:"今天召集大家来开会,有件重要的事与大家谈一谈。大家都知道,国民党已经叛变了革命,国民党已经死了,我们今天要重新树立起革命的旗帜,反对反动政府,打倒蒋介石!我们大家在一起很久了,根据共产党的命令,我决定带部队起义。你们愿意跟我走的,我们一块革命,不愿跟我走的,可以离开部队。"

军官们静了一下,也顿了一下。这些日子,部队"东征讨蒋"却突然转向南昌的谜团终于解开了。原来是在酝酿这样一件大事啊。

一位军官立刻表示:"军长决定怎么办,就怎么办,我们坚决跟着走。"

大家一致附和,跟着军长走!

贺龙高兴地说:"好,那从今以后,我们要听从共产党的领导,绝对服从共产党的指挥。"

接着贺龙宣布了起义计划,下达了任务:"我们二十军的任务,是解决省政府朱培德第五方面军司令部和所属部队，还有驻大校场的七十九团，七十九团由二师六团负责解决。傅团长，你们怎么样？"

"一定完成任务。"傅维钰团长答道。

傅维钰，湖北英山人。一九二四年六月考入黄埔军校一期，同年冬，由周恩来介绍加入中国共产党。一九三二年三月一日被国民党抓捕，当日在上海石灰港遭杀害。

坐在傅维钰身边的二十军教导团团长侯镜如想：第六团是新成立的部队，一色的新兵，从未经过战斗锻炼。而七十九团是敌人的主力团，如果搞不好，会影响整个起义计划。这么想着，侯团长站起来说："报告总指挥，这个任务交给教导团行吗？"

刚满二十五岁的侯镜如是河南永城人，留学欧美预备学校，一九二四年考入黄埔军校一期，同年加入国民党，一九二五年参加了第一、第二次东征。后又参加北伐，任国民革命军第一军第十四师团参谋长，北伐军到达福州时任十七军三师党代表，兼任师政治部主任。后到上海，在周恩来领导下指挥上海工人第三次武装起义，战斗中胸部负伤，伤愈赴汉口，任武汉三镇保安总队长。接到中共中央军委指示后，出任贺龙二十军教导团团长。

侯团长并非夺功显能，他是对自己的部队了解与信任。教导团的士兵一部分是二十军的下级军官，一部分是武汉保安总队的学兵队队员，都是有经验的老战士。教导团里还有中央农民运动讲习所的学生和"马日事变"后湖南湖北各地来汉口的党团员农运骨干，这些人觉悟高，斗志旺盛，侯镜如对他们自然充满信心。

贺龙眼睛一亮，"哦"了一声，望着侯镜如问："有把握？"

侯镜如毫不犹豫地回答："有！"

贺龙说："好，七十九团就交给你们。不过，你们一定要用突然袭击的打法，一下子吃掉他们！"

贺龙转身对傅维钰团长说："你团的任务改为警戒，现在你们两个团马上换防。"因为教导团驻扎在城东新营房内，而六团驻扎在七十九团驻地的隔壁，即大校场营房内。

両人立即给本团写了一份换防命令，通过军部参谋分头发了下去。

最后，由参谋详细讲解了起义的细节规定。

行动时间：凌晨四点。

行动信号：三声枪响。

识别符号：左臂缠白毛巾，领口系红领巾，在马灯和手电筒上贴红十字。

口令：河山统一。

开完会后，侯镜如到军需处领了七月份的军饷，因为钱多，不能扛回团部，他叫了一辆黄包车拉回驻地。

下午，教导团与第六团进行了换防。教导团荷枪实弹走了三四里路来到大校场，两千多人灰压压一片，队伍整齐划一，威武雄壮，各营、各连在唱着《国际歌》《少年先锋队歌》《北伐歌》，歌声震天。

侯镜如对各营营房进行了布置，第一营驻营房外西北面城墙边的一座庙里，这座庙出来就是大校场，穿过大校场就是敌军正面，可以直线攻击。其他三个营全部进入营房，三营的营房与七十九团营房只有一墙之隔。

侯镜如下令各连连长带领战士进入营房，整理内务。他与参谋长周邦采带领各营营长一起到隔壁"拜会"七十九团朱团长。

各营营长并不知道这次"拜会"的目的，以为只是一次礼节性的访问，只有侯镜如明白，这是起义计划的重要一部分，是侦察。但他不能过早把用意透露给大家。

朱团长外号叫朱胡子，因为他胖乎乎的脸上蓄着长长的络腮胡子，四十多岁，肥胖的体型，不像军人，更像一个饭店里的老板。他是朱培德的嫡系，久闻第二十军的威名，见是侯团长亲自带队拜访，非常热情，望着风华正茂的侯镜如感叹地说："你们都这么年轻，真是英雄出少年啊。"

是的，教导团各营营长大都是黄埔一期毕业，都是二十多岁，年轻气盛，打着绑腿，戴着军帽，一色灰布短裤军装，朱胡子自然不能与他们相比。

侯镜如客气地回答："我们是晚辈，哪有朱团长见识多广，难得有这个换防同院的机会，要向你好好讨教讨教。"之后，侯镜如以讨教学习为名，要求到营房内外参观。

朱胡子看到几个英姿勃发的青年对自己非常尊敬，高兴地说："好，好！"陪着侯镜如一路参观一路解说，多少枪支火器，装备情况，各连营配置情况，连每个士兵携带多少发子弹都说得详详细细。

侯团长与几位营长里里外外看了个够，地形地物都牢牢记下：这是一幢宽敞的、面积相当大的青砖瓦房，全团官兵都住在这幢房子里。房子围墙只有一人高，墙外是一尺多深的沟，矮墙深沟，高低加起来足有两人高。营房北部就是侯镜如的团部。两个营房的门都是面向西边大校场开的，中间也有一堵矮墙。教导团士兵只要越过这道矮墙就可以冲进朱团。侯镜如发现矮墙中有几处坍塌，显得漫不经心地问："朱团长，这地方豁着口呢，会不会跑兵？"

朱胡子说："不要紧，晚上有警戒。"

侯镜如提高声调对三营长冷相如说："看到了吗？这里放了警戒。"

冷相如，黄埔一期毕业，后来南下时，在潮州战斗中牺牲。

回到营地，一个具体的作战方案已成竹在胸。晚饭后，侯镜如召集了连以上干部开会，宣布起义命令。

冷相如拍着大腿说："刚才我还嫌参观时间太长了，现在告诉我是起义，我会再看仔细点。"

侯镜如笑笑说："朱胡子的报告已够用了。"随即宣布了部署：一营提前行动，沿大校场外那条沟悄悄运动到敌营西边正门前隐蔽，负责攻击营门；三营提前迂回，沿墙外护沟进至敌人东南方，在有坍塌处的矮墙附近隐蔽，听信号，干掉敌人警戒冲进敌营；二营抽调一部分人作预备队，其余每人拿一条长凳子，隐蔽在敌我之间的那道矮墙下面，待正面与侧面行动后，将凳子一放，翻进墙去，从北边进攻敌营房；四营全是徒手学生，先在墙内呐喊助威，待主力部队攻入敌营后，跟着上去收缴敌人武器。

侯镜如交代了起义时间、标志和注意事项，最后叮嘱行动计划不要往下传达，只告诉学生们晚上有行动，不要睡得太死。

待各营连长回去后，他与周邦采又把方案回想了一遍，每个细节都进行了分析，实在没有找到什么漏洞，方安下心来对表。

这夜，怀表似乎走得特别慢，滴滴答答，焦急地等待着起义的枪声响起。

二十四师七十二团三营的任务是攻打新营房。新营房在永和门外，三营的驻地在西边，相距约有半个多小时的路程。因为对营房地理不熟，三营营长袁也烈决定化装到东门敌营去侦察敌情。

七月三十一日一大早，袁也烈找了个会朋友的理由，到新营房走了一圈，看了地形、道路，了解到这儿有敌二十四团团部，一个营部，七个步兵连，一个重机枪连，将近三个营的兵力，比师部会议上估计的兵力要多。自己一个营，对付三个营，胜算有多大呢？他边看边琢磨，将敌人的地形火力、兵力部署摸清楚后，歼敌计划也在心中渐渐形成：下午日落时分，三营以"打野外"为名悄悄向东移动，到了新营房后，以休息为名，暂借敌方营地宿营，第二天凌晨起义。

袁也烈把这个计划报告了团部，又召集了党小组会讨论具体的执行办法。袁也烈营没有战士党员，只有军官党员四五人，如何保证战斗的突然性和秘密性，如何将周密、具体的安排落实到班、排及战士，确实有很大的难度。而军队的党组织又是绝对秘密的。如何发挥党员的坚强领导作用，率领全营官兵出其不意，攻其不备，一举全歼敌军？袁也烈在党小组会议上统一了思想，做好了具体部署。

下午，袁也烈通知全营官兵：晚饭后出发"打野外"，擦洗武器，减轻行囊，归还欠物。因为夜行军，要准备好电筒、电池，电筒上还要贴好红十字标志。

临出发前，袁也烈通知各连长：今晚有战斗任务。何时下令给排长和战士们，还要待行军后择机进行。

一声令下，出发。

三营官兵在城内大街由西往东进发，行李担子随尾行动。在街上，士兵们看见兄弟部队也在集合，也在行军，感觉到有个大行动。只有军官们心里才知道队伍是去哪里，去做什么。

目的地到了，袁也烈派出营部副官，找到驻军二十四团团部联系，见到团长，说是刚从野外训练回城，一天"打野外"下来，天热难耐，已是筋疲力尽，难以回城，想借贵军营房外空地露营小歇休整。

都是友军。二十四团团长同意了。

副官想更进一步："能否借一间房子办公？"

团长说："那不行，让你们在营房外歇息已是够意思了。"

副官见目的已达到，未继续纠缠，请团长发给联络口令，团长指示参谋办理。

参谋抄给了普通口令与特殊口令，参谋心中高兴，有了口令，要不要办公室也无所谓了，部队可以无阻挡地进出二十四团各个营房了。

参谋还神秘地告诉这位副官："刚才接到上级通知，今夜城里部队移动频繁，要注意有事情发生，请你们加强警戒。"

对方副官因为得到参谋的提醒，报告了团长，团长立马派出了多支武装巡逻队，弹上膛，刀出鞘，在营房周围来回巡逻。

这参谋是无意提示，还是有意泄密？不得而知。

露营命令下达后，战士就地休息。各连长在露营前，照例选择哨位，寻找安排饮水处、大小便处。实是侦察地形，察看对方哨位。有的连长记住了口令，还走进驻军营房，将敌人的床位、枪支架的位置都搞得一清二楚。

天色渐黑，二十四团巡逻队的刀光闪亮，特别刺眼。巡逻队的警惕性很高，除了在营房周围巡逻，还有些小队走进露营住处察看。袁营有些战士已经躺下睡了，背包打开了，行李担子也没有整理，巡逻队一眼看去，就是一支疲惫之师，睡如烂泥，他们放心离去，再也没有来。

两支队伍都被黑夜淹没。一支在营房内，一支在营房外，相隔数十米，最远也不过百米，再过几小时，上膛的子弹便要射出，出鞘的刺刀便要见红。

二十四师七十二团三营的官兵在朦胧中等待着。

二十四师七十一团三营也在等待。

三营营长黄序周的任务是解决天主堂的敌人。

黄序周，湖北黄冈人，一九　四年出生，一九二六年入党，认识叶挺后，在叶挺部当参谋，后任营长。

天主教堂内的敌军是程潜第六军的一个团。

黄序周三营驻扎在江西省女子职业学校内，也就是周恩来的寓所内，离天主教堂不远。全营编制四个连，要打掉敌完整的一个团九个连，不能光靠勇敢和死拼，得智取。

为了摸清敌营的情况，黄序周智闯敌营。他有先天优势，因为程潜部为湘军，他是湖北人，两地口音相近，敌人不容易分清楚。

他第一次入敌营，是扮成伙夫挑水，从一个营走到另一个营，边送水边问：你们是几营的？团部在哪里？就这样把敌军各营的地理位置搞清楚，并向团长欧震汇报，欧团长不满意侦察结果，要他再混进去，摸清兵力与武器的配置。黄序周再次混进天主教堂，初步摸清楚了装备，武器是新的，可能是刚组建的团。出来向团长汇报，团长仍然不满意，又要他了解岗哨警戒的情况。于是，黄序周三入教堂，发现军人的住房与城墙紧挨着，而且第三次进去时，发现兵营门口已堆满了沙包，架上了机枪，明显有了戒备，哨兵也不允许陌生人走动，把他拦住了，好在他的口音帮了他，哨兵确信他也是湘军，才放他出了营门。

这次侦察为团长制定作战方案起到了很大作用。团长决定抽一个连兵力到城外，信号发出后，从城墙翻入天主堂院内，主力三个连从正面主攻大门。从女子职业学校到天主堂大门是一条狭窄的长长的巷子，战士无法隐蔽，冲锋时完全暴露在敌枪口之下，只有内外开花才有可能取胜。

天黑了，四个连全部进入了阵地。

他们都在等待枪声响起。

黄昏，周恩来在叶挺的陪同下，来到了二十四师教导大队第三队，第三队队部驻扎在百花洲职业中学，党代表李逸民迎接两位到来。深暮时分，起了点风，学校池塘里的莲花正在盛开，尽管气温灼人，但阵阵幽香不仅减轻了暑气，也让人感受到一丝战前的轻松。

叶挺向官兵下达命令："吃完晚饭，打好背包，待命。"

周恩来说："凌晨三点钟后，大家把毛巾扎在右臂上，红布围在脖子上。凡有电筒的都用红布剪好红十字贴在玻璃上，今天晚上我们要缴反革命队伍的枪，你们随时听号令行动，凡是有这样标志的都是自己人，不准开枪，没有这些标志的，碰着就打。"叶挺接上话茬说："打起来，要不怕牺牲。一排到司令部协助警卫，二、三排参加战斗！"

就在万仁俊和小伙伴们在街头闲逛、寻找着凉快的睡觉场所的时候，他们看到了一队队穿着灰军装的南兵的调动。他们看到这些年轻英气的南兵们脸上似乎有着与以往不同的激动、紧张甚至戒备的神态。他们没有多想，事后，他们才知道，这正是接受了任务的起义军临战前的急切、兴奋和紧张。

第五章　午夜枪声

（1）

南昌。

一九二七年七月三十一日，星期天，农历七月初三。

天色暗了下来，各支起义部队已进入战备岗位，静待攻击命令。

贺龙突然接到消息，二十军一师一团三营副营长赵福生投敌，将起义时间告知了朱培德。

赵福生，云南宾川县人，曾当过营长，因为带兵三十人叛逃过，被贺龙招抚回来。贺龙见他颇有悔改之心，也没有太难为他。不过，他自己无脸再当营长，于是降职当了副营长。

七月三十一日下午四点，第一师师长贺锦斋在全师营以上军官会上宣布了起义命令。赵福生心中一惊，脑海中一片混乱，也不敢乱走动。待到吃完晚饭，已是黄昏六点，他思前想后，最后下定了决心，急匆匆走向章江路的旧藩台衙门，现在的朱培德第五方面军指挥部……

敌情突变。贺龙立即把这个揪心的消息报告给前敌委员会，周恩来果断决定，起义时间提前两小时，八月一日凌晨二时开始。按前委作战计划，第二十军第一、二师向旧藩台衙门 '大士院和牛行车站的守军发起攻击，第十一军二十四师向松柏巷天主教堂、新营房和百花洲的驻军发起进攻。

守卫在旧藩台衙门的是第五方面军警卫团，团长就是那位朱德的好友李正中，这支部队是朱培德的嫡系部队，大都是云南子弟兵，赵福生就是把暴动的消息出卖给了他们。

赵福生的情报无疑像一枚炸弹投进了朱培德的指挥部。

当时，朱培德身在庐山，省政府管事的是朱培德的秘书长徐虚舟，代理省主席是民政厅长姜济寰，他是学者型的左派，曾被列入"礼送"名单。

匆忙之下，警卫团作了两手准备，一手，是布置兵力对付暴动部队，在旧藩台衙门门口架起了三挺水机关枪，也就是马克沁重机枪，这种要靠水冷却枪管的机枪，非常笨重，但是火力强大，扫射起来像刮风一样。二手，是借"打野外"为名，组织部队从后门逃走。很多官兵狼狈逃窜，跑出指挥部，却见街头巷尾到处都是二十军的部队，纷纷询问他们口令，没办法冲出去，这些人只好又龟缩回衙门里面，做好了死守准备。

为什么一支精锐之师会这么乱？团长李正中到哪里去了呢？

原来，此时此刻，李正中虽然在团里，但是却烂醉如泥，没法指挥了。

事情要从七月三十一日上午说起。

朱德带着警卫员刘刚来到大士院的南昌名店嘉宾楼，定下了两桌酒席。

南昌大士院，地处德胜门内，濒临赣江，历来是南昌市最热闹最嘈杂的所在，做小生意的、打把式卖艺的、赶车歇脚的、吸鸦片的、逛窑子的，三教九流，什么人都有，堪称社会大染缸。虽然北伐军进入南昌，禁烟禁嫖，但是这种社会的毒瘤往往有着强大的生命力，私底下很难禁灭。

大士院里有几处高档的餐饮娱乐场所，嘉宾楼就是其中的一座，厨师一手地道的川菜烧得色香味俱全。朱德今天要宴请的贵宾们不是云南人就是四川人，对于这家饭店是情有独钟。

朱德写好几张请帖，叫刘刚分头送去几个团长家，并交给了他一件武器：一把刀，刀形似驳壳枪一样，刀柄内有簧，能屈伸，外人看不出是把刀。

刘刚问："朱团长，这干什么用？"

朱德说："伤及敌人皮肤即死。"

刘刚没敢再问，心里已有几分明白。

刘刚把请柬送到后，回来又陪朱德去了宏道中学的贺龙指挥部，朱德与贺龙交谈了二十分钟，确定了起义计划不变，就回到了嘉宾楼。

下午五点，留守南昌的朱培德的团长们都来了。第一个到的是李正中，尔后是七十四团团长王玉和，二十三团团长卢泽明，二十四团团长肖大胡子和副团长蒋汝光，朱培德的幕僚也来了不少。大家共进晚餐，推杯换盏，把酒言欢。

酒醉饭饱，才八九点钟，朱德说："天气这样热，睡也睡不着，不如找个僻静之所，打打麻将，诸公以为如何。"

于是，刘刚雇了几辆黄包车，把这些团长和幕僚一个个送到大士院三十二号，这儿是当年的"高级会所"，打牌，抽烟，陪客的应有尽有。团长们宽衣解扣，抽烟休息，吆喝打牌。

朱德警觉地在人群里走来走去，外表看起来非常周到，其实是在监视着这些敌酋的一举一动。朱德看看每个团长都找到了自己的乐趣，于是掏出一沓钱来，叫另一个警卫陈玉昆拉上团长们的卫兵，一起也去喝酒寻乐，身边只留下刘刚。

大家在饮酒寻欢中度过了几小时，已是将近午夜，突然响起了急促的敲门声，二十四团副官慌慌张张闯进门向肖大胡子报告："今晚九点，指挥部紧急通知，说是贺龙部一个姓赵的副营长密报，明晨四点，共产党要暴动，通知各位团长立即采取应急措施，严加防范。"

肖大胡子大骂："混账东西，为什么不早点来报告？"

副官苦着脸说："我九点钟就出来了，跑遍全城也找不到你们。要不是刚刚在前面遇见几个护兵，哪知团座您在这里……"

朱德见了，过来安慰大家："请大家镇静一点，传谣未必可信，我看这些天，叶贺部和各军相处很融洽嘛。是不是这个副营长挟私乱说也未可知。再说，各位老弟都是大风大浪里闯过来的，何必惊慌失措。还是各就各位，打完这四圈，尽欢方散。"

卢泽明焦急地说："玉阶兄，你现在是无事一身轻，我们自然比不了你，今夜万一出事，将来上头怪罪下来，我们可担当不起啊！"说罢，大家匆匆穿衣出门，各自赶回自己的营房。但是，不少团长喝得太多，已经是不省人事，丧失了指挥能力。

看到这些团长一个个都走了，朱德立即和刘刚赶到总指挥部。

回到旧藩台衙门前。

贺龙在战前分析时已估量到这是一块硬骨头，所以安排了最敢打仗的一师与二师攻击。

首先进攻的，是二十军二师师长秦光远。

秦光远，贵州人，时年三十七岁，与贺龙、贺锦斋是拜把兄弟。

午夜时分，他的前锋部队走到离大门不远处，突然从对面跑过来一队军人，两军各持枪在手，想问口令已来不及了，谁先发制人，谁先扣扳机谁就活命。脖子上系着红领带的连长先扣动了驳壳枪的扳机，这不是指挥部的信号枪，这是主动进攻的枪声，这是南昌起义的第一枪，是共产党反抗国民党反动派的第一枪。

此时的时间是一九二七年八月一日凌晨零点多钟，不到一点。

一枪引来万枪响，顿时，全城四处响起了枪声。敌警卫团的水机关枪也"嘟嘟嘟"开口了，瓢泼弹雨很快封锁住了大门，起义军没法接近，死伤了不少士兵。

秦光远请一师师长贺锦斋助战。

一师驻扎在西大街的中华旅社内，与朱培德总指挥部邻街。一师一团二营的五连、七连是贺龙的主力，贺锦斋亲自带着这两个连冲到旧藩台衙门大门口，大门正对着一条二百米长的小街，对面六挺轻重机关枪同时响起来，弹如雨下。

五连班长张应祥带着一班人赶紧卧倒，他生怕贺师长要他们硬冲，这么猛的火力，硬冲，那是送死啊。还好，贺师长命令大家卧倒，抱着枪在地上向前滚，并要后面的机枪火力不停点射，进行掩护。贺师长知道水机关枪的短处，是只能平射，不能朝下打，滚着向前，就可以避开凶猛的火力。

不一会，张应祥班的战士们滚到大门口。贺师长见时机已到，一声大喊："冲啊！"，张应祥带着全班人爬起来向敌人猛扑过去，黑夜中，敌军猛然见到一群军人如天神般袭来，吓得机枪也不要了，抱头鼠窜，张应祥带着全班战士攻进了旧藩台衙门。

张应祥这年二十五岁，随起义军南下失利后，返回家乡湖南桑植，后在码头当工人。新中国成立后在宜都装卸运输公司工作，二十世纪六十年代末退休，九十一岁去世。

贺龙的指挥部设在距旧藩台衙门不足二百米的小楼台上。贺龙，刘伯承和周逸群都在指挥部严密注视着这场战斗，为了防止敌人冲出外逃，军部警卫营封锁住敌人大门，营长刘力劳调来手枪连，不停点射，织成一道火网，严密封锁住了敌人逃跑的路线。

贺龙、刘伯承一看张应祥班攻进了敌指挥部，赶紧集中一部分兵力架起梯子占领制高点，又派一部分战士迂回到后院翻墙入内，前后夹攻。顿时，旧藩台衙门院内枪声响成了一锅粥。

朱培德的指挥部就这样被攻下了。起义军抓了一大堆俘虏。

赵福生也夹杂在俘虏队伍中，贺龙一眼认出了他，气愤地喝道："拉下去，毙了！"

赵福生跪下连连求饶。贺龙怒斥道："你才知道要命？你让我们多死了多少兄弟！"贺龙一挥手，手枪响了，赵福生倒下了。从告密到被俘，到被击毙，不到十个小时。

一师师长贺锦斋率部打扫战场，清点俘虏。

贺锦斋这年二十六岁，是贺龙的堂弟，人称贺龙的左右膀臂，不怕死，会打仗。八月五日率部南下，曾代理二十军的指挥工作。起义军失利后，随贺龙回湘鄂荆江地区坚持武装斗争。一九二八年九月八日，牺牲于湖南石门泥沙战斗中。

再说另一路袁也烈营。

袁营和北江农军露宿在新营房外不到一百米处，周边草里发出"啾啾"虫鸣声。午夜时分，连长向排长下令，排长向班长下令：打上绑腿，穿好服装，扎好皮鞋，左臂缠好白毛巾。

比预定的时间更早，袁也烈突然听到城西南方向传来了激烈的枪声，他知道是友军已经开打了，这种情况下，他只能随机应变。于是，他挥枪大喊一声"冲"！战士们像旋风一样冲进了营房。"不许动！不许动！"几声枪响和手榴弹爆炸后，他们听到惊慌的声音："不要打！不要打了！都是自家人啊！"驻军全部缴械投降，战斗出乎意料地提前结束。

桌上电话不停在响，是敌军师部询问情况，袁也烈拿起电话，俏皮地回答了一句："二十四师部队在此接防完毕。"

通讯员通知袁也烈去指挥所。袁也烈急匆匆赶到指挥所，一进门，就看见一个年轻英俊、浓眉大眼的领导，与叶挺站在一起。

他认识，这不是当年黄埔军校政治部的周恩来主任吗？

大校场新营房边的侯镜如，在等待的过程中多了一点小插曲。

约莫零点时分，驻军派来了一位年轻的副官，问侯镜如："我们团长要我来问问，你们在这里干什么？让我禀告侯团长，都是自己人，千万不要误会。"

"哪里，哪里！"侯镜如机智地说，"我们是在搞夜间演习，请不要误会。"然后让自己的副官把这位"来使"稳住。

这时，三营来人报告："敌人营房开始有动静了。|

侯镜如亲自跑到墙根，贴墙细听，好像听到起床声。他看看表，离预定时间已经不太远，而且城内已响起了枪声，从位置看，他知道是贺师长、秦师长他们已经干上了，事不宜迟，他立即向各部队下达命令：

"开始攻击！"

"怦怦怦"，一梭子子弹出膛，枪声响彻夜空，三营冲进了敌人的院子，二营跳上板凳翻过矮墙，涌进驻军营房，子弹、手榴弹在营房内不停飞舞，在喊杀声中，战士们听到了"缴械投降"的呐喊声。

在收缴枪枝时，侯镜如听到敌军阵营里不时有人低声叫道："同志，同志，我是共产党员，让我加入你们队伍吧！"侯镜如知道敌军这个团中肯定有共产党员和共青团员，但是他没有办法查证核实，他想了想，把这些人集中起来，又从教导团抽调了一部分军官和学生，合编为一个补充营。

做完这些，侯镜如向军部报告："任务完成，敌七十九团全部歼灭。"

敌卫戍司令部设在顺直会馆内，卫戍司令由第三军军长王均兼任。起义军二十四师七十一团一个连担任攻击任务。战斗从攻打王均的私室开始，其私室是原军阀张勋的公馆，驻有一个警卫队。起义军这个连就驻在王均私室斜对门的政法学堂内。

敌警卫队人数不多，但战斗力很强。攻击开始后，敌警卫队抵抗顽强，凭借屋顶、石库门和铁炉等防护工事，紧紧守住大门。后来，这些反动军队又冲出大门，和起义军进行巷战。起义军迅速调整战术，再次发起冲锋，冲进了私室，才全歼警卫队，收缴了王均私宅的纸币和金银首饰。起义军还打开了设在这里的监狱，解救出一百多名关押的共产党员和革命群众，缴获库存枪支一千余支。

攻打老贡院驻军二十三团、二十四团的是二十四师七十二团。七十二团驻扎在南昌女子职业学校内，团长孙树成，江苏铜山人。

听到枪声后，孙树成请示师部："可以开始攻击吗？"师部指示："立即行动。"二十七岁的孙树成立即率部向贡院发起猛烈进攻。二十四岁的副团长廖运泽率领四个连的兵力，旋风一般冲进二十三团营房，以一个营的兵力冲进二十四团营房，第二营营长李鸣珂领兵攻击贡院大门。李鸣珂是黄埔四期步兵科学员，四川人，他的部队遭到顽强抵抗，敌军在炮火掩护下，沿着与贡院毗邻的东湖向北逃窜，东湖对岸已设有部队阻击，驻军只好折回，向七十二团团部方向猛扑。此时，二十四师教导队队长陈守礼领着留下的十几个学生兵守住团部大门，拼死抵抗。孙树成团长向师部求援："老贡院抵抗很顽强，敌人要从后门冲出来，希望快增加两挺机关枪，越快越好。"团长刚刚离去，从街口右侧涌出黑压压一队敌军，手持花机关枪不停扫射，向团部猛扑过来，子弹打在门前的石壁上，溅起片片砂石，扑打在士兵脸上，细碎的沙粒刺入眼中。守在团部门口的学生兵见状，害怕地往后退缩。

"不准退！"陈守礼站在门口，右手的枪不停射击，团部书记羊角顺手抓住陈守礼腰间的皮带，让他隐蔽，就在这一刹那，一颗子弹打进了陈守礼的腹部。羊角抱着他躲开了。

这时，李鸣珂营长带队增援过来，把扑向团部的敌军打退。陈守礼在学生兵的搀扶下进到屋里，军医官跟进查看，打针。这时，陈守礼的脉搏已经非常微弱，这一针也只是止痛与安慰了。可是，陈守礼的意识依然存在，还在大声喊着："不准退！"

这时，孙团长进来报告大家一个好消息："全城的敌人都已解决，只是这贡院的敌人还在顽强抵抗。"

"敌人解决了吗？"昏迷中的陈守礼又问。

"解决了！"团长怕他未听见，蹲在他身边大声重复着，"完全解决了。"

"解决了？"陈守礼的脑袋转动了一下，似想确认，但眼珠子已经不能转动了，只是无力地又问了一句，"怎么还有枪声？

"那是我们的枪声。"团长说。

陈守礼放心了，缓缓地吐出了最后一口气。

团长悲愤的脸上突然出现一点惊喜，说："守礼，听，贡院内在吹号，吹敬礼号！我们胜利了。传我的命令，停止攻击。"

我们胜利了。

陈守礼牺牲了。

这夜的枪声，起义军部队死了多少人？伤了多少人？不知道。现在仍然是一个谜。

在南昌起义全部两万多参加者中，陈守礼是在党史上唯一留下了姓名的烈士！

南昌人是这场伟大起义的很多细节的见证者。

李桐森，是松柏巷天主堂男堂的一位厨师。

男堂内驻扎了朱培德的一个营，营部就设在男堂内的一幢洋房内，营房在楼上。这个营分驻在天主堂和紧邻天主堂的匡庐中学院内。

马路对过，就是驻扎在一中院内的叶挺部队。

凌晨时分，夜空里突然响了枪声。一声，两声……越来越激烈。

"外面打枪！"李桐森的一个同事说。

话音未落，又响了几枪，松柏巷内甚至响起了"嘟嘟嘟"的机关枪声，在外面睡觉的南昌市民连忙躲进教堂里。教堂里的朱培德军也开始起床，吼叫道："操他妈狗日的，谁打枪？睡个觉都睡不安生。"

有起得早的，端起枪就往外冲，冲到门口，就像被割的麦子一样倒下了。

李桐森吓得叫了起来。很久没有见过打仗死人了，他学着天主堂的神甫一样，嘴里喃喃念起了"阿门"。

李桐森不知道这些南兵互相打什么，穿一样的军装，拿一样的武器，干吗要打？

李桐森仔细观察了一下，看明白了，街对过一中的南兵，胳膊上都系着一条白毛巾，街这边的南兵，胳膊上什么也没系，黑夜中，他们就是这样区别的。他看到天主堂内的南兵扛着水机关枪就往楼上跑，"嘟嘟嘟"一阵巨响，一下子扫倒了好几个街对过的南兵，把天主堂门口封死了。

打了一阵，楼上的机枪突然不响了，过了一阵，"嘟嘟嘟"又响了，不过这回，是把弹雨泼向了旁边匡庐中学内的南兵。系着白毛巾的南兵呐喊着冲进了天主堂，枪声又响了一个多小时，天主堂里的南兵死的死伤的伤，剩下的都举起白旗投降了。

几个脖子上戴着红领带、胳膊上系着白毛巾的南兵"通通通"跑下楼，看到男堂厨房里的李桐森有点害怕，就和气地说："老板，不要怕，我们打反动派，不会伤害你的。"李桐森"通通"直跳的心才渐渐安定下来。

后来，李桐森才知道，对面一中的叶挺部队一看大门被朱培德的机枪封死，便组织了一个排翻墙进入，又摸上了教堂的楼上，把那挺水机关枪搞掉了。

前后不到两个小时，松柏巷的战斗结束了。

这时，天还没亮，没有枪声的松柏巷如往日夏夜一样，安静，悠闲，似乎到处飘荡着学生们的欢笑声。

攻打天主堂的正是黄序周的二十四师七十一团三营，他们英勇机智，干净彻底地歼灭了敌第六军五十七团。不过打扫战场，却一直没有找到敌团长，第二天才知道他们的团长在朱德的宴请中酩酊大醉，就睡在了麻将室。这位倒霉的团长，打仗不行，敛财倒是把好手，黄营士兵发现他的卧室里光纸币就有三大箱子，还有一大批金叶子、金手表。黄序周让人登记好，送往了团部。

关于这场战斗，李桐森讲述得似乎很轻松，可他不知道，当时冲在最前面，死伤在天主堂门口的二十几个战士中，就有前几天接受万仁芳"刮痧"的那个小战士，蒋永尧的堂弟蒋永昌。这个月，蒋永昌刚过完十七岁生日，就壮烈牺牲。

这场战斗的正式过程是这样的：天主堂敌军是第六军五十七团，他们接到敌军指挥部的情况通报后，察觉到街对面的叶挺部有围歼自己的意图。决定先发制人，利用夜深突围。凌晨一点三十分，他们突然行动，冲出天主堂，却被严阵以待的二十四师七十一团迎头痛击。黄序周营随即提前正面强攻，七十一团其他部队爬上城墙，居高临下从侧面助攻，前后夹击，逼迫敌军放弃门口临时搭建的工事，退回院内，之后遭到四面围攻，被迫投降。

黄序周一九八四年在武汉去世，先后担任过上海市民政局局长、湖北省水产厅厅长等职务。

参加这场战斗的还有两个年轻人，后来成为共和国的著名人物。一个是十九岁的陶铸，时任七十一团特务连连长；一个是十八岁的萧克，时任三营八连指导员，是黄序周的直接部下，他带领一个排配合陶铸，包抄了敌团部。

陶铸，湖南祁阳人，一九二六年考入黄埔军校，后任国务院副总理，中央政治局常委，"文革"中被迫害致死，享年六十一岁。

萧克，湖南嘉禾人，黄埔四期毕业，一九五五年被授予上将军衔，二〇〇八年去世，去世时已是一百〇二岁的老人。他也是新中国开国上将中最后去世的一位。

南昌起义将星云集，新中国开国将帅中，共有七位元帅和四位大将参与其中，说南昌起义是人民军队的摇篮丝毫不为过。

一九五五年授衔时，十大将中排名第一的粟裕，在南昌起义枪响的那夜，还是个将满二十岁的青年，再过九天，他的二十岁生日就到了。那个晚上，他在现场，但并没有参加战斗，他是二十四师教导大队的一名战士。七月"分共"开始时，汪精卫部要收缴教导大队的枪械，教导大队奉党的命令离开武昌，经大冶、黄石开向九江。为迷惑敌人，大队下的各中队改名为手枪队、监护连，进入南昌城后，粟裕的中队被派往南昌起义前敌委员会做警卫队，粟裕任班长。

虽然当时粟裕只是个兵头将尾的芝麻官，但因为和指挥部在一起，他经常和"大官"们接触，见到最多、打招呼最多的就是周恩来。周恩来大他九岁，却没有一点官架子，和警卫战士们总是笑着打招呼，英俊的周恩来成了粟裕心中的"明星"。

七月的最后一天，临近黄昏时，警卫队接到"擦洗武器，补充弹药，整理行装，待命行动"的命令。天黑后，粟裕与战友们全在宿营地待命。大家都明白是要打仗了，可是跟谁打？敌人在哪里？年轻人心里没有底，关系好的三三两两聚在一起小声议论着。

周恩来恰好路过宿营地，停下脚步问着大家："同志们，要准备打仗，怕不怕？"

"不怕"，青年人生气勃勃，异口同声地回答。

周恩来说："好！这次打仗我们是有完全胜利的把握的，你们准备接受光荣的任务吧！"

什么任务？周恩来没有说。大家本来就睡不着，这几句话让人更兴奋了，摩拳擦掌等待任务。

终于听到了哨音，各班排长到中队长那儿去接受任务。

粟裕班的任务，是接应朱德领导的教育团起义。

这个时候，江西大旅社外已响起枪声，刺鼻的火药味也飘了过来，院子里参谋们跑来跑去传递消息，粟裕从一个参谋的说话声中判断，枪响处正是朱培德的总指挥部，过一会，城南、城东一带都响起了枪声，他心里明白了，是自己的部队向南昌城内的朱培德、程潜部队开火了。他们马上出发，向永和门内的军官教育团跑步前进，跑了二十来分钟，接近教育团驻地，战士们以隐蔽的战斗队形向教育团接近，却发现迎接他们的不是枪声，而是欢迎号，教育团已经起义成功了。

粟裕第一次见到朱德，只见朱德蓄着长长的胡须，面带慈祥的微笑，如果不是身着军装，真像一位和善可亲的长者。

教导队和教育团两队合一，一路警戒着向江西大旅社的前敌委员会开去。一路上，只听到全城枪声渐少渐弱，各战场都能看到系着白毛巾的起义军战士押着俘虏下来，看到起义军战士在打扫战场，救助伤员。粟裕知道起义胜利了。果然，回到江西大旅社，胜利的消息不断传来，大楼里紧张有序，院子里挤满了俘虏。不过，这些俘虏跟其他的敌人不一样，尤其跟只知道抱头龟缩一团、不停求饶的北洋军队不一样，他们直视着对方，要求与长官对话，还有的说："我们也是黄埔生，我们愿意参加起义。"还有的说："你们说缴械了就不杀人，放我们一条生路，我要回家种田。"

粟裕看到各部队不折不扣地执行了指挥部的指示，对缴械的敌人绝不杀头，而是大部分放回了家，小部分经过甄别，补充进了起义部队。

　　南昌牛行火车站在南昌城北面，中间有赣江相隔。当时，从九江方向开来的火车只能停在牛行站，乘客下车坐船横跨赣江，从章江门进入南昌城区，有点像民国时期的津浦铁路，火车只能开到浦口站，旅客下车轮渡，从下关进入南京城。从现代的眼光看，这样的交通方式要多落后有多落后，效率非常低，可在那个年代，这却是一条现代化的大动脉，其快捷、方便，令来往于南浔线上的旅客感受到了现代文明的成果。

　　对于这么一个重要的枢纽，朱培德却并不重视，车站上只驻有王均第三军的一支二十多人的小小巡防队，还有一个只有几条枪的税务所。

　　对于这么一个重要的战略要点，起义军当然必须重点掌握。七月二十八日，从星子方向开来的二十军二师四团并没有进城，直接就驻扎在牛行车站的旁边，二营的一个连甚至就住在巡防队的隔壁，同一个院子煮饭，同一个院子聊天。王均的这个巡防队都是贵州兵，四团很多湘西一带的兵，语言上差别不太大，两边很快就混熟了，这个连对这二十几个人的铺位、枪支弹药的情况了如指掌。

　　三十一日晚，二营王炳南营长突然召集全营连长来到江边，轻声说："今晚有情况，各连集合队伍到江边警戒，不许吹号，要肃静。"并做了三条规定：一、不许有人下河在木排上洗澡和睡觉；二、不许城内的军队夜晚过江；三、不许九江那边的军队乘车过来。宣布完了，低声问道："明白了吗？"

　　"明白了！"大家齐声回答。

　　一会儿，团长贺文选来查岗，有战士好奇而神秘地问："团长，贺军长说东征，就是在这里出发吧？"

　　团长似是而非地点点头，然后又一次交代：队伍要有识别标志，红领带、白毛巾要扎好。记住口令，夜间一点开始行动。行动成功后，第一营在团部集合，向下游警戒；第三营在铁路上，向德安永修方向警戒；第二营在轮渡码头上，向城里和上游警戒。贺团长特别强调："铁路上的员工都是自己的工人兄弟，行动时不要乱打枪，不要误伤。注意战斗纪律，进城后绝对不能到老百姓家去！"

　　午夜时分，南昌城内响起了枪声。

二营迅速行动，几分钟内，第三军的小小巡防队与税务所的枪就全部被收缴。

不费一枪一弹，起义军占领了牛行车站这个至关重要的支点。

其他几个战场，如新营房、王均的宪兵营、第九军军部等，战斗都是很快结束，敌人都只是做了象征性的抵抗，便缴械投降。

起义的战前部署就是速战速决。南昌起义的枪声一共只响了两个小时，完全按照战前预期进行。

（2）

周恩来离开九江时，向聂荣臻、颜昌颐交代，设法把第二十五师拉到南昌参加起义。这是一支革命的劲旅，是叶挺独立团扩编的，北伐战争中建立了巨大功勋，令北洋军阀闻风丧胆。可是，二十五师师长李汉魂紧跟张发奎，所以聂荣臻只能秘密把该师带去南昌，不能惊动李汉魂，否则敌众我寡，搞不好这支"铁军"会遭受巨大损失。因此聂荣臻与周恩来约定，南昌一旦起义，立即放一列火车到马回岭七十三团驻地，聂荣臻只要一看火车到了，就知道起义成功，就会先把辎重装车运走，随后部队开往南昌。

聂荣臻，一八九九年出生，四川江津人，一九二二年留法期间加入旅欧中国少年共产党（后改称中国社会主义青年团旅欧支部），一九二三年春转入中国共产党，是叶挺的入党介绍人，回国后任黄埔军校政治部秘书兼政治教官，是我党最早从事革命军事工作、政治工作的领导人之一。南昌起义前夕，他被周恩来派往张发奎第二方面军中做起义的准备工作。八月二日，聂荣臻被任命为十一军党代表，与叶挺一起领导十一军南下。

聂荣臻三人到九江后，便住在二十四师司令部，旋即开始工作，了解各部队情况，研究起草起义行动计划。

《聂荣臻回忆录》中这样记述：我们到九江以后，就一个部队一个部队去传达。因为起义计划是非常秘密的，主要是传达给各部队的负责同志。有些部队传达得宽些，除叶挺二十四师外还有张发奎的其他一些部队，特别是李汉魂的二十五师，我去的次数比较多。各部分军队中，差不多都有我党的力量。所以，一经传达要起义的指示，大家就很快按党的要求进行准备。我们前敌军委的工作进行得比较顺利，完成了预定工作。

八月一日早上，上级通知已经占领牛行车站的王炳南营长，发了一列火车拉着空车皮向北开。火车"噗噗"喷着巨大的蒸汽，带着巨大的轰鸣声驶向马回岭。

火车还在路上。驻马回岭的七十三团团长周士第接到二十五师师长李汉魂的电话，要他去黄老门师部商量要事。

此时，周士第尚未接到上级指示，现在师长来命令，他该去，还是不去？

他是中国共产党党员，首先要听党的话。他立即召集党员会议，讨论到底去不去。

到会许多同志都怕他去了师部被扣。

一营营长符克振说："我代表团长去。"（符克振后牺牲于百色起义）。

周士第说："我想了想，估计李汉魂还不敢扣我。为了解他的真实意图，还是我去为宜。"

于是，周士第带了一个骑兵通讯员，从马回岭出发，很快就到了南边十二里的黄老门师部，他没有直接去找李汉魂，而是先去找共产党员、师参谋长张云逸。

张云逸一看到周士第，就说："今天要注意……"话没说完，李汉魂已走进屋里。一番寒暄后，李汉魂对周士第说："总指挥（张发奎）很称赞你，要重用你。希望你跟他走，不要跟共产党走。"

周士第严正地说："第四军在北伐中能打胜仗，张发奎之所以能有今天地位，正是由于有共产党的帮助，有共产党员的英勇牺牲。你们今天跟着汪精卫分共反共就是死路。"

突然，一阵巨大的火车轰鸣声打断了两人的谈话，周士第往窗外探头一看，是从南昌方向过来的车，他内心一阵惊喜，兴奋地跑出去迎接。火车停在了黄老门站，车上下来的是七十三团参谋长许继慎。许继慎遵照周恩来的指示，向周士第汇报："南昌已经起义，党已派聂荣臻来七十三团主持起义工作，部队赶紧准备好，开赴南昌。车上有很多南昌起义的伤兵，周总指挥安排他们经九江转去上海养伤。你现在赶紧回团部去，组织起义。"周士第赶紧从骑兵通讯员手上拉过马，扬鞭策马，一口气奔回了马回岭团部，和二十五师党代表李硕勋一起做好了起义准备，并派团军需主任周廷恩到师部军需处领取八月份经费，限下午一点归队。计划下午一点出发，晚六时全部到达德安车站集中，如遇阻挠破坏起义者坚决镇压，若遇拦阻破坏起义者坚决消灭。

很快，七十三团全体官兵宣布举行起义，加上驻黄老门西南的七十五团三个营、驻马回岭以南的七十四团重机枪连，一共两个团的兵力开赴南昌，参加起义。

下午一时，起义部队开始行动，七十五团三个营先走，七十四团重机枪连跟进，七十三团断后，第一营担任后卫。

关于这段历史，周士第回忆道："当七十三团走到德安车站以北时，张发奎、李汉魂等带着卫队营乘火车追来，当即遭到第一营的猛烈射击。张发奎、李汉魂等仓皇跳车，狼狈而逃。我们听到枪声，判断可能是敌人追来，我即率七十三团二、三两营，占领德安车站西北端高地，准备迎击。

"张发奎、李汉魂等跳车以后，列车仍向前开，到达德安车站，被我起义部队七十五团包围。车上的张发奎卫队营有五六百人，全是手提机关枪。七十五团要他们缴枪，他们说是总指挥部的，不肯缴。聂荣臻同志指示我'要赶快解决这股敌人，你下命令要他们立刻缴枪。'我派一个参谋去向敌军营长下令，敌人遂全部缴了枪。后来经过我们宣传，一部分士兵和一部分下级军官都参加了我军。

"我们起义后，传说张发奎责备李汉魂'你的部队呢？'李又反问张'你的部队呢？'他们非常懊丧地互相埋怨。

"第二天，起义部队全部到达南昌。由于党的坚强领导和群众革命情绪高涨，起义计划全部实现了。党决定这部分起义部队重新编为第二十五师，命令我任师长，李硕勋同志任党代表。原七十三团仍编为七十三团；原七十五团三个营编为七十五团；党把在南昌由七八百名青年组织起来的一支队伍拨给二十五师，并调一部分党员干部做骨干，与原七十四团重机枪连合编为七十四团。"

七十三团二营七连连长林彪就在这支队伍中。

关于周士第叙述的张发奎、李汉魂追击的事情，还有很多当事人的多种说法，对比一下非常有趣，这也成为南昌起义这一重大历史事件中不多见的笑点。

聂荣臻回忆录中这样记述："七十五团还没走完，只走了一半的时候，张发奎就乘火车来了……他站在车门口问，你们干什么？要停止行动！

"我同他之间只隔着一座铁路桥，张发奎的火车停在桥那边，看得清清楚楚，是他。南昌正在行动，不能放他过去。于是，我立刻向跟着我的李排长（名字忘了，也是留法勤工俭学学生，曾在苏联学习过）说'快让他们开车，他不开，就向空中鸣枪。'李排长立即喊着，要他们开车，他们不动，我说'放！'放了一排枪。张发奎就慌张跳下车跑了。跟他一块跳车的还有李汉魂等几个人。后来，叶剑英告诉我，张发奎跳车时，他也在那里。张发奎跳得慌张，将他的卫队，还有一些东西，都丢在车上，全部被我们俘获。贺昌同志也在那列车上。车到德安后，张发奎派了个参谋来，带着一封信，要求把他的望远镜还给他，我说可以，就连他们的卫队也放回去。"

张发奎的回忆是这样的："几个同事军官，三个苏联顾问和他们的翻译，我们一起乘坐一列机车去德安。当我们停在马回岭时，朱晖日和李汉魂在车站等我，在我准备上车或他们准备下车之际，我听到两声奇怪的枪响。显然，至少有一个共产党人已经控制了机车，强迫司机开动。我只有十个卫兵，于是我跳车了，有些卫兵也跳车了。我将马回岭交给朱晖日，回到九江。"

李汉魂的回忆是这样的：列车被缴了，卫兵也被缴了。路上就剩下我和张发奎两个人。张发奎怒气冲冲地责问我"丢，我让你带你的部队，你的兵呢？"我也气得骂他"丢老母，我的部队就是你的部队，你的兵呢？"张发奎气得一脚踢过来，我也气不打一处来，一脚踢回去。我们两个，就这样你踢我一脚，我踢你一脚，互相责骂着，扭打着，沿着铁路线的枕木，一瘸一拐地走回了九江。

（3）

一九二七年七月三十一日上午。

因为是星期日，蒋永华照例要去教堂，要去做礼拜，要去唱赞歌。回到医院宿舍，发现屋外是兵，教堂也住了兵。

她今天是大夜班，也就是午夜一点接班。

两个月前，她还在九江。两个月后，她来到了南昌这家法国医院。都是在教会医院，只不过，九江医院是美国人办的，南昌医院是法国人办的。这得益于她小时候学过法语，引导她学法语的是永尧哥的同学王肇磊。跟着哥哥和表哥，她从家乡黄梅来到九江教会护校读书，并参加了读书会，她一开始并不知道这个读书会是共产党的外围组织。

她只知道和他们在一起开心快乐，自由自在。她是一名由教会培养出来的护士，信奉基督，毕业后留在美国人办的生命活水医院工作。她身边的一个个革命青年影响着她成长，她成了一名进步青年，或者说是革命青年。她性格温柔，向往革命，却从没有、也不敢去打人，去杀人。革命在她心中是可以剪短头发，不裹小脚，可以穿学生装，女生可以到城里读书，可以有一份独立自由的工作，可以自由恋爱、结婚。她最喜欢读的书不是才子佳人，而是社会学，历史学，尤其是载有鞭笞时弊文章的《中国青年》《先驱》等杂志。在绿荫筛过的阳光下读这些文字，感觉真好。

每一个时代的文化和文字，总会对那个时代的青年起着难以估量的潜移默化作用。

在九江，她上街游行过，摇着红旗，喊着口号；她去聚会过，听了许多闻所未闻的词汇，见过许多大事件，哥哥与肇磊有时来看她，建议她多学一门法语。肇磊在张发奎第二方面军政治部任职，后调入蔡廷锴部。新中国成立前夕，经香港去了台湾，一湾海水，一世深情，心在那头，情在这头。蒋永华对他的思念在心里藏了一生，那是另一个故事了。她乐意接受他们的建议。她的父亲是湖北方言学堂法语专业毕业的，留下了好多法语书，哥哥要她学法语有另一层意思。哥哥告诉她，中国有很多革命青年都去了法国留学，他们还带来了旅欧留学生办的杂志，她读过周恩来写的《宗教精神与共产主义》，她一直记得刊载这篇文章的杂志叫《少年》（后改名《赤光》）。为了让她能学好法语，肇磊帮她联系到了法国人在南昌开办的圣类思教会医院实习，这家医院开办快十年了，坐落在抚河之滨，绳金塔下，地气人气都好。那时，肇磊常来看她，常送来杂志和新书。她最喜欢的是法国作家维克多·雨果写的一本小说《九三年》。那个年代国门刚开，她不知道雨果是谁，也不知道这本书是雨果的封门之作，更不知道是描写法国大革命的一部在世界文学殿堂里占有一席之地的史诗之作。肇磊还特意教会她唱了一首法国歌曲《马赛曲》，并介绍了这首歌创作的故事：那是1792年，法国大革命期间，一位工兵上尉和一个音乐爱好者一夜之间谱写成这首歌曲。歌曲表达了法国人民争取民主、反对暴政的革命意志和爱国热情。歌名原来叫《莱茵河军队战歌》，因为当时马赛营的志愿兵部队唱着这首歌向着巴黎进军，被法国百姓称为《马赛曲》。1795年7月14日，法兰西国民公会通过一项法令，把这首歌定为国歌。这首歌唱熟后，永尧哥又教她唱会另一首法国歌曲，歌词是：

从来就没有什么救世主，

也不靠神仙皇帝，

要创造人类的幸福，

全靠我们自己。

是谁创造了人类世界？

是我们劳动群众！

…………

歌曲旋律气势磅　，歌词悲壮有力，鼓舞人心。

这首歌的歌词内容和自己在教会学到的传道内容完全相反。

牧师说，人是神所造。神的本性是无限无量的。上帝说，要有光。于是就有了光。上帝看光是好的，就把光和黑暗分开了。上帝称光为昼，称黑暗为夜，有晚上，有早晨，这是头一日。只要会背圣经，会唱赞歌就会找到兄弟姐妹，就会有主保佑。

哥哥告诉她，创作这首歌的作者是两个工人。写词的叫鲍狄埃，谱曲的叫狄盖特，在世界各地只要会唱这首歌就会找到自己的朋友兄弟。

谁说的对呢？她一时间还真想不明白。

好在《九三年》的故事吸引了她，她一遍又一遍地读着。九三年是一七九三年的简称。这一年是法国革命的狂风暴雨时期，诞生不久的共和国尚未满周岁，帝制的阴魂还在法国徘徊。两派进行着殊死的斗争。共和国采取了最严厉的专政手段，竖起断头台，坚决镇压反革命，开始了前所未有的"红色恐怖时代"。

雨果的一句名言让她铭记了一生：在绝对正确的革命之上，还有一个绝对正确的人道主义。这句话让她向往革命，走向革命，参加革命；也让她对革命中发生的许多事件有了自己的独立了思考，并使她这一辈子处在革命的矛盾漩涡之中，以至于她一直没能成为共产党的一员，甚至，她在人生进入尾声时还在思考着。

前些天，她在九江生命活水医院上班时，接到共青团的通知，叫她最好回黄梅，因为永龄、永孚弟弟还在黄梅。也许是肇磊哥知道了自己的处境，叫自己去南昌，还是到法国医院上班。何况，永尧参加了这次东征，驻兵德安，也很快要在南昌集结。她以为自己也被列入了"礼送"名单，她真想不通，又没有做什么坏事，为什么也把自己列入"礼送"名单。其实，她并没有被列入"礼送"，只是兄弟姐妹为她的安全担忧。

　　这场大革命的风暴来得快，走得也快。一下子风起云涌，波浪壮阔；一下子腥风血雨，陈尸遍野。

　　她亲眼见到九江的一月英租界冲突事件，三月国民革命军第一军第二师组成"九江英租界临时管理委员会"，接管了九江英租界。对英国的外交胜利，让全国人民兴奋激昂。如平地一声雷，大家相信"革命"太伟大了，民众太伟大了，连英国人都让步了。

　　可是，三个月后，共产党人一个个不是倒在血泊里，就是处于被追杀中。她亲眼见到，也经历了九江的"三七"惨案，工人纠察队被青洪帮打得头破血流，国民政府竟还要"礼送"这些伤员，凶手却一个个在酒店被奉为上宾，坐豪车平安出境。

　　她真的很迷惘，不知所措。蒋介石是北伐军总司令，是打败北洋军阀的英雄。蒋介石如果真是反革命，她觉得自己就是革命青年，甚至觉得自己的蒋姓都似乎是罪过，真想改姓。后来，永尧哥说，改姓并不能说明你"革命"。参加革命是思想与行动。与蒋介石从争论到斗争，到刀枪相见，到生死相见，已不是个人恩怨，而是共产党与国民党之间的搏斗，是革命与反革命的搏斗。

　　她懂吗？懂了，似乎又没懂。

　　礼拜天，她照样上教堂祈祷，唱赞美诗，静心的那刻多好啊！如果世界也是这样静谧，平安，相爱多好啊！为什么要生死搏斗！自己问自己，自己却没有为自己找到一个正确的答案，她走出教堂，路过叶挺部队的营房，想起永尧哥哥不是说来了南昌吗？可为什么他不来看我。

　　她想哥哥，也想王肇磊。

　　这夜，她值大夜班。已过午夜，气温依然酷热。她的上一班护士是万仁芳，她回家睡觉去了。

　　教会医院要求很严，工作服必须衣扣整齐，手上不能持扇。幸好病人不多，她背上的汗，点点在淌。此刻最好的消暑方法就是安静，心静自然凉。

　　心刚静下来，夜空里传来了枪声，一阵比一阵急促，"巴勾，怦怦怦，哒哒哒"，步枪，手枪，机关枪，接着是炸弹的轰鸣声。

发生了什么事？

她有点紧张。

她见过去年的南军打北军，也与年轻人参加过反击北军的战斗。此刻，她无法辨别出枪声的出处和目的。

是抓人？不会响这么久。

那么，只能是打仗？谁跟谁？

城里驻扎的都是北伐军，而且大家的关系都非常好啊，互相之间没有任何争斗啊！

窗户开着，夜风灼热。她不敢走出护士站，不敢靠近窗口，她害怕没长眼睛的子弹飞过。作为医生，她见过的被流弹打死的老百姓不在少数。

好在两小时后，子弹渐渐稀落下去，街道又恢复了往常的平静。

此时星光闪烁，东方有点微光，正是黎明将至未至的时刻。再过一两个小时，一轮鲜红的太阳就将喷薄而出，宣告着崭新的一天的来临。

脚步声嘈杂，医院的门被急促地撞开了，进来一群军人，身上血迹斑斑，他们抬着几个伤员，边走边急切地和一个伤员激烈地争吵着。

"你们共产党干什么革命？屁！老子在前方打军阀，你们在后方做土匪。革命，革到我爹头上了！抄我的家，给我爹戴高帽子，游街！没我爹，没我家，这帮泥腿子吃什么？喝什么？我们在战场上出生入死，你们共产党好，在后方捡便宜。你们这叫革命？"

"呸！战场上打冲锋、最不怕死的都是谁？都是我们共产党员！牺牲的都是谁？都是我们共产党员！好了，果子熟了，翻脸不认朋友了，你们枪杆子不对准军阀，专对着我们共产党了。你去问问老蒋，这些日子以来，杀死了多少共产党员！你们这叫革命？"

吵架双方穿的都是一样的军服，不同的是，共产党这边的大兵，都有一条红领带围在脖子上，左臂上还扎了一块白毛巾。扎白毛巾的军人继续严厉斥责："我们叶军长说，这是和反革命搏斗，打起来要不怕牺牲，凡没有标记的碰到就打！我们是讲人道的，你受伤了，我们还带你和我们的伤员一起来包扎。你要不服气，那就按叶军长的命令办，彻底干掉你！"

国民党的伤员口气软了下来，说："我就闹不懂，昨天我们还是兄弟，是友军，今天就成了死敌！"

"那，你要去问你们的蒋总司令！"

蒋永华知道，蒋总司令就是蒋介石，她在九江已领教过蒋介石的手下杀共产党人的凶狠。

看到伤兵，她的心立刻静了下来，说："不要吵了，不要吵！在我这儿只有伤员和非伤员，我才不管你们是那个党。是伤员的就请坐下，我叫医生来检查。还要拍X光片，看看骨头是否断了。"

她并不知道，这些伤兵都来自进贤门附近城墙根下的天主教堂，这场战斗的参与者中，就有她的永尧哥哥。

她还不知道，当时对垒的双方很多都是好朋友，有的甚至一边哭着呼喊着敌人的名字，一边开枪！

(4)

万仁俊看了一个晚上的热闹，听了一个晚上的枪声，万仁芳没有。她睡得很早，虽然半夜被枪声吵醒，被街上的喊杀声吵醒，但她想自己是女孩子家，还是躲在屋子里比较好。

天亮时分，万仁芳接到了通知，与南昌起义革命委员会的医疗队一起清理战场，救治伤员，掩埋尸体。她是南昌市青年联合会里唯一学医的，她参与负责的地段是天主堂、匡庐中学一带，离她工作的圣类思教会医院不远，离自己的家也不远。

她第一次亲临战场处理伤亡，一开始有点心惊胆战，但渐渐地心硬了起来，不那么害怕了，一心专注于伤员和阵亡者。她给一具左臂上缠着白毛巾的尸体更衣，擦洗了一下死者满脸的血污，突然发现很面熟，是他，就是他！前几天，自己还蹲在他身边为他刮痧，今天，却跪在他身边为他清洗遗体，他的背上分明还留着一道道刮痧的印记！

她不由得难受得掉下了眼泪。她仔细端详了一下这个年轻的兵，只见他眉目清秀，脸上没有什么痛苦，似乎是很平静地死去。她再仔细查看，原来，子弹直射进了他的心脏，他应该是瞬间死亡的，也好，比起那么多受尽伤痛折磨最终还是死去的大兵，他要幸运多了！

她还记得自己当时听那高个子兵哥哥说，他只比万仁俊大五岁，那这个兵不只有十七岁么？太年轻了。他是哪个地方的人？他叫什么？他父母知道了会哭成啥样？万仁芳想着，又流下了眼泪。她为他换上一套干净的军装，轻轻地为他摘下军帽，见到他头发刮得十分干净，光亮亮的，兴许就是昨天剃的吧！她翻开他的军帽，里面有一个红章印，章印方格里写有部队番号：二十四师七十一团三营八连，姓名：蒋永康，籍贯：湖北黄梅。原来，这个不幸的兵哥哥叫蒋永康。

万仁芳脑子里突然想到好朋友蒋永华，听到过她说有一个哥哥在北伐军里当军官，这个叫蒋永康的，是不是就是永华的哥哥？不过，她哥哥怎么会这么年轻？又从没听说她有弟弟。万仁芳脑子里一直存在着一个巨大的疑问，完成了工作后，匆匆回到法国医院，找到了蒋永华，讲述了自己与这个小战士近几天的交集。

蒋永华听到"蒋永康"三个字，脸色突变，身体有点颤抖："尸体在哪里，带我去看看。永尧是我胞兄，永康是我的堂弟，我亲叔叔的儿子。"

万仁芳带着蒋永华匆匆走进天主堂，神甫说："我们刚给死者做了祈祷。天气热，不能久置，都送出城了，早点入土为安吧。你们赶紧追吧，还来得及，阿门。"

两个姑娘赶紧跑，出进贤门向东，约莫追了三里地，终于看到了一队送葬的大兵。蒋永华眼尖，老远就看见了哥哥永尧的高大背影，大声叫道："哥，永尧哥。"尖叫的声音在烈日下特别刺耳。哥哥转身，啊，居然是妹妹永华，他大声说："慢点，慢点，莫跑！太热，太热，莫中暑了。"

待得妹妹气喘吁吁地跑到身边，蒋永尧问道："你怎么知道的？"

蒋永华向后一指："是仁芳姐告诉我的。"

蒋永尧说："啊，是你！前两天，你替他刮痧，解除痛苦。现在，他为革命献出了年轻的生命。正如他自己说的，这样死，值得！"说着，声音有点嘶哑了。

蒋永华走到蒋永康的遗体前，流着眼泪摸了摸堂弟的脸，痛哭起来。过了一会儿，悲痛稍减，对哥哥说："哥，你来了这么多天，也不来看看我。"

蒋永尧："仗还没打，我怎么能去看你。要是也光荣牺牲了，反给你留下太多痛苦。"

"你乱说，不吉利！"

"这不叫乱说，军人天职，就要有视死如归的精神，要随时做好为革命牺牲的准备。"

"哥，为什么每革一次命就要死那么多人！革命是不是好可怕？"

"如果不革命，会有更多的人悲惨地死去。再说，我不是活着吗？我本准备今晚到你医院去看你，你却找来了！"

"哥，革命能不死人吗？"

"能，或者不能，不是我们哪一个人说得成的。走，妹妹，永康要下葬了，我们去看他最后一眼。"

进贤门外五里，就是乱坟岗。蒋永尧选了一块地，找来附近农民挖好坑，把团里昨夜牺牲的战士都葬在这里，都是薄木棺材。永尧还找来石匠，写了一块墓碑，又担心起义部队走后国民党反动派挖坟，碑上没有写部队番号，只写了姓名，落款都是：大哥蒋永尧。

棺材一个个整齐地摆放到坑里，就要填土了，万仁芳立在坟前，弯腰三鞠躬，心里说道："在通往共产主义的路上，你们都是先行者，我们年轻人要脚踏实地，一步一步去践行。"

蒋永尧作了一个简单的告别仪式，说了几句话，蒋永华至今还铭记在心：

我们是为革命走到一起来的志同道合的战士，我们都把革命视为自己的人生。革命是要死人的，那也就把死亡视如自己的归途。人生自古谁无死，留取丹心照汗青。为着自己理想而死，死而无悔！同志们，安息吧!

后天，我们就要离开你们，青山处处埋忠骨，捷报张张当纸钱。我们梦中的美好中华一定能实现!

蒋永尧念完悼词，红着双眼，对妹妹说："你也跟永康弟说几句吧。"

"哥，我只会祷告，说了会惹你生气。"

"不生气。信仰自由嘛，表达了自己的情感就可以了。"

蒋永华是老实人，虽然也读了不少宣传共产主义思想的书籍，但心灵深处还是接受了基督教，信奉行善处世。她弯下腰，摘了几枝野菊花，放在土坟前，悲伤地说："永康弟，你好走，天堂那边没有战争，没有枪声，你可以安心过好，我回去看叔叔婶婶，我会照顾好他们，你放心，一路走好!"

说着说着，声音变成了呜咽，断断续续，难以听清："永康弟，你安息! 每年冬至清明，我都会来看你!"

望着妹妹悲伤的神情，永尧真不忍把这个家庭的悲剧告诉妹妹。

那还是去年的事。孙传芳的部下驻兵黄梅小池口。永康的娘在这方圆几十里是出了名的美人儿。这天，她正在池塘边洗着衣服，卷起的双袖露出了水嫩的小臂，弯着的背露出了细柳般的腰身。北军一个排长路过池塘边，看到永康的娘，色心顿起，突然抱住了她，把她拖进旁边的牛圈，在这稻花味与牛粪味相溢的泥土上，这个兽兵兽性大发，糟蹋了永康的娘。正巧此时，永康的爹爹扛锄收工回家，听见妻子的惨叫声，循声过去，见状大怒，举起手中的锄头就朝排长头上挖去，排长手下有个小兵正守在门口，他举枪射击，永康的爹爹应声倒下。排长受到惊险，踢了踢脚下已死的永康爹爹的尸体，对那小兵说："难得你救了我一命，我让你也尝一下这美女，第一次吧! 快，扑上去!"

这个小兵脱下裤子，胆怯地扑了上来，永康的娘见到丈夫惨死，本已昏了过去，小兵的乱扑惊醒了她，她不知哪里来的力气，左手死死抓住这个小兵，右手死死抓住他的下身，死命地捏，边捏边喊着："反正都是死，一起死！"

小兵的睾丸一阵剧痛，想大叫排长救命，但痛得嗓子眼里只能哈气，发不出声音。排长见到小兵脸上苍白，大汗淋漓，慌忙举起手枪……永康的娘死了，但她的手里还死死拽着小兵的阴囊，小兵的睾丸被生生捏碎，也活活痛死了。

这场惨绝人寰的悲剧让永康家破人亡，他的姐姐早早出嫁，永尧带着这个小弟弟南下，本想进黄埔军校，但听说武汉也有黄埔军校，于是又折转北上，蒋永尧进了黄埔军校武汉分校读书，成了军官，永康由于年龄太小，到了部队当兵。

看着哥哥悲伤的眼神，蒋永华忍不住问道："哥，他这么年轻，你就带他出来打仗，还冲在最前面，这不是让他送死吗？你怎么向九泉之下的叔叔婶婶交代啊！"

永尧无语，低下了头，半晌后说："妹妹，没办法，革命，就是要牺牲，要死人。你不要太伤感了。我们走吧！张发奎部队今天就会向南昌开拔，我们先头部队后天就要离开南昌。你，有三条路可选择，一是随我们南下，二是继续在医院工作，三是回黄梅老家。我与肇磊兄当年一起革命，现在他站在张发奎那边了，如果你能联系上他，在南昌你还是安全的，我今后会来找你。"

"哥，你让我好好想一想。"

第六章　旗帜飘扬

（1）

　　书接第一章第一节。万仁俊和小伙伴们在二中门口青石条铺的街道上等着，空气里还有浓烈的硝烟味道，街上不时有一队一队的南兵经过。他们看到顺化门的门口有比平时更多的荷枪实弹、脖子上系着红领带的南兵站岗，进出的人都要经过严格的搜身。万仁俊看到这些南兵的脸上都有黑烟熏燎的痕迹，军衣也不像往常那么整洁干净，尤其是他们的眼神不像以往那么温和善意，而是透露着一丝丝杀气，令万仁俊不由得心里产生了一点恐惧感。

　　不过，这些南兵们对自己说话还是很和气："小鬼头，城里有点乱，你们走大街，不要乱跑。"万仁俊答应了一声，心里顿时不怕了，毕竟是战乱年代长大的孩子，对于枪声、炮声已经习惯了。

　　太阳已经升起得蛮高，天气很热，大街上买东西卖东西的明显比以往少了很多，尤其是独轮车变得很少了。在万仁俊的印象里，独轮车可是南昌城的某种象征，尤其是初秋"双抢"割了稻子后，小粮店门口停着一排排独轮车，车上装着一袋袋刚舂下的新米，六袋或者八袋，每袋都有两百多斤，用结实又有弹性的麻布袋装着。老乡们坐在店门口，抽着自家种的烟叶卷成的烟，浓浓的烟味直呛鼻孔。只听店家一声呼叫，老乡马上熄灭烟卷，没抽完的烟丝舍不得丢掉，小心翼翼地放在裤腰带的烟袋里，再把土车推近仓库，将新米一袋一袋扛进仓库。

南昌人把独轮车叫作土车，独轮车，顾名思义只有一只轮子，是木制的，两边木杠做成架子可以坐人载物，木杠的延伸就是推车的把，农民手握着车把推着车前行，又快又省力。逢年过节，嫁出去的女儿回娘家，丈夫推着土车，媳妇儿坐在车上，怀里抱着孩子，一家人喜气洋洋。土车更多作用是载物，从田埂沿小路回家，从乡村小路进城，每天路上都可以看见土车的车轮辙印。南昌附近农村家家户户都有独轮车，一年四季万仁俊都能见到这样的土车进城，最热闹的季节就是现在，从进贤门、顺化门、永和门，一辆一辆送米的独轮车推进城，推车的农民一个接一个在烈日下光着古铜色的膀子，一推就是推上个二三十里，赚回生活的花费。看到他们一身黝黑精瘦的腱子肉，看到他们手指头蘸着口水点钞票兴高采烈的样子，万仁俊想到他们在太阳底下或是风吹雨淋中也要推车进城，怜悯之心油然而生。

阳光越来越炽烈，白花花的刺得人睁不开眼。路上的行人也渐多，吆喝买卖的，亲朋好友串门的，当然也有很多像万仁俊一样，出门打探一晚上的枪声到底是怎么回事。也有了一队一队的人，举着标语，呼喊着"打倒蒋介石""工农运动万岁""拥护南昌暴动"的口号，在街上游行。万仁俊一眼看到了陈勉哉，把他拉过来聊了一会儿，终于弄清楚了，原来，昨晚的枪声是革命的南兵，解决了南昌城里的反革命的南兵，南昌城全部被革命的南兵控制了。小伙伴们放心了，广益昌曹老板的侄子肥肥胖胖，是个吃货，他眼睛一眨，说："既然没事了，不打枪了，那我们一起去翠花街吃早点吧。"毕竟都是半大的孩子，早上也都还没吃东西，一提到吃，个个都来劲儿了，大家二话不说，就往翠花街走去。

心远中学离翠花街不远，走路正常也就十几分钟。今天，因为街上不时有游行的队伍，还有打仗造成的残垣断壁，孩子们边看热闹边走，这就走了半个多钟头。

南昌的小吃集中在府学前、高桥、翠花街、旧　台衙门一带，品种丰富，琳琅满目，比如杨家厂的无筋汤圆，高桥的萝卜丝饼，翠花街的驴打滚，府学前的豆浆冲鸡蛋等，最好吃的还是清汤小馄饨，皮薄如蝉衣，肉馅点点红，有的还加几根油面，叫"金线吊葫芦"，熟而不糊，鲜而不腻。更有那无处不在的南昌米粉，雪白筋道，可以做出无数花样，比如拌粉，用一只竹笊篱兜出一兜，用冰凉的井水一淋，滤干水浆，拌入麻油、酱油、香葱、生姜、大蒜、辣椒，讲究的再加进一些牛筋牛肠，用筷子拌匀，真是要多好吃有多好吃；比如炒粉，用新鲜的猪肉或牛肉或鸡蛋，配以大蒜、生姜、豆芽、青菜，旺火大油猛烈翻炒，黄澄澄的粉，绿油油的蒜，红通通的椒，看一眼迷死人，吃一口鲜死人，真是人间至美的味觉享受；再有汤粉、水粉……就像北京人离不开豆汁炒肝，上海人离不开糯米油条，武汉人离不开热干面，南昌人的生活离不开米粉。这些小吃都不贵，很多品种不到一分钱，就可以美美地得到一大碗，好好饕餮一餐。

万仁俊吃了一碗"一分镶"，糯米白粥浇上赤豆腐，红白相间，再加上一勺糖桂花，清香扑鼻，一红一白对镶在碗里，一分钱一碗，老南昌人称为"一分镶"，其实就是糖粥。其他小伙伴，有的吃炒粉，有的吃白糖糕，有的吃豆腐脑，有的要一碗白稀饭，来一份驴打滚，小伙伴们吃得那个香。有道是"南昌的米粉南昌的糕，南昌的豆腐南昌的粥"，这一天，对于万仁俊和小伙伴们来说，翠花街的喧闹，东湖的明月，城墙上的热风，青瓷碗里的美食，氤氲飘忽的葱香与夜半三更的枪声，一道组成了一部他们永远也不会忘记的大型乐曲。

他们后来才知道，这难忘的一天，就是中国历史上浓墨重彩的一篇，中国共产党人和人民军队，就是从这一天开始，创造了人类历史上的新纪元！

学联与总工会分了工，学联负责设宴欢迎，总工会负责庆祝大会。

省农协会也没闲着。七月三十一日上午，省委召集各协会负责人开会，丘偶是省农协筹委会秘书，他参加了会议，得到通知：今晚要进入战斗状态，听到枪声不要惊慌。丘偶是黄埔四期毕业生，一九二六年冬从广州农讲所毕业后，以国民党中央农村部特派员的身份到赣南于都县农民协会负责组织工作。一九二七年一月，受时任江西省党部农民部长兼省农民协会筹委会委员长的方志敏之请来到南昌，任筹委会秘书。随着陈赞贤被杀，"四一二"政变，朱培德的"礼送"，南昌革命运动转入地下。

看来有行动了，动真格的了。丘倜想。

这夜，丘倜在家中睡觉。半夜响起了枪声。因为有了白天的通知，他一点也不紧张，也没有外出问情况。天刚亮，他就沿东湖绕过状元桥直奔农民协会，沿途看见站岗的起义军颈脖系红领带，臂扎白毛巾。胜利了，胜利了啊！农民协会院子里已汇集了许多干部与积极分子。有人还不知发生了什么，丘倜简单地说了几句：是叶贺部队起义解决了朱培德的部队。这时，省委送来了标语口号，传单与文件，丘倜迅速派人去张贴、散发传单，欢呼起义的胜利，并组织农民代表进行了游行庆贺。

第二天开庆祝大会，会后丘倜又与农协会员举行了游行。省委通知他到一中分部去，有人要找他谈话。走进教室一看，这不是周恩来主任吗？自己在黄埔读书时，他就是政治部主任啊。丘倜才知道原来这次起义的最高领导是周恩来。周恩来给他递上一碗茶水，要他讲述江西省农民运动情况，重点是从临川到宁都这一路的农运、风俗、反动武装及封建势力的情况。丘倜在赣州于都工作过，又负责过全省的农运工作，对这些非常熟悉，逐一做了详细回答。他看到周恩来在本子上认真地记着，从临川到崇仁、宜黄、南城、南丰、广昌、宁都、会昌、寻乌，一直记到广东，一县不漏地问到。事后，丘倜才知道，这就是起义军南下的行军路线。

■这就是一九二七年八月一日发行的《民国日报》。

告别周恩来，他又参加了一个紧

急会议。部队两天后就要南下；要放弃南昌，各机关的文件都要烧毁，时间只有两天；还要安排疏散人员，除了少数人随军南下，其他人返回原籍工作，并分发好疏散费用（都是武汉中央银行的纸币）。农协会还珍藏了两件宝：邵式平在贵溪龙虎山没收张天师的七星宝剑和一枚汉玉"张道陵印"，农协全部交给了省委秘书冯任，因为他将继续留在南昌从事地下工作。

忙完这些，丘偬伸了伸腰，走出了办公室，想更多地呼吸一些南昌城灼热、自由的空气。

已近中午时分，丘偬看到路边广告栏边上站满了路人，围着一圈一圈，都是看布告的人。

布告是革命委员会发布的，上面署有周恩来、宋庆龄、贺龙、叶挺、朱德、谭平山等人的名字，盖了一个很大的方印：中国国民党革命委员会。

这枚印章是在前天偷偷请书市东壁堂刻印店刻好的。

布告内容大体是：汪精卫已叛变了革命，我们要继续奋斗，革命不是哪个人的事，是大家的事。我们要坚决将革命进行到底。

一个报童走来过来，背着大大的报纸袋，手里扬着一份报纸，叫卖着：卖报，卖报，今天的《民国日报》！

丘偬叫过报童，买了一份报纸。这是八月一日的《民国日报》，发表了由周恩来改定的由二十二名国民党中央委员联名联署的《中央委员宣言》，宋庆龄、谭平山、彭泽民、林伯渠、吴玉章、于树德、恽代英、恩克巴图、杨匏安是国民党中央执行委员，柳亚子、高语罕二人是国民党中央监察委员，白云梯、毛泽东、董用威、韩麟符、夏曦、许苏魂、邓颖超、屈武是国民党候补中央委员，谢晋、江浩是国民党候补中央监察委员。还刊登了一篇《共产党致国民党革命同志书》。这一文告是中共中央在七月二十九日通过，于南昌起义胜利后发布的。

报童的叫卖声很快把一层一层围观的人群吸引过去，一袋报纸很快售完。

丘偬看着路人纷纷捧着报纸离去，又看到报童蹲在一棵树下，点着纸币，点着这辛苦钱，咧开嘴微微笑了。

（2）

七月三十一日，共青团江西省委机关刊物《红灯》周刊的主编徐先兆正在办公室对第十五期作最后一次校稿。虽然组织上已暗示南昌将会有场暴风雨，但何时来？暴风雨有多大？他没有底。

这天是星期天。下午，省委召开了久未举行的积极分子大会，会议地点在南昌第一女子师范学校的礼堂。省委宣传部部长宛希俨作了时局形势报告。他说："世界革命的焦点在中国，而中国的焦点今天却集中在我们南昌。今天是最重要的一个日子，将决定中国革命成败的命运。现在是下午四点，党中央正在召开极其重要的会议，如果会议决定了，中国便会出现一个崭新的局面。"

宛希俨走后，年轻的积极分子们都在议论，会发生什么呢？难道是武装起义？像上海三次武装起义那样？

南昌土生土长的积极分子都知道，朱德是共产党员，他是教育团团长，可他手下只有一个营的兵力。另外，省总工会工人纠察队，农民协会的自卫队，都只有几十条破枪……如果真是武装起义，哪来那么多军队？成功了则罢，失败了，不又要遭到屠杀。《红灯》杂志还会继续办下去吗？不管怎么说，第十五期明天一早还是要如期送去印刷。明天是星期一啊。

校稿完毕，徐先兆回到家。他家在顺化门外一幢农房后靠城墙处，前门的东边就是大校场，那儿有一个兵营，可以听见兵营的操练声。

刚吃完饭，黄昏时分，一位朋友熊敦来看徐先兆。熊敦曾考取了黄埔军校一期，因反对军官打骂的作风，被开除了。不久后又考进了黄埔三期，目前在叶挺部十一军二十四师，因是星期天，特请假来看望老朋友，两人谈得高兴，熊敦就在徐先兆家住下了。

到了半夜，大校场的枪声把他们惊醒了。士兵受伤的号叫声清晰可闻。

两人观望了一下，是打仗。

徐先兆明白了，这就是宛希俨说的"决定中国革命成败命运的大事"。

谁胜谁败，还不清楚。这时如果有大兵冲进来，看见熊敦穿着军服，又认不出是哪一派，误伤误死怎么办？想想，徐先兆决定让熊敦换上自己的衣服，把他的军衣脱下来藏到地窖下。两人走到门口继续观望。不多久后，枪声渐稀，几个兵冲进徐先兆的前门，又从后门沿城墙跑走。几分钟后追兵进来，盘问道："你们是干什么的。"

徐先兆说，"是学生。"

一位军官在昏暗的光线下认出了熊敦，说："你不是熊敦吗？蒋介石不是很赏识你吗？"

徐先兆知道，这位追兵军官也是黄埔的。

熊敦曾听过蒋介石讲述革命与反革命的报告会，给蒋介石写了一封信。信中说，他相信校长的话，如果校长是反革命，他一定会把校长枪毙掉。没想到蒋介石不但没生气，还表扬了他，提他为黄埔同学会的委员。熊敦一下子就在黄埔学生中出名了，可共产党这边的官兵都认定他是蒋介石的走狗。

这事只有徐先兆才能帮助说清楚。

就在反复解释自己其实是"左派"的解释中，天亮了。

好不容易说清楚了熊敦的事，平安送走了好友，徐先兆兴奋地把校稿送到百花洲印刷厂，印刷厂正忙着印报纸，是报道起义消息的报纸。他从机器上扯过一张，详细看着报道，总算了解了南昌起义的情况。

徐先兆，江西铅山人。一九〇三年八月出生，一九二四年考入东南大学，一九二八年加入共产党，一九二六年到南昌担任《江西民国日报》编辑，后随起义部队南下。起义部队失利后，他转移到福建，后又到日本，一九三六年回国。新中国成立后在江西师范学院（后改名江西师范大学）任教授，二〇〇三年十一月去世，享年一百岁。

作为一直活到二十一世纪的亲历过南昌起义的老人，徐先兆一直很留意起义期间自己认识的人，并积极联系。

一九九七年南昌八一起义七十周年纪念日后不久，身在赣州的陈勉哉突然收到一封信，封面写得很奇特：赣州市第一中学陈勉哉（步翔）老同志（八一起义参加人）收。落款是：徐先兆寄自南昌江西师大南区宿舍，信封背面写有：如收信人地址不对，请改正或退回，谢。

徐先兆？陈勉哉的脑海里顿时泛起了对于那个如火如荼岁月的记忆。他激动而颤抖地拆开了信。

勉哉同志：

多年不见了。

抗战时期，我们还见过面，我就记不清楚了。尤其是经过反右、文革，我被弄得焦头烂额，真是往事不堪回首啊！现在我已九十五岁了（虚，十月诞生），早已在等待上帝的召唤。可是新闻记者开玩笑，香港回归不久，他们便常惠顾草门，但我耳聋，听不大清楚他们是想搞些什么名堂，可是他们却在七月二十九日让我的老太婆和我的第三个儿子陪我飞往上海警备司令部招待所，待我为上宾，因此人民日报竟把我列为名人，这真是大大出乎我的意料！

当时我就想到这个荣誉不该由我享受。你比我有资格。可是我久久不知道你的消息，只记得你是留在赣州一带。昨天小儿带来了《江西青年报》，才知道你还健在，真是高兴之至！现特草笔写此一信，向你问好，并向你全府祝福！

徐先兆敬上，便中敬盼赐复。

九七年九月八号上午。

两位耄耋老人失散了半个世纪后，重新取得了联系，共同回忆那火一般的岁月，共同见证了那个晚上的神圣枪声，一时在社会上传为佳话。

（3）

八月一日早晨，空气里还弥漫着昨夜的火药味，枪声过后是寂静，蓝天上的鸟儿照样在"叽叽喳喳"地快乐飞翔。

陈逸哉来到学总，江西省委第一任书记汪泽楷一早来到学总布置工作。为了配合南昌起义，他组织地方上做了大量的工作。起义成功了，部队即将南下，中央已经命令他到武汉去参加"八七会议"。行前，他到学总来安排一些重要事项。

汪泽楷向陈勉哉交代了三项工作：第一，立即以群众团体的名义电请正在庐山的第二方面军总指挥张发奎来南昌；第二，以群众团体的名义设宴欢迎各省革命领袖及起义军团长以上军官；第三，和总工会一起组织庆祝会并布置会场。

给张发奎发电，陈勉哉没有写过这样的电稿，立即请来一个专职秘书。殊不知，这位秘书也下笔不畅，只是写上：敬请我公早日来南昌共商大计……寥寥一百字，左看右看，还是文理不通，汪泽楷书记只好请人再写，由陈勉哉送到电报局拍发。

陈勉哉办完这事，赶紧去联系南昌市最大最好的酒家招待贵宾；又去联系总工会，安排第二天在皇殿侧体育场的市民庆祝大会。

八月一日早晨，女兵胡毓秀从女子职业中学跑到洗马池江西大旅社，去看望彭漪兰指导员。

虽然响了一个晚上的枪，胡毓秀见到的南昌城满街多了不少布告，城市上空飘荡着硝烟味，战士们背枪巡逻，但城里并没有见到斑斑血迹，民众生活也很有序。彭漪兰兴奋地告诉她："南昌暴动完全成功，部队很快就要出发，去广东建立革命根据地。"

胡毓秀表示要坚决随大部队南下。

彭漪兰不敢答应，只能热情地说："我马上带你去见周恩来同志。"

彭漪兰带着胡毓秀找到周恩来，不断地讲好话，向周恩来求情，但周恩来仍很坚决地表示拒绝："不行！这次南下，前有敌兵，后有追兵，非常危险。再加上你们毫无经验，如果半路上病倒下来，那可不是好玩的。"

胡毓秀再三恳求道："参谋长（当时大家对周恩来的称呼），你可千万别小看我们女兵啊！我们可是上过战场的。"

周恩来语言缓和了，但依然不同意，说："组织上把你留下来干地下工作，不也同样是干革命么？为什么一定要上前线呢？"

"不，不，我坚决要去！参谋长，让我去吧！我保证吃得消……"胡毓秀有点胡搅蛮缠了。

周恩来看了看表，半气半笑地说："咳，你这小鬼，好，就一道去吧！我要去开会了。"

就这样，胡毓秀被留在起义军里，与彭指导员一起为南下的女兵做组织工作。

江西省政府内的西华厅。

这是一间长约十九米，宽约七米的长方形会议室。中间置有一张长约八九米的长方桌，桌子四周是高背木靠椅，正面墙上挂着孙中山先生的遗像，像下是主席台，只有讲堂，没设讲台。今天将在这儿举行国民党中央委员会及各省、市海外党部代表联席会议。到会者有国民党中委及候补中委：谭平山，林伯渠，吴玉章，韩麟符，彭湃（广东代表），李立三，刘伯承，徐特立，朱蕴山（安徽代表），陈日新（东北代表），穆景周（哈尔滨代表），陈居玺（广西，即后来兵败后送信的陈宝符），李嘉仲（四川代表），蔡鸿乾（福建代表），李森（甘肃代表），丁晓先（上海代表），王其山（浙江代表），张开远（新疆代表），罗石冰，黄道（江西代表），熊禹九（欧支代表），潘先甲（日支代表）等。

林伯渠任会议执行主席，吴玉章任秘书长，章伯钧任副秘书长。会议选举产生了革命政权机构：中国国民党革命委员会，听取了叶挺作的起义经过的报告，通过了《八一起义宣言》和《八一起义宣传大纲》。

并同意在八月一日的《民国日报》上发表《中央委员宣言》。宣言回顾了国民党反动派先后背叛革命的经过，揭露了蒋介石"公然叛变，割据东南，勾结军阀买办，残害同志，屠杀民众"的罪行，并揭露了唐生智等借口"恢复党权运动"，"以遂其倒蒋而自增势力之私"，江西朱培德"谋于蒋氏妥协，有驱除革命分子停止工农运动之事"，冯玉祥"更公然赴徐州与蒋逆会议，致电感谢中央罢免军队中一切政治工作人员"，国民党中央党部少数"软弱领袖"则"但知仰武人鼻息，以中央神圣之决议，徇其私利"，使"党部与政府完全成为武人之一种工具"等罪恶，"复在此种反动武人威胁下提出分共之议，欲借此排斥一切忠实党员，以便于武人反革命之企图，同人等目睹此等情形，知武汉少数领袖已甘心受武人挟持，卖党卖身。若犹隐忍不与奋斗，助成其叛变计划，将何以对全国同志托付之重，何以对总理与本党先烈，是以决定先后离汉，为革命与本党前途，将尽力所能及，以领导全国同志为保持本党革命的正统而奋斗，郑重申明，近日武汉少数中央委员假借中央党部名义所发一切训令决议，同人皆未同意，不能负责。国民党南京和武汉两个政府已成为军阀的工具，蒋介石、汪精卫等国民党军阀与政客曲解三民主义，毁弃三大政策，为总理之罪人，国民革命之罪人"，号召全国民众共同努力为革命获一新根据地，筹备召开国民党"三大"，以集中力量努力继续反对帝国主义和实行土地革命，废除苛捐杂税，积极预备实力，扫除一切新旧军阀。充分表明了国民党左派与中国共产党合作的真诚愿望。

最后，选举谭平山为中国国民党革命委员会主席。

这个政权与政纲，既继承了国民党的正统，用新三民主义号召广大小资产阶级群众与工农同奋起，继续进行民主革命，又孕育了新的因素，有明显的进步性，又有不彻底性。

联席会议讨论了南昌起义后政治纲领及领导机构，推举了各委员会委员名单。

革命委员会设立各办事机构。

军事参谋团：参谋长刘伯承，委员：贺龙、叶挺、周恩来、蔡廷锴，负责军事工作；

秘书厅：秘书长吴玉章；

财政委员会：主席林祖涵；

农工委员会：主席张国焘，委员李立三、彭湃等；

宣传委员会：主席郭沫若，委员恽代英等；

党务委员会：主席张曙时，委员彭泽民、韩麟符、徐特立、朱蕴山、陈日新、王一德等；

政治保卫处：处长李立三。

会议还做了几项重要的军事任命：

1.任命贺龙代理第二方面军总指挥兼第二十军军长。

2.任命叶挺代理第二方面军前敌总指挥兼第十一军军长。

3.任命朱德为第九军副军长。

第二天，在皇殿侧体育场举行了群众大会，庆祝南昌起义的伟大胜利，横幅是"庆祝中国国民党革命委员会成立暨军民庆祝大会。"

大会宣布了国民党革命委员会正式成立。邀请了张发奎任主席团主席，还邀请了黄琪翔与朱晖日。主席团宋庆龄、何香凝、于右任未到场。委员举行了就职典礼宣誓与授印仪式，由韩麟符和陈日新向贺龙代总指挥授印。韩麟符致辞，贺龙讲了话。最后高呼口号：实行三民主义，实行三大政策，继承总理遗志。

会后，不少青年学生和农民报名参军，要求随军南下。

参谋团在第二十军军部召开会议，参加会议除了参

■南昌万众聚会，庆祝南昌起义胜利!

谋团外，还有苏联军事顾问纪功。按照中央的预定计划，起义胜利后，部队南下广东，建立新的革命根据地，重新进行北伐。会议讨论了南下路线，第一条路线经吉安、赣州，取东江；第二条路线取道临川、会昌取东江；第三条路线向西经湖南返回广东。

刘伯承回忆道：

结果决定由临川至会昌取东江，其理由是：

一、吉安、赣州等地在上游方面容易联合与集中的敌军将达四万（在粤汉道上李济深嫡系不在内），我军兵力仅二万（战斗兵员尚无此数），逆流攻之，难操胜算，且对南昌下游有张发奎等一万以上敌军追击的顾虑。临川，会昌路上仅有杨如轩、赖世璜不满三千之无力敌军，容易应付。即使敌人从他处调兵伏击我，陆行同等困难，我可各个击破它。

二、交通上赣江虽比抚河长，但同为上水，无更多汽船可供使用，陆行则临川、会昌路线较直而短，迅速可到东江。

三、江西农运均属不好，临川、会昌一带较吉安、赣州一带尤为幼稚，如我军与集中之强敌相遇，望之扰敌均无把握，给养上吉安、赣州一带比临川、会昌充分。但秋收之时，临川、会昌并不困难。

四、取道吉安、赣州接近湖南境地，与湖南农民运动力量自然容易联络，但迅速到达农运更好之东江，才是我们的目的。况此道最可虑的，我军湘籍军人占大多数，无政治立场者不少，有时时逃亡之可能。

会议的决定是：由赣东经寻乌直取东江，"去号召农民暴动，实现土地革命，建立新的革命根据地"。

出发前，周恩来会见了沿途的有关负责同志，了解了各县农民运动发展状况、地方反动武装状况、宗教封建势力状况。周恩来知道，赣南农民运动还没有很好发动起来，与湖南比相差甚远。

谁也没想到当部队踏上南征道路后，意外的艰难和挫折比设想的还要多，还要大，还要复杂。可无论多么艰险，还得往南走。

八月三日，起义军开始陆续南下。

部队南下沿途张贴的布告最高领导人是：国民革命军第二方面军总指挥贺龙，文告内容是：

照得本部各军，富于革命精神；此次南昌起义，原为救国救民；转战千里来粤，只求主义实行；对于民众团体，保护十分严密；对于商界同胞，买卖尤属公平；士兵如有骚扰，准其押送来营；本军纪律森严，重惩决不姑徇；务望各安生业，特此郑重申明。

这和之前南昌城内贴出的布告有很大区别。

八月三日，江西《工商报》刊出的口号是："继承总理遗志""奉行总理遗训""继续国民党正统""国民革命成功万岁""中国国民党万岁""世界革命成功万岁"，这些口号中，"总理"是孙中山，"国民革命"是国民党特别用语。这么看来，南昌起义是以国民党名义发动的。

但南昌起义的整个策划和过程，完全是由中共中央决定的，中共中央成立了前敌委员会与前敌军委，从上到下的骨干力量都是共产党员。既然如此，为什么不亮出自己的旗帜，还要举起一面国民党的旗帜呢？

请读一组数字：中国共产党掌握和影响的兵力，二万人，部队主要领导由中共党员担任的兵力仅一万余人，而反革命环赣区域兵力已达十万余人。

这就是那个年代的特殊。在全体国民心中共产党的旗帜与国民党的旗帜，孙中山的影响力与共产党组织的影响力谁高谁低？谁大谁小？怎样才有号召力和吸引力？

共产党在亮出自己的旗帜之前，还是作了努力。在《共产党致国民党革命同志书》文告中指出：武汉政府"在反动军阀及其政治领袖淫威之下变成了军阀政府，和蒋介石等类革命之公敌，实际上毫无差异。国民党现时的领袖之叛变，实际上是因为他们甘心代表封建资产阶级及市侩的小资产阶级，遇见革命的决死斗争真正开始的时候，革命的劳动的民众正在奋起与封建势力搏战，他们怕丧失了自己的特权，对于民众运动的广大发展异常惊惧，因此，宁可叛变革命与封建势力妥协。最后号召国民党多数党员，推翻国民党新军阀及压迫工农的国民党假左派领袖汪精卫。推举新的革命领袖。尽管这是国民党的文告，字里行间也表达了共产党人的情怀与观点，这篇署名国民党江西省党部执监委会的《对时局宣言》发表在八月三日江西《工商报》上，痛斥了汪精卫之流以工农运动过火为借口，实行反对共产党、反对革命的叛变行径，提出"敢率全赣踏实党员努力奋战，誓必达此目的而后已"。

同时，这张报纸还发表了叶挺的《告第二方面军同志书》，当时，"同志"一词仅限于国民党员共产党员之间称呼，这文字中的"同志"，应是指国民党党员。文中阐明了南进广东的目的和意义，号召国民党员们发扬"铁军"的光荣传统，加强"铁军"历来的团结，号召起义军官兵为最苦人民奋斗，也就是为自己的利益奋斗。

南昌起义后，以贺龙的名义发了一份《告全体官兵书》，八月中旬在瑞金印发，文中提出"中国的国民革命，第一个使命就是要行使土地革命"。"我们此次革命的行动，即是为实行土地革命，解决农民问题而奋斗，自然就是为解决我们自身问题而奋斗。广大官兵要鼓起勇气杀到广东去。到了广东，方可保存我们真正革命的力量，发展我们真正革命的力量，建设革命的新根据地。"这篇文章更可贵之处在于，明确提出"对于民众，尤其是对于一般贫苦工农大众，应该加以保护，反对拉夫，对于商民也应该切实保护，不应该强行买卖。不然，我们便不是革命党"。

从八月一日到八月三日，南昌《民国日报》和《工商报》只发行了三天。起义军到汕头后，发行了《革命日报》。兵败潮汕后，宣传也就停止了。这一路南下，无疑播下了红色种子。

鲜血浇开的红花开放之日，便是一面面旗帜高高举起之时。

（4）

八月二日下午，江西团省委接到通知，要动员部分团员干部及进步学生参军。参军报名的地点在皇殿侧一中分校军委工作处。在学生联合会的干部刘仁，省委组织委员刘九峰（刘峻山）的带领下，二十几个青年人来到军委报到。看看他们填的表格，再看看他们的身体，都是棒棒的，二十几个人全部接受了，再根据他们的学历、政治面貌，当即就安排好了工作，有人担任新整编的连指导员，有人留在前委机关工作。刘仁就安排在前委会，周恩来亲自与他进行了谈话，拍拍他的肩膀说："小伙子，到军队可要吃苦，你吃得了吗?

刘仁回答："革命不怕吃苦。"

周恩来连连点头。

陈勉哉当时已经准备随军南下。突然接到通知，要他留在南昌，负责农村工作。他不得不另作去乡下搞地下工作的准备。他知道，地下工作是复杂的，困难的，十分危险的，随时可能被砍头，被枪毙。他羡慕学联的刘仁、雷洪福、夏季明、彭学遂他们，部队需要干部，需要政工人员，他们入伍正当时。陈勉哉决定回家与父母告别，到乡下找一间房先住下。虽然有几个兄弟，但父母最疼爱他，妈妈便不断叮嘱他，下乡后，万事小心，安全第一。

乡下的房子找好了，行李包也收拾好了。那时搬家很简单，一个藤箱装的是换洗衣服，一个皮箱装自己心爱的秋衣棉袄，一个网篮是自己读的书。没有车，找一个挑夫，类似古代书童挑行李一样，步行下乡。

两三万军人突然撤出南昌，城里似乎给人陡然一空的感觉，南昌人突然对未来有点惊慌恐惧了。陈勉哉选择的乡下住房是在通往高安的路上，出南昌西几十里地。原准备八月六日一早启程，可是八月五日晚，起义部队就全部撤出了，老百姓也走了很多。八月六日早上，朱培德的部队就已进城。

这天早上，陈勉哉看到的南昌街头冷冷清清，连卖菜的菜农与卖早点的小贩都见不到一个，满街看不到一个兵，城墙外头还不时响着断续的枪声。陈勉哉心里没有底，决定到团省委驻地请示组织。谁知，组织上派人先找到了他，来的人是汪继贤。

这是个冷清的早晨，虽然还是酷暑季节，可两人的心不觉有点凄凉。昨天,还是一场盛会,沸腾热烈;今天,却是一次告别,生死茫茫。汪继贤说:"勉哉,起义部队已在上半夜全部撤走。汪泽楷书记思考再三,决定你还是南下追赶部队。你年纪还小,在南昌知名度却很高,是红得发紫的人物,想转入地下有一定的困难,很不安全。趁城门还未闭,兵还未进来多少,你只身一人,什么都不要带,随着逃难的人一起从顺化门出去吧!"

陈勉哉真没想到会是这样仓促撤离,就这样无声告别南昌。前天晚上与父母道别时还说在乡下安定后一定会回家看看。如今有家难归,何日能归?陈勉哉心头一片茫然,蓦然回首,就此一别。再见了,南昌城!他丢下了两箱衣服,连袋里一支金笔都怕出事,交给了汪继贤。他只简单地打了一个布包,背上肩,向东南方向坚决走去。

太阳已晒上了城门。

万仁芳没有这样匆忙。当她听到大个子兵哥哥说的那句话:"你要是个男生就好了"的那瞬间,她就想当兵。多威武啊,皮带、绑腿、枪带、军帽、军装、军靴,从南打到北,又从西打到东,走遍山山水水,人生有了这个经历该多么雄壮啊。听王肇石说,这就叫革命,她也想参加革命。她真不习惯教会医院的工作,祈祷,起床。吃饭,睡前都要做弥撒,都要祈求上帝保佑。她妈妈是佛教徒,妈妈常到佑民寺上香,求菩萨保佑,爸爸好像不信佛,爸爸学医学养生,好像又有点信道。佛也养生,道也养生。她还真弄不懂,为什么道教会是那样养生?还是医学养生对啊。

大个子兵哥哥说得好,医生才是生命的保护神。打仗要医生,平常也需要医生,南军南下一样要医生,她想报名参军。

昨夜枪声,她没有参加抢救伤员,她只参加了打扫战场,掩埋尸体的工作。她想,像国外红十字会那样,要是每个战斗队后面跟着几个医生与抢救人员,会不会少死一些人?

她知道,那是五十多年前,一位名叫让·亨利·杜南的瑞士人,看到两兵相搏,大批伤兵被遗弃在战场上,烈日蒸晒,无人救护,呻吟呼号，悲哀凄惨，以至陈尸遍野。杜南出于同情和怜悯，号召该地居民不分国籍抢救被遗弃的伤兵。后来，一八六二年他写了一本书《素尔弗利诺回忆》，追述了他在素尔弗利诺的所见所闻和救护伤兵的故事。在书中结尾，他建议：1.在各国成立伤兵救护组织；2.召开一次国际会议，研究制定一项保护伤兵和伤兵救护组织权益的国际公约。

一八六三年，这个组织诞生了。第二年的十月二十六日在日内瓦召开了有十六个国家三十六名代表参加的会议，提出了十项决议和三项建议。特别主张：1.在每个国家成立救护委员会，以便在战时协助陆军和医疗队工作；2.平时开展训练男护士的工作；3.救护车、陆军医院和医护人员中立化；4.采用统一识别标志，即白底红十字旗帜和臂章。

一八八〇年，这个救护委员会易名为红十字会国际委员会。

一九〇四年五月二十九日，中国红十字会在上海诞生。

上战场救死扶伤是万仁芳的理想，这儿一城的兵，一夜战争就有那么多死伤，一个医生参加救治伤兵是多么伟大的事业啊。

因为是女孩子，她第一次报名遭到拒绝，可军委会听说是报名医护，很快接受。何况，周恩来已同意接受了武汉来的女兵。

时间是八月二日。

万家得知万仁芳要参军，妈妈大声号哭。已到了出嫁的年龄，还要不要找男人？要不要生孩子！父母在等着抱外孙呢！后来，听说参军不是东征，是南下。全家人更是胆战心惊。朱培德的军队要回来，这不是找死么，女儿参军了，朱培德的部队能饶过我们吗？

妈妈四肢瘫软，睡在床上起不来了，嘴里念着："我这辈子，是做了犀利孽啊！生个女儿成了崽，好男不当兵，好铁不打钉啊！女儿都穿军装，还哪有一点胭脂气啊，我哪有脸出门啊！把万家的脸丢尽了啊……"

万仁俊年纪小，没有资格参军，但他敬佩姐姐有胆量！他引以为豪。万佬巴无所谓，如今是乱世，自古乱世出英雄，说不定女儿这条路走对了。但是他不敢表态，怕加重老婆的焦虑和痛苦，只能对老婆说：

"孩子大了，父母管不了，听天由命吧！相信好人好报。"

万仁俊悄悄地问姐姐："你要带什么吗？"

姐姐说："几件衣服一双鞋，跟着部队走，到广东建立革命根据地。"

万仁俊又走到床前，摸着妈妈的头说："妈，你就当姐出嫁了，嫁到广州人家去了，明年你到广州去看她不一样吗？家里还有我呢！"

"你晓得什么？军人是要打仗的啊！"

"妈，姐是女兵，是救死扶伤的！"

"子弹是不长眼睛的！山高水远，她这一走，谁能保证一年两载会回来？我在南昌住习惯了，我不知道广州在哪里！还是南昌好！你替我把姐拖住！不放她走！死死地拖住！唉，孩子大了，由不了娘啊！"

万仁芳分配在革命委员会机关，做保健医生兼文书。

或者是枪声的惊动，或许是对牺牲的蒋永康的感动，万仁芳参军的第一件事，就是为部队筹集药品和敷料。皇殿侧的庆祝大会一结束，她找到李怡昌家的李公子，借了一辆脚踏车，计划跑遍南昌所有的医院与药房，面对面进行化缘，用现代的话说，就是拉赞助。

当时南昌城里已经有了脚踏车，不过很稀少，全市大概就两百辆，哪个骑一辆脚踏车上街，简直就像今天哪个开一辆玛莎拉蒂在街上招摇一般，尤其还是个女生骑辆脚踏车，更是备吸眼球，何况大热天，万仁芳一缕短发，换上短袖短裤的灰色军装，剪裁合身的军装把万仁芳青春动人的曲线勾勒得飒爽英姿、婀娜动人，惹得许多男人驻足回眸。

万仁芳从绳金塔下的圣类思医院出发，先后骑到了松柏巷天主堂善导医院和石厂街法国医院分院。

当时，南昌城内教会办的医院分作两派，以崇天道、行人道为宗旨，崇拜圣母玛利亚的天主教、意大利人和法国人办的医院与学校包括道源小学、惠安女校、圣经学院；以博爱为宗旨崇拜耶稣的基督教办的学校有豫章中学、葆灵女中、宏道中小学及南昌医院，沙眼防治所等。

万仁芳最需要的是解暑药和预防肠道疾病的药，还需要大量的绷带。教会医院平日都有来往，多少大家都会捐赠，她搞到了一大包药。她担心的是她熟悉的一家官方医院，就是二月份才更名为江西国立中山大学医学部的这家，就在贡院东湖的对面，附属医院有四个科，内科、外科，今年新增加了耳鼻喉科及花柳病专科（即皮肤科）。对这家医院，万仁芳并没有过多的奢望。

时近黄昏，路上行人不多。贡院在湖的东北边，学校在湖的正东岸，隔岸相望。贡院是江西全省科举时代乡试的考场，仅考舍就有一万七千间，规模十分壮观。万仁芳在湖边下了车，眺望贡院，黑瓦石墙，想当年争一个金榜题名是何等的热闹啊，那夜这里枪声激烈，双方死伤不少，一样是何等激烈。时代再也不会有状元、榜眼以及探花了。但愿枪声也随时代远去，记得不知谁说过：战争是为了远离战争！真会吗？她扶着脚踏车向医院走去。

出乎意料的收获。医院的外科科长姓吴，内科科长姓李，他们听说了她的目的，热情接待了她。他们说："我们医学院就是为了救护伤员创办的，七八年前，赣南烽烟四起，赣州源源不断送来伤病员，竟因无得力的医生抢救而致死致残不少。我们不能再让这种悲剧上演了，本院宗旨就是救死扶伤，要人给人，要物给物。"两位科长不仅以大量药物、敷料相赠，还赠送了几百本战地自救的小册子，这是学生的课外读物，对部队的卫生员学习抢救知识也是一本好教材。

天色渐暗，正是晚餐时分，万仁芳非常感动，对两位科长说："实在太感谢了，晚饭我请你们吃。"两位科长正待推辞，万仁芳一句颇动情的话打动了他们："我明天就要随军南下离开南昌了，何年何月返回，还真不知归期，你们就当陪我一起品尝南昌的美食，留下一次难忘的记忆吧。"

这顿晚餐真的成了抹不去的记忆。万仁芳走到东湖边，遇上了学生会的几个同学，万仁芳邀请大家一起，来到民德路上的"清真万花楼"——南昌八大餐饮名店之一，点了几样西北风味的佳肴，与自己的学生时代，来了一场精彩的"告别礼"。

万仁芳报名当兵的消息在教会医院传开了，最受震动的是蒋永华，她真报名了？真的穿军装了？真的跟部队南下了？

八月三日，万仁芳来找她道别了，说："他们真的很缺医务人员，这样大热天行军，不知会有多少人中暑。我如果没有看见你弟弟倒下去，也许就不会报名。那样年轻，那样威武，我救得了中暑，却救不了枪伤。我参军就是想尽一份医生的人道责任。你是教会培养出来的，我走了，少了一个人，多一份工作，你更操劳了。"

"主保佑你平安！"

蒋永华没有多言。用后来人的话说，她是一个"文青"，喜欢"多思"，喜欢"幻想"。她的心路在回溯，她的思绪在飞翔。她想到故乡黄梅的五祖庙，想到骑在牛背上永康弟弟的童年，想到小脚的妈妈，想到哥哥永尧离开寡母远去黄埔军校，想到妈妈送她进了教会学堂，想到在家乡读书的只有九岁的弟弟永龄。人生何其短，人生何其长。妈妈念经信佛，哥哥读《共产党宣言》，宣传共产主义。自己天天做祷告，信上帝。肇磊说他信三民主义。万仁芳信什么？每个礼拜天，她也进教堂，每期的《红灯》杂志，她也一页一页地读。每天来这里络绎不绝的病人，这街上来来往往的行人，他们都有信仰吗？他们信什么？信佛？信道？信基督？信鬼？信神？信阎王？信国民党？信共产党？什么都不信？永康信什么？他为什么跟着哥哥当兵打仗，他真的信仰共产主义吗？他真的总为理想而战斗吗？永康弟弟的死值得吗？永康手中的枪、枪里的子弹杀死了对方吗？对方那些年轻战士死得值得吗？对方当兵的有信仰吗？

她想到几个月前，她看九江国民党打伤那么多共产党人，后来在大校场又枪毙了好多共产党员。永尧哥说蒋介石把刀架在共产党员的脖子上了，不夺下或不躲开他手中的枪，中国共产党党员全部要死光。蒋介石领导的党不是为老百姓穷苦人翻身，是为地主资本家有钱人发财。如果父亲没有病逝，如果回家置地，会不会是地主呀？

她的心头很乱。乱到这夜，她去了女子职业学校，她要去找永尧哥，她想与永尧哥谈谈。是跟哥哥一起走，还是不去，她想请永尧哥为她参谋参谋!

她赶到目的地，操场空荡荡的，教室里也空荡荡的。周边的居民告诉她，军队一早就出发了。后来才知道永尧哥已经调到第九军，参加了朱德的先遣队，一大早出发打前站去了。怀着深深的失落感，蒋永华回到医院，传达室王师傅递给她一个信封，说是天亮时分一个通信兵送来的，说一定要交到你手中。

熟悉的字，她欣喜激动又小心翼翼地拆开。是哥哥写的：出征在即，不能与你细谈。一切以革命为重。哥知道你素喜多思多虑，一定在去留上犹豫不决。回，可找家中五福哥，他与我有联系；来，你可执此信找二十五师政治部。落款：蒋永尧。

回到寝室，她茫然地收捡着衣服，捡了几件，竟然掉下了眼泪。父亲死的那年，她陪妈妈一起哭，养成了好哭的习惯，总忍不住掉眼泪。长大了，离家读书，哭过；送哥哥当兵，哭过；告别弟弟永龄，哭过；与九江同学离别，哭过。原计划躲过九江的腥风血雨后，再回到生命活水医院。想到武装起义成功了，就留在南昌工作。没想到，起义胜利还不到三天，就撤离南昌。她从小就相信哥哥说的话、做的事是对的。哥哥说到南方去建立根据地，一定没错。听哥哥讲述南方的故事，那时的南方，那时的革命，让人心潮澎湃啊! 走，跟着哥哥走吧! 不然哥哥不会要她去找二十五师政治部。她又擦干了眼泪，决定再捡几件衣服就行了，剩下的送给姐妹们。也许，哪天北伐又打回来了呢!

她要和牧师告别，牧师会为她的行程祈祷。也许这是她人生的最后一次祷告了。

她没想到月底，部队到了赣南会昌后进入福建汀州，进入汀州福音医院，这是家英国教会开办的医院，英国教会人员都跑了，完全归中国人管，她又看见了祈祷，又与祈祷的医护人员在一起了。那是后话。

牧师请她面朝耶稣，默默坐下，为她一路平安祈祷，上帝会赐福于她。会赐福于她的朋友，赐福于她的所有兄弟姐妹。

可能，这是最后一批离开南昌古城的起义部队了。

街上很多店都关门了，没有了喧嚣，没有了人流。不知谁家的猫蹿到街上，从她脚前跑过，街上看不见一辆人力车，阳光下有几个人走动，也是行色匆匆。

她找到了部队，老远，她看见部队前面有一面旗帜，是青天白日旗，没有风，在阳光下，垂在旗杆一侧。

部队是跟着这面旗帜走吗？

她想。

第七章　南下，南下

（1）

八月五日，作为起义领导机构的革命委员会正式离开南昌。殿后的周士第二十五师于八月六日清晨开拔，南昌城外已经响起稀落的枪声，难说是迎接朱培德，还是送行叶贺。

南昌又重陷白色恐怖之中。

革命委员会的职员大多是文职官员，平生第一次参加行军。徒步行军难以应付，好在行李包裹有警卫员挑背。

八月上旬的江西，中午气温达四十摄氏度，徐特立已是半百的老人，他拄着棍子，没有怨言，还不断鼓励年轻的同志加油。

第一天步行九十里，在进贤县李家渡宿营。大多数人的脚掌都打泡了，疼。

出发前，很多机关干部想得很天真，想多带一些书籍和日用品，可就这短短一天的行程，他们就有了"远路无轻担"的感觉。

到了李家渡，大家纷纷减负，轻装前进，他们把衣物和书本放在河边沙滩上点火焚烧，青年人对着火焰宣誓："我们的无产阶级生活从此开始！誓为革命牺牲一切！"

有人突然想到，应该把这些物品送给贫穷的农民。

就在这离开南昌的第一个夜晚，起义军主力第十师却没有这样浪漫的场面。一直三心二意的师长蔡廷锴找到心腹，说出了心里话："我师已脱离虎口，今后行动，我们要有自己的计划。"他是被迫参加南昌起义的，早想与共产党分道扬镳，他此刻觉得机会来了。

第二天，传来了不好的消息：蔡廷锴率部火速东去，脱离了起义军大队。

蔡廷锴，广东罗定人，广东陆军讲武堂受训。北伐时任第四军第十师第二十八团团长，后因战功升任第十师师长，"东征讨蒋"时率部到江西，经贺龙叶挺动员，蔡廷锴勉强同意参加起义。当时，十师的营连干部有一部分是党员，发现蔡态度并不坚决，建议撤换他。叶挺与蔡廷锴是老战友，念旧情，重义气，就没有这么做。退出南昌时，蔡廷锴跟着走，但只走了一天，他就趁机把队伍拉出来，向浙江方向急行军，进入了蒋介石的势力范围。

应该说蔡廷锴是客气的，他把各团营中的共产党员共三十多人护送到他们"架枪休息"的第三十团队伍前，特务营分立周围，被护送来的团营长们心中自然有数。

蔡廷锴说："国共合作以来，相安无事。我北伐革命军抵达长江，伸展至黄河流域，竟告分裂，此乃最不幸之事……共产党员的努力，我甚是钦佩……所以为保全本师，我不得不请本师共产党暂行离开，各人的薪饷，当然发给，并且护送各人离队，使各人安全。"

蔡廷锴令副官处长送给团长范荩二百块光洋。

范荩，又名范孟生，江西丰城人，中共党员，保定军官学校八期毕业。这次回乡后入张冶中部。一九三七年任国民党第一九八师少将副师长，参加了武汉保卫战。一九三八年与日军作战时牺牲于湖北黄陂，后被追授中将。

其他人每人送了五十元。

蔡廷锴安排玩这件事，带着全师急速东去，进入浙江境内，在浙江一渡口将这三十多名共产党员全部放走。当时，张发奎发电要蔡廷锴将这三十多名党员全部枪毙，并公诸报界。所以当时盛传三十多名中共党员已经牺牲，起义部队得知后，其战友、同学纷纷沉痛悼念，直到新中国成立后，这些"给资遣散"的共产党员找到党组织说明情况，方知事情真相。

三天后，起义军到达临川，刘伯承统计，逃跑病死病退损失已经超过三分之一，部队只剩一万六千人。

因为没有群众基础，部队到宜黄时，发现县城里只剩老孺，家中空徒四壁。很明显，老百姓做了坚壁清野的工作。

无粮，无油，军人只好把桐油当豆油炒菜，出现了呕吐腹泻现象。此时的起义军部队可以说是饥热交迫，疾病缠身。一些从旧军阀部队转过来的官兵暴露了旧军队的丑态，沿途偷抢老百姓的物品。贺龙听后异常愤怒，宣布如有发现无故鸣枪、乱入民宅者，就地枪决！

还真有不怕死的军人让贺龙遇上了。

这天夜晚，在贺龙夜宿地，贺龙听到东家的鸡叫，贺龙手提驳壳枪，披着军衣出了门。

"什么人？"贺龙问，"敢到这里来捉鸡？"

"老子是特务长，你敢怎么样？"来者答。

"老子是总指挥！"贺龙大喝一声，对着地上就是一枪。

特务长惊慌地回到屋里，准备第二天挨骂！

第二天一早，贺龙集合队伍，也没骂，只说一句：绑起来。然后当众宣布罪状，将这个特务长当场枪毙！

没有一句废话，扰民者一律军法从事。

再往南，军纪渐渐好转。一路无战事，只是骄阳热死人。

（2）

陈毅和萧劲的船是八月六号到南昌的。一登岸，知道张发奎已进了南昌，贺叶部队已南下广东。满街都是张发奎的兵，满街都响着骂共产党、杀共产党的声音。在九江动身前，规定了到南昌后有几个接头点，但在这种乱态下，陈毅怎么敢去自投罗网？

陈毅四处打听，终于听到有人说大部队朝临川、抚州方向走了。陈毅很奇怪，经吉安、赣州直下广州是一条路，折原路武汉转道湖南，发动两湖地区的革命群众也是一条路，这两条路都有可能，怎么会选择一条偏僻的、完全没有群众基础的路去潮汕地区呢？陈毅想不明白，这条路线是单纯的军事进攻，而不是着眼发动群众。陈毅有点怀疑消息的真实性。

但是，南昌的恐怖现实又不允许他继续打听。城里是不能投宿了，又无熟人，夜里十分危险。两人决定还是出城继续追赶部队。

往东南方向走了十多里地，他们见到一个渡口，还有条小船，船上有一个人，上身着一件西式衫衣，下身穿一条西装裤，这身装束不似渔夫，倒像是个文化人。

陈毅直言问道："你知道叶贺部队去哪儿了吗？"

"去临川方向了。"

陈毅仍不相信，加重语气问道："不是去吉安方向？"

"没去吉安。"

陈毅追问道："你是怎么知道的？"

他说："我是学生联合会的，叶贺部队出城时，对学生会有过交代，确实是去了临川。"

陈毅不放心地问："那，你们在这儿干什么？"

"城里很乱，张发奎的兵在抓人、杀人。我躲在这儿，过几天秩序恢复了再回去。"

陈毅想了想，又问道："你是不是共产党？"

"不是，不是，不是。"连说了三个不是。

虽说不是共产党，但至少是同情、支持共产党的。陈毅这才放心，提出来希望找点食品吃，找个地方歇歇。两人已是一天一夜没歇脚了。

青年满口答应，把船划到江心，靠在沙洲旁。这夜，陈毅、萧劲就睡在船上。第二天又请青年送他们去临川，划了一阵，划到了李家渡，

下船继续追赶队伍。一路上见到很多流氓、团练在抢劫，搜腰包。见了他们也问："有没有表卖给我？|

又走了不远，遇见几个军官，正蹲在路上吃西瓜。询问几句，才知道是蔡廷锴十师的，正蹲在路上吃西瓜。陈毅蹲下细问，才知蔡廷锴已背叛了起义军，这几个吃西瓜的军官是不愿跟着蔡廷锴东去，偷偷溜出来准备追赶起义军大部队的。

陈毅两人跟着这几个军官急行军一阵，到了临川，总算赶上了队伍。陈毅见到了周恩来、刘伯承，向他们报告了军校学生的部署情况。

终于赶上了大部队，陈毅彻底放心了。可没安静几小时，他就接受了一个任务，和萧劲一起与一个土匪武装交涉。这个土匪姓邓，号称邓司令，手下有百来号人，通过熟人找到叶贺，表达愿意接受叶贺委任，条件是发他几百条枪。陈毅和萧劲的任务就是去当他们的领导，改造这支土匪部队。

这时，朱培德的追兵已近，能带领这支土匪队伍起一点牵制作用也好，两人愉快地接受了任务。两人便在临川的旅馆等邓司令的联络员来，三四个小时过去了，邓司令的人没等来，却等来了朱培德的兵，满街抓共产党。

陈毅和萧劲赶紧出城，不料刚出门，就被朱培德的哨兵抓住了。

朱培德的部队大都是云南人，陈毅是四川人。两个省的口音相差不算大。

陈毅说："你是云南人，我是四川人，我们是大同乡，都是当兵的，讲那个什么党，共产党又怎样？共了你什么？"

云南兵说："好了好了，别啰唆，你快走，快走就是了。"

路上巧遇邓司令的联络人，这人不好意思地说："邓司令不是个东西，把枪拿走了，还不见你们。"

陈毅说："你带我们去再找找。"

这人说："找不到，要不你们自己到山上去找。"

陈毅下定决心要找到这位邓司令，联络人只好硬着头皮领路，走了三四里路，联络人闪进一户人家，把门一关，不见了。陈毅与萧劲只好继续追赶部队，连夜走了五十里，赶到宜黄，再一次追赶上部队，这时已经是八月七日了。

周恩来委派陈毅到七十三团去当政治指导员。

周恩来说："派你做的工作太小了，你不要嫌小！"

陈毅真诚地说："什么小不小哩，你叫我当连指导员我也干。只要有武装我就干。"

陈毅特别高兴，因为自己要去的部队正是叶挺独立团。那时，部队官兵都有点瞧不起政工干部，认为政工干部是"卖狗皮膏药"的，只会说大话空话，不会打仗，不会实干。陈毅下决心要改变这个"狗皮膏药"形象。南征的最大考验就是走路，大热天一天要走几十里，看你陈毅行不行？陈毅不但行，走完一段路还抽空与班排长聊天鼓劲，帮助受伤的士兵扛枪扛背包，战斗中，更是与黄浩声团长一起冲在最前面，用四川话说，没有哪一场战斗，他是在做"龟儿子"，几次行军几场战斗下来，在七十三团官兵眼里，陈毅已不再是"卖狗皮膏药"的耍嘴皮子的政工人员，而是一个真正的军人，能领导大家走出困境的军人。

（3）

起义部队离开南昌二十余天，一点都不知道外面的世界，没有报纸，没有信息，不知道敌军已经从四面八方围了上来。

八月二十五日，到达瑞金城北，在这里打了南下以来的第一仗。

按照计划，部队准备八月二十六日到达寻乌。瑞金离寻乌还有二百八十里地，走到壬田镇，离瑞金还有三十里地的时候，前锋部队二十军一师正在　水过河，突然，对岸高地响起了机关枪声，很快又响起了迫击炮。明显是中埋伏了！看敌人的火力部署和工事设置，这肯定不是民团，而是正规军。

下午二时，部队才抓到一个俘房。一审问，是李济深的部队，他们在这里已等候两天了。

北伐军出师时，李济深是第四军军长，后奉命留守广东，除了第十师和第十二师随军北伐，在广东还留下了两个师：陈济棠的十一师与徐景唐的十三师。李济深听命于南京政府，又保持自己独立，拥有"南霸天"的地位。

为了堵截歼灭起义军，蒋介石调动了钱大钧的第二十师，广西第八路军副总指挥黄绍竑的部队，李福林、范石生等军阀的部队也奉命围了上来。五支部队各霸一方，对南昌起义军形成了夹击之势。

此时，李济深部在壬田打阻击，钱大钧部已经进入瑞金，黄绍竑部进至会昌。

贺龙亲临前线指挥，他置身枪林弹雨中，面不改色心不慌，周边的士兵无不受到巨大鼓舞。贺龙从对方的火力判断敌人只有两个团的兵力，决定一、二师正面攻击，并令十一军增援，争取一举全歼敌人。

两个师很快取得主动权，后续的第十一军因道路不熟，未能如期到达，让敌人逃回了会昌。虽然这第一仗以胜利结束，却付出了牺牲两名团长、十余名连排长及百余名士兵的代价。尽管占领了瑞金县城，却未能全歼敌人，战绩不尽如人意。

此战后，出现了两种意见：苏联顾问主张绕道南进，周、叶、贺、刘等军事将领则一致认为应该全歼敌人再南下。

于是，第二场战斗又开始了，这就是起义军南征的第二次战役：会昌之战。

会昌之敌为钱大钧的第二十师，第十八师，新编第一师，合计十个团，兵力远远多于南昌起义部队。敌军又是以逸待劳，而起义军是劳师远征。不管从兵力看，从疲劳程度看，起义军都呈弱势。

这是八月的最后一天，天刚蒙蒙亮，赣南会昌县城北十余里的一片丘陵地，守军是钱大钧的第二十师。

贺龙二十军第三师，在师长周逸群指挥下，对守军发起攻击。

按计划，第三师发起佯攻，叶挺部两个师迂回围歼。战斗打响后，钱大钧部迅速回撤，到底是真败，还是"诱敌深入"？第三师未细思考，追击十余里，逼近会昌城。这时，从城内又冲出敌军三个团进行反攻，周逸群抵挡不住，退回了三十里，但没有溃散，依托丘陵山包反击，止住了颓势，形成相峙局面。

这时，叶部二十四师、二十五师赶到，两支部队从会昌城西北发起冲锋。生死之战开始了！

叶挺部大都是黄埔军校学生，钱大钧部第二十师军官全部也是黄埔生，大都是蒋系门生。两军肉搏，近在咫尺，伸手可握，举刀可屠，面面相对，两目怒视，很多人能叫出对方的名字，在校时甚至是好友，是同学，是偶像。

比如陈赓，就是黄埔的知名人物，是后入学学生心中的偶像。

两边士兵相互厮杀，不忘相互咒骂：

你为什么要做反革命的走狗！

你为什么要跟共产党造反！

我杀的就是你们这帮反革命。

老子打的就是你们这群共匪。

有的人指姓道名叫骂："陈赓，你给老子缴枪！"

陈赓当然不可能缴枪，但是，他中枪了，伤在腿上，倒在血泊里。他是一个绝顶无畏、勇敢机智的人，为了防止敌人认出自己，他从山上滚到田沟里，并乘势脱下军装，把腿上的血抹在脸上。警卫员、后任一营副官的卢冬生想留下来守护他，陈赓叫他立马离开，不要管自己。他迅速躲进草丛里，闭眼装死，躲过一劫。不一会儿国民党军又返回，他立马又闭眼再装死，身上还挨了一枪托。不久，听到耳边有说话声，他偷偷睁开眼睛，看见了领口的红飘带和臂上的白毛巾，大声喊道："自己人。"

来者是个女兵。她一看还有活的，立刻蹲下为陈赓包扎，包扎完了，背着陈赓就往山下跑。后来，陈赓才知道，这个女兵在所有女战士中年龄最小，但力气最大，枪法最准，最不怕死，号称女兵"四大金刚"之首，芳名杨庆兰。

起义部队经历了会昌战斗后，又折回瑞金。

在瑞金休整的时候，周恩来和周逸群又提出贺龙入党的问题，早在大革命后期，贺龙就有跟随共产党的要求；南昌起义时再次要求入党。经过南昌起义和会昌之役，完全可以看出贺龙对革命事业的忠诚。

经前委讨论，由周逸群和谭平山做介绍人，在瑞金县城河边的一所学校里，举行了贺龙的入党仪式，张国焘、周恩来、李立三、恽代英出席了这次仪式。

贺龙郑重宣誓："信仰共产主义，执行决议，服从纪律，努力做一个忠诚党员！"

在贺龙入党的同时，三十五岁的郭沫若也举手宣誓，加入了中国共产党。

会昌之役是国共两党分道扬镳后的第一场激烈残酷的生死搏斗。会昌之役，起义军打垮了钱大钧部，毙伤敌军五千人，俘虏一千人，缴获枪支五千支，但自己也伤亡一千七百余人，看似取得了重大胜利，其实非常被动。

因为一千名伤员不知道如何安置。缴获的枪几乎都是打完子弹的空枪，没有弹药补给，等于废物。

无弹的枪和负伤的兵是留还是搁置？仅有的几个女医兵显然不能照看好这么多伤员，一旦大部队离开，谁来保护伤员，谁给伤员吃喝？

如果带着伤员过会昌经寻乌进入广东，夺取广州，这条路虽然短，又是捷径，但也难，因为这么多伤员会大大降低行军速度。为了这些伤员，决定由会昌回师瑞金，休整几天，等大多数伤员痊愈了，再改道入闽，经水路沿汀江、韩江入潮汕平原。

于是，又不可避免地迎来最悲痛的潮汕之役。

侯镜如后来回忆：部队到达潮汕前，周恩来找他说，占领了汕头后，苏联会运来一船军火，那时要扩军，急需军官，你负责办军校，以教导团为基础建校。

起义军占领汕头后，想定其为临时首都，夺取广州后，再作为正式首都。这是一个美丽的梦，"潮汕七日红"，这个梦只做了七天。

起义军九月二十四日占领汕头，九月三十日深夜至十月一日凌晨，在夜色里起义军悄悄撤出汕头。此时的汕头，只剩下不足二百人的战斗队伍，和三百余名革命委员会机关工作人员。周恩来犯了疟疾，高热不退。他得知潮汕已于白天失守，三河坝失联，汤坑战败，向海陆丰转移是唯一之路。大家沿着海边向西走去，可闻海浪轻拍岸声。远处，国民党的军舰闪烁着信号灯，而革命队伍在这黑夜里无声地偷偷地向西转移。第二天，到达普宁县的流沙镇，幸好一路未遇敌兵阻击，掩护这支队伍的兵力是二十军三师六团两个连队的兵力。队伍的组成人员是手无缚鸡之力的文人，周恩来还躺在担架上。

潮州已经失守。

九月三十日早晨，传来汤坑部队后撤的消息。上午十时，潮州城西出现敌军先头部队两千余人，他们不是追赶之敌，而是桂系部队。守城部队是三师教导团，只有六百余人，师部一百余人，周逸群接到命令"死守潮州"。可是，外无援兵，内无守兵，死守只能是以命相搏。

桂军出身贫苦，长官言潮州城内有银圆，攻势更盛。潮州城内的确有银圆，守银圆仓库的是警卫中队，警卫中队有一个班，班长是粟裕。仓库里堆积了上万件冬衣和十万银圆。城守不住，仓库能守住吗？城外已是两个师的兵力，约九千余人。

下午三时，师部被困。

"周师长，快撤。"粟裕大声叫喊。

几百桂军冲进来，见守卫的战士拿着驳壳枪，也大喊："这儿都是当官的！"

"冲进那个院子，赏大洋十块"，敌人在外面号叫着。

粟裕对周逸群说："从后面走，我来掩护。"

周师长带领卫兵和特务连战士往后院奔去。

敌人越来越多，粟裕冷静地指挥着十来个战士且战且退。到了存放物资的仓库，望着堆积如山的冬衣和一大箱一大箱的银圆，粟裕十分可惜。他脑子灵光一闪，叫战士们把装银圆的木箱抬来，揭开箱盖，把白花花的银圆抛向远处，并将一捆手榴弹装到另一个箱子里，把导火线扣在箱盖上，然后下令"撤！"

一路无阻，桂军不是在抢银圆就是在街上耍酒疯。

下午五时，周逸群率众冲出潮州，自行向三河坝方退去，寻找朱德的部队。冬衣、五千支枪支、几十万银圆损失殆尽。

幸运的是南昌起义时从中央军事政治学校走出的女兵，大都未受到伤害。有二十多名起义女兵在潮州工作，她们或在医院做看护，或在邮局检查信件。敌军攻城时，她们有人随部队冲出了城外，也有的留在邮局内。邮局负责人对敌军说，我们邮局守中立。邮局是英国人办的，一些女兵躲过了这一关。其中就包括胡毓秀和王鸣皋，敌军撤出潮州后，她们在老局长的帮助下，到潮州红十字会医院暂避，在那里与腰部受伤的谭勤先相遇。过完年后，她们三人在红十字会帮助下，乘船到上海，从事地下交通工作。

彭漪兰随政治部郭沫若乘木船到香港转回上海。

彭援华随部队跑到韩江边上了一条船，发现了一个熟悉的身影，竟是堂兄彭略村，他们一起找到了朱德的队伍，并随朱德的队伍经江西转战湘南。朱德担心女同志一路的困难，特地找彭援华谈话，动员她离队。彭援华不愿意。朱德说："部队要准备上山，要整顿队伍，你是救护队支部书记，你带个头好吗？这里靠赣江，交通方便，你可以从这儿离开。哪里都有党的组织，哪里都可以革命！"

彭援华服从组织安排，四男四女的徒手同志离队了，每人发路费二十块。朱德亲自出具介绍信，介绍给吉安县委，后又由吉安县委介绍给赣北特委。她们辗转又回到九江，继而回到湖北武汉，继续从事地下工作。

周恩来在流沙停留了一天。

十月三日，叶挺率二十四师师部到了流沙，贺龙也赶到了流沙。南昌起义领导人，除朱德在三河坝外，差不多都集结在流沙了，包括国民党左派的文职人员张曙时和彭泽民。

开会时，周恩来被抬进会议室，躺在担架上，正发着高烧，脸色铁青。他首先作了自我剖析，把打了败仗的原因作了检讨，第一是战术错误，我们情报工作太疏忽。我们太轻视敌人了。其次是行军途中，对军队的政治工作懈怠了。再次是我们的民众工作犯了极大错误。

周恩来宣布：武装人员应尽量收集整顿，向海陆丰撤退，今后要做长期的革命斗争准备。

非武装人员愿留的留，不愿留的就地分散，已经物色了好些农会会友做向导，分别向海口撤退，再分头赴香港或上海。周恩来与国民党左派人员作最后的道别："你们这些先生还不走啊！现在我奉中央命令，我们共产党不再用中国国民党这面旗帜了，将在苏维埃旗帜之下，单独干下去。现在中国国民党革命委员会事实上已不存在了，你们各位先生，愿脱离队伍的就在这里分手吧！"

南昌起义的领导人就此一别。

起义部队溃散后，贺龙逃到香港，再转上海，党中央安排他去苏联学习。

贺龙没有丧气，坚决表示："我心不甘，我要干到底。"他一再请求回湘西卷土重来，要再拉出一支部队。后来，他单枪匹马回到湘西，几经失败，几经奋起，终于开辟了湘西鄂革命根据地，创建了红二军团。南昌起义的火种在湘西燃起、燎原。

后来，贺龙回忆入党经过时说："有人说，我要求入党几百次，那是假的；但十几次总是有的。因为我是军阀，所以入党特别难，党要考验我，始终没有批准我的要求。在南下路上，在瑞金锦江中学，我终于如愿以偿，加入了中国共产党，这年，我三十一岁。"

南昌起义的故事早已编成小说、话剧，电影、电视，通过各种渠道传播，很多人耳熟能详，一些南昌的中老年人都能娓娓道来。

新年代有新思考：为什么贺龙放着军阀不当，荣华富贵不要，硬要加入中国共产党？而且是在革命处在最低潮的时候。在那个血雨腥风的时代，先辈们前仆后继加入共产党的目的是什么？用他们的话说，是提着脑袋干革命。明知山有虎，偏向虎山行。难道他们有先知先觉，能知道夺取全国胜利？知道自己能当元帅将军吗？

回答当然是否定的。

（2）

伟人有伟人的理想，平民有平民的情怀；英雄有英雄的壮志，草根有草根的真情。

陈勉哉化装成难民混出南昌城，一路追赶。部队已远走了，只有加快步行速度，才有赶上部队的可能。

陈勉哉沿途看到很多军人，有的是逃兵，也有的是起义部队殿后的掉队军人，还有从蔡廷锴部逃出的政工干部也在追赶部队，知道是一个目的后，就敢结伴而行。走了两天，大部队的影子都没见，可没有一个人说要停下脚步，也没有一个人说放弃追赶。当时，真不知是什么力量驱使大家在酷暑难耐的热天这样追赶部队。其实，心里并没有装着什么宏大的理想，只是觉得找到大部队就安全了。

终于，看见了一条江，江边有一条船，船上有军人。陈勉哉看见了一个熟悉的身影，还能叫出那个人的名字。

胡连璋！

乘船的都是朱德教育团学兵连的学生兵，都是十几岁的男孩。在教育团时，陈勉哉就认识了胡连璋。

胡连璋高兴地叫道："陈学长，是赶部队吧，一起坐船吧！"陈勉哉满脚是泡，这真是求之不得的好事。就是船小人多，只要装得下就没事，学生兵年纪小，全然不知征途艰险，还不停在唱歌，真有点军人的派头和威风。

在船上，陈勉哉还意外遇到了家乡人，来自浙江绍兴的宋敬卿，因浙江党部被破坏，他逃到了武汉，参军东征讨蒋时，经九江转南昌，赶上了参加南昌起义。

第二天，船到抚州，赶上了起义军大队。起义军正好在这里休整两天，这天中午，陈勉哉见到许多熟悉的同学，虽然只分别了两三天，但好像分别了很久很久。大家已是饥肠辘辘，陈勉哉决定到临川学联去"蹭饭"吃。

南昌学联的部长王植三正协助临川学联做征兵工作，临川学联的负责人姓李，后来才知道大名叫李井泉。

这顿"蹭饭"蹭到了馆子店，吃得非常丰盛，香辣的牛杂满嘴鲜，饭后又吃了久负盛名的抚州西瓜。

陈勉哉有点少见多怪："这瓜，也太大了吧！而且还是黄瓤的。"

李井泉说："这还不是最大的，你到瓜地里看看，比这大的还多哩！你没听说，抚州西瓜又甜又沙又大吗？"陈勉哉是第一次吃到这样好吃、特别的西瓜，多年后依然记忆深刻。吃完瓜，李井泉要去忙征兵，他要去接受工作。

之前，他答应了张曙时到党务委员会工作，但现在，江西省委组织部长刘九峰又请他到农工委员会工作。其实，陈勉哉最希望去总政治部从事民运工作，因为总政治部主任是他的"偶像"郭沫若。三选一，他有点犹豫不决，郭沫若未到职，刘九峰以老领导的身份相劝，还强调说江西省学联的同志都分在农工委员会。最后，他还是决定跟着老领导，谢绝了张曙时的邀请，打消了去郭沫若那儿的念头。

农工委员会的"一把手"是张国焘，委员有陈荫林和彭湃。陈荫林是陈潭秋的胞弟，这年七月，他受湖北省委委派，和比他小四岁的刘子谷一起，带领湖北农民武装训练班学员来到九江，编入了贺龙第二十军教导团。

这天下午三时，在临川中学礼堂召开革命委员会大会，会议由谭平山主持，这是动员大会，谭平山讲了国际国内形势，从观点与内容都是站在国民党的立场上进行讲述：要履行总理遗教，要实行三民主义，要完成国民革命，打回广东去，接受苏联援助，重建革命基础，再次北伐……

之后，是恽代英讲宣传工作。

陈勉哉第一次听恽代英演讲，果然名不虚传，湖北口音，语音铿锵有力，用现在的话说，没有官话套话，句句在理，易听易懂，生动幽 ，妙语连珠。陈勉哉过去只是在《中国青年》上读到过恽代英的文章，今见其人，闻其声，不得不敬仰于心。

会后，陈勉哉见到了张国焘。陈勉哉知道张国焘是江西萍乡人，是中国共产党的创始人之一，但与他接触过的领导赵醒侬、罗亦农、陈潭秋相比，陈勉哉更多感觉到张国焘身上的缺点，没有陈荫林的热情，没有陈潭秋的和蔼可亲，张国焘身上多了些傲慢与冷淡。陈勉哉不知道，这次南昌起义张国焘是"反对派"，孰料一枪定胜负，赢了，共产国际高兴了，苏联顾问也高兴了，张国焘心里却有点说不出的滋味。

看到张国焘萎靡不振、傲慢冷淡的样子，陈勉哉真想"转行"。可是，第九军先遣队已出发了，郭沫若又还没到，他只得放弃转行的念头。因为行程匆忙，途中又遭抢劫，陈勉哉身上一无所有，成为真正的无产者了。不少熟悉的南昌战友给他资助了衣物、零钱，他又去财政部门领取了二十六元的生活费，每天伙食是集体免费餐，口袋有点钱，朋友这么多，生活也完全改变了以往的模式，他的精神振奋了。

在临川休整了两天，农工委员会作了行军安排，公布了行军纪律，途中做了路标，单位规定了暗号，黎明时分出发了。一路是密密麻麻的队伍，有的小部队不守纪律，穿插到大部队之间。陈荫林个子小，体型瘦，他总是不知疲倦地走在最前面，每次集合队伍，他总详细说明路标，告知中餐与晚上的宿营地点。在三岔路口处，常看到三块石头或三根树枝做的路标，石头下压着"工农"二字，树枝做成箭头模样。每天行军六十里，这些文人学生走一天，骨头架子都散了。领队宣布休息，这句话就是最大的安慰，休息就是最大的幸福。

这样的行军与和平时期的"军训"没有什么两样，有啦啦队唱歌，还有女兵同行。浩浩荡荡两万多人的队伍，没有小车，没有抬轿，就连以前当军长副军长、有高头大马骑的贺龙、叶挺也和大家一样，迈开双脚行军，不多的马匹用来驮运公物和照顾女同志。年老的徐特立、彭泽民，年长又胖的姜济寰也拄着根木棍，行走在队伍中；负责保卫工作的李立三，忽而大跑在队伍前，忽而立在路边鼓动人群，忙前忙后；恽代英高度近视，戴着眼镜，雄赳赳气昂昂地阔步前进，不知什么时候，他的眼镜断了一只脚，他系上一根绳子，挂在耳朵上。

农工部一路都有工作，到了宿营地，委员与干部就要与当地工农团体联系，要求他们配合维持秩序，支援南下军队工作。然后就去访问、调查。军队走过之处，真是"鸡犬不惊，秋毫无犯"。革命委员会与参谋团反复强调，要安民爱民，连土豪劣绅都没去打扰。借住的民房，第二天早上开拔时一律恢复原状，打扫干净。陈勉哉甚至想，这像是一个规规矩矩的行路客人，不像是一支军队。

队伍走到瑞金，恽代英率领大家唱起了《国际歌》，还说："铁，已铸成了钢，现在'铁军'要升级，成为'钢军'。"

革命委员会在瑞金又开了一次会。谭平山说："马上要经福建到广东了，进入我们的目的地。大家更要艰苦奋斗，遵守纪律，昂首前进去潮汕，即将受到第三国际声援，和广东人民一起重建革命根据地。"谁也没想到，短短两年后，瑞金成了著名的红色根据地。

二十九岁的陈荫林没有等到那一天，他不停地腹泻、呕吐，因医药无效，不幸病死于瑞金，葬于郊外。

部队在瑞金休整了三天，之后告别了瑞金，也告别了这位战友！

翻过山就是福建，坐上船沿江而下就是广东，今后工作的根据地。一切忧虑、苦累好像都消失了。陈勉哉离开南昌，离开父母，虽然有一种茫然，但融入革命队伍里，又找到了回家的感觉。未来的根据地会是什么样呢？自己将开始干什么工作呢？

离开瑞金，没有走多久就到了长汀，两地相距很近。长汀号称小上海，商业繁华，市面繁荣，有电灯、电话，有高楼大厦，房舍鳞次栉比，虽然面积没有南昌大，但建筑精美华丽，甚至超过南昌。也许这儿的革命宣传工作做得好，街面上到处贴满了红绿欢迎标语，要求参军的青年排起了长队。

离开了长汀，又走了几天，到达了潮州。这时已入秋凉，长途行军非常疲劳，病人越来越多。好在这里是彭湃的老家，他如鱼得水，当地农民都叫他"同志"，而不叫他姓名，可见他在老百姓中的威望。

部队住进了黄埔军校潮州分校。

周恩来与潮州有过两次交集，曾在这里做过专员，陈炯明叛变革命，就是他带领学生兵去平定的。分校后面就是潮州西湖，是军阀陈炯明修建的，山石亭榭，美不胜收。遥望湖景，陈勉哉不由想起了南昌的东湖，想起了一首唐诗"一封朝奏九重天，夕贬潮阳路八千"，当年韩愈被贬到此，作此诗，后来，韩愈对当地百姓多有造福，后来，潮州百姓将境内最重要的一条河流鄂溪命名为韩江，以示对韩愈的纪念。如今为开辟新根据地，不满二十岁的陈勉哉辗转到这里，真有几分感慨。

似乎忘记了战争，忘记了生死搏斗，马上要进入开辟新时代的局面，年轻人都莫名地兴奋。由潮州到汕头有一条刚修好不久的铁路，车小且少，人多还要分批乘车。下午，陈勉哉乘车去汕头，他知道这儿将要作为这支起义部队的临时首都，徜徉街头，自己是主人还是客人呢？作为革命者应该是主人，作为建设者应该是客人，他有着年轻人的自豪和兴奋。

他到了汕头，看到路很宽，市面很繁华，临江靠海。沿江望去，江面上停泊了不少轮船和兵舰，敌人士兵借外舰掩护，想靠近堤岸登陆，起义军虽然用机关枪逼回了敌军，但缺炮缺舰，自己也无法进攻，就这样对峙下去。看看舰上飘扬的旗帜，知道是英帝国主义的战舰，目的是封锁海口，不让补给的船只进入。没有军舰和重型火炮的起义军真正是望洋兴叹啊。

农委会在汕头已正式办公了。农委会下设两室（秘书、机要）三科（组织、总务、宣传），陈勉哉在秘书室文书组干文书工作。没几天，前线不断传来不好的消息，陈勉哉发现张国焘精神已经很是不振，只是整天躺在一间小房的行军床上，长吁短叹，还动不动发脾气骂人，从不外出，终日垂头丧气，平时骄傲的官长一下子变成了斗败的公鸡。农委会很多人受到他的影响，变得消沉了。

这时，周恩来也染上了重病。但是，周恩来仍旧是那么乐观，那么坚强，对革命前途充满信心。张太雷原本传达完"八七"会议精神后，马上准备离开，看到周恩来病重就留了下来。李立三主持汕头工作，他在工作中总有一种火车头般的精神感染周围同志。

这些前辈和年轻人，共同用革命的激情维系着当时领导机构的运转。

前线的负面消息越来越多，很快负面消息成了现实。这天，半夜三更突然响起了紧急集合号，这是催人上路的号声啊！又是撤退！陈勉哉背起背包，跟着大家匆匆上路，跟着人流走，去哪儿？不知道。方向似乎是海边，走完了马路是沙滩，沙滩上人多如蚁，船也多，有人指挥，各部门上各部门的船，乱中有序。

夜晚看不清，完全靠脚下的感受，脚踩得很深，软绵绵的很吃力。陈勉哉上了跳板，走进了一艘大货轮，遇见了熟人。可是，坐船去哪儿，谁也不知道，有一点是肯定的，战事失利，大撤退。行了一段时间，船停了，有人开始招呼各单位人员下船，还有伤病员，因为不是军人编制，人群显得有点乱。张国焘和秘书处的人都不见了，有人说到了惠丰县，陈勉哉看见的是田间小道和路边的小城堡，和当地居民语言不通，没有敢去走近沟通。就这样饿了一天，又到黄昏时分，头顶响起了枪声，机关队伍中的人员弃物弃枪，纷纷逃命。

南方河沟多，一条河阻拦在前，有人掉进河里。陈勉哉捡起了一支枪，朝枪响的方向打了三发子弹，这是他生平第一次开枪，枪里也只有三发子弹。打完子弹，空枪还不如烧火棍，他丢了枪，茫无目的地向山坡上跑去。大家说南面是海陆丰，于是向南奔向海陆丰，路上终于看到了江西的熟人周郁文、涂友鹤、肖炳章，从他们口中总算知道了组织上的决定：为了保存革命力量，非军事人员一律疏散，各找出路。此时此地，出路只有一条：找船出海。

终于到了甲子港，可是，地方军警也在这儿严密抓捕起义军的流散人员。

公开上船是不可能了，只能找民船。几天后，陈勉哉他们花了五个光洋，找到一艘三桅船，收集的都是起义队伍中流散的人员。

船小人多，大海无边，人在船上，真是沧海一粟。祸不单行，又碰到了海盗，一个个用黑布蒙面，只露出双眼和口鼻，上船后把乘客洗劫一空。陈勉哉只留下一条命到了香港，在香港得到熟人资助，回到上海，再乘船到九江，回到南昌父母家。

就这样，陈勉哉三个月的南征生活结束了。因为是南昌当局通缉的"要人"，他不能再在南昌待下去，只得回到浙江老家读书，不久后，考上了浙江大学教育系，以后会到江西，一直在赣州师范学院从事教育工作，开始了新的人生。

由当初南昌起义的风云人物，到芸芸众生中的普通老师，陈勉哉一直认为自己是在临川选择工作时走错了一步。他后来在回忆录中写道："如果当初不是跟着农工委员会，而是跟着总政治部或者第九军，也许成仁，也许成功，但不至于陷入流亡、在死亡线上挣扎的生活。"

万仁芳也被打散，当时也在陈勉哉的船上。她跟着大家逃到了香港，又辗转去了上海，不过，她没有回南昌，而是去了湖北黄梅县留美女士石美玉创办的佰特利医院工作，继续救死扶伤的工作。

万仁俊一直在南昌读书，成长，经历了蒋介石在南昌劝降陈赓、方志敏在南昌殉难、日本占领南昌等重大历史事件，并且亲历了一九四五年九月十三日，日军十一军司令官笠原幸雄向国民革命军第五十八军军长兼南昌受降官鲁道源投降的历史画面。

一九四九年五月二十二日，中国人民解放军第二野战军第四兵团陈赓司令员麾下的第十三军第三十七师解放南昌，南昌城的欢迎人群中，就有兴高采烈、挥舞着鲜花彩带的中年汉子万仁俊。

新中国成立后，万仁俊很长一段时间都在南昌市政协工作，撰写了很多挖掘老南昌历史掌故、回忆老南昌革命风云的回忆录。上个世纪，笔者还曾多次与他在多个场合碰面，彼此相当熟悉。

万佬巴和妻子上个世纪六十年代相继去世。

蒋永华随军南下，经历更是奇特，她留在福建教会医院了。

汀州城内的福音医院是英国教会办的，院长叫傅连暲，是一名基督徒。

起义军会昌战役中的一千多名伤员，有三百名需要手术，只能送到最近的福音医院。会昌离汀州有一百八十里山路，没有车，只能抬，三百个伤员全是一个一个抬去的。医院里只有三名外科医生，沿途看护伤员的女兵，大都没有见过流血，更没有闻过伤口化脓发出的异味。她们都要守护在伤员身边喂水喂饭，蒋永华教她们换药、清洗伤口。

到了医院上手术台，医生需要助手，也只有她和万仁芳是行家，她俩毛遂自荐，协助三个医生连续工作了三天三夜，为三百名伤员切开排脓，取出子弹和异物，不少伤员因及时手术而避免了截肢。

医院不大，人手不多，设备也不齐全。傅连暲和汀州全城医生约好，组成了合作医院，请学校的教员和学生一起来参与护理工作。就这样，蒋永华认识了傅院长。

傅连暲，三十三岁，福建长汀县人，从农村流浪到汀州城。他随父母从小信教，就读于教会学校，十七岁进入福音医院，二十一岁毕业，聘为"旅行医生"。后加入红十字会，两年前受命为福音医院院长。

陈赓也在会昌战役中受了伤，因流血过多，体质虚弱，伤口难以恢复，医生说要锯腿。陈赓说："我才二十几岁，我这辈子路还很长，没有了腿，我就不能再做军人了。"傅连暲决定保守治疗，虽然要承担很大风险，但每次换药时陈赓的乐观精神坚定了傅医生的信心。

年过半百的徐特立也因高热住进了福音医院，这样一个老人跟着走这样远的路，令傅连暲很是敬佩。徐特立对傅连暲讲述自己的经历："我是一个经历了科举考试的老人。"蒋永华非常吃惊，才知道徐特立的年龄和自己父亲差不多，他放着官不当，书不教，老不养，也投身革命，图的是什么？为什么？

青年徐特立追随康有为、梁启超的新思想，后又到欧洲勤工俭学，又接触了马克思主义理论，最后认定了中国共产党领导的革命道路才能让中国走向富强，所以义无反顾地加入了中国共产党，一切听党的指挥，参加南昌起义，随军南下，毫无怨言。

徐特立问傅连暲："你多大年纪了？做医生几年了？"

傅连暲说："已经三十三岁了，青年时代已经过去了。"

徐特立笑笑说："我已经五十岁了，这才刚刚踏上革命征途，刚刚加入中国共产党。"

徐特立看见傅连暲脸上的惊讶之情，马上说："五十岁正是做事业的时候，我起码还有三四十年好为党工作呢！"

傅连暲不仅是感动，而且心动。看来，共产党员的伤员就是不一样，陈赓，徐特立，他们的理想与信念，怎么会有这么大的力量呢？

傅连暲在想，蒋永华也在想，他俩都是虔诚的基督徒，徐特立的一番谈话，在他们的心中无疑掀起一层又一层波澜。

一些伤员伤愈后随军南下，陈赓保住了腿，也出院了，随着大部队向潮汕进军。

医院里人数还是不够，蒋永华决定留下来。

一年半后，一九二九年三月十四日，正值春暖花开时，从井冈山下来的朱德率红四军打下了长汀县城。那时天花流行。傅连暲知道红军是为穷人的队伍，主动找到朱德，为红军全体官兵接种牛痘。

又过了两年，瑞金成了红都，赣南闽西成了红色革命根据地，傅连暲在福音医院创办了中央革命根据地第一所"中国工农红军看护学校"，培养了六十多名护理人员。当国民党加紧对中央苏区"围剿"时，毛泽东要转移到瑞金去，问傅连暲的去留，傅连暲毫不犹豫地说："跟主席到瑞金去！"

毛泽东问："你的医院怎么办？"

傅连暲说："搬到瑞金去。"

傅连暲雇了一百五十个挑夫，挑了半个月，把整个福音医院从长汀一直挑到瑞金叶坪，正式成立了中央红色医院，这是中国共产党历史上第一个正规的医院，那是另一本书《红色医院诞生》里讲述的故事了。

蒋永华也随福音医院到了瑞金。

理想之路在她脚下延伸，但道路是曲折的。在第五次"反围剿"前夕，她奉命绕道福建去上海，从此再也未能返回瑞金。当知道红区失守后，她又转道回到九江，开始了她的平民生活，她在等待理想之花盛开的那天到来。

（3）

根据党的决议，八一起义后，江西省委书记汪泽楷到武汉工作，江西省委书记一职由陈潭秋接任。陈潭秋和宛希俨均不暴露身份，留在南昌转入地下斗争。

起义部队南下后，江西省委机关设在南昌一家姓徐的酱园店中。店主徐老夫妇的儿子、媳妇都是共产党员。陈潭秋化名徐国栋，对外是二老板，宛希俨化名徐国梁，是店员。江西省委就在这样艰难的环境下坚持工作。宛希俨编写了《如何做艰苦细致秘密工作》的小册子，并挑选培训人员开展地下工作。转眼第二年春，宛希俨要做爸爸了，守了一天，夫妻俩都听到了孩子的哭声，第三天，宛希俨却接到通知，与爱妻告别。他看到刚出生的儿子正嗷嗷待哺，又高兴，又激动，更是依依不舍。他冷静地对黄慕兰说："我奉中共中央指示，调赣南特委工作，如果此行顺利，就接你们母子上山。如有万一，你们要服从党的安排，把孩子送回黄梅老家，交给祖父祖母培养，长大成人后继续革命。"

因为儿子出生在南昌，宛希俨给儿子取名昌杰，赶赴赣南工作，一九二八年四月四日，宛希俨牺牲于赣州城内卫府里，时年二十五岁。

出生仅三天的宛昌杰当然不记得爸爸是什么样子，长大以后，他只能从照片上看到爸爸的样子，知道爸爸是那么的爱自己，也知道爸爸是中共"一大"代表，是一个为了贫苦大众奉献出生命的大英雄。

那个年代牺牲的共产党员都很年轻，几乎都是二十出头三十左右，他们年轻的生命多么需要爱，他渴望宁静的夜晚，生活在自己爱人的目光里，渴望晃动着摇篮里的小手发出爱的呼唤，他们没有能狗获得，没有能够享受，他们带着对祖国与未来理想深沉的爱离开了这个世界，他们正年轻。

宛希俨的夫人黄慕兰继续着革命工作。

黄慕兰十八岁时投奔宋庆龄、何香凝领导的妇女运动，十九岁任汉口妇女部部长，后来随丈夫来到南昌，参加了南昌起义，怀着身孕，担负交通员工作，成为我党最早的女特工。

黄慕兰出身湘中名门，天生丽质，颜值极高，是一个著名的美女。她有文化，有魅力，善交往。郭沫若著长篇小说《骑士》，书中女主角金佩秋就是以她为原型的；茅盾名著《蚀》中也有黄慕兰的故事。周恩来曾誉她为"我党的百科全书"。陈赓也说"慕兰的一生是中国革命曲折发展的反映"。

一九二七年"三八"妇女节，黄慕兰与宛希俨结婚，丈夫牺牲后，她长期在隐蔽战线工作，新中国成立后因"潘汉年案"入狱。一九八〇年，黄慕兰在邓颖超的帮助下平反出狱。

二〇一五年七月九日，黄慕兰在杭州度过了一百〇九岁生日。念及宛希俨，悲从心涌，深情依旧。在本书杀青的日子，二〇一七年二月七日，黄恭兰逝世，再过五个月就是她一百一十一岁的生日。

一九二七年九月下旬，张太雷奉中共中央之命到达汕头，召开了中共南方局会议，传达"八七会议"精神和中央对前委的指示，要求取消起义沿用的国民党革命委员会的名义，改名苏维埃，将军队开往海陆丰地区，汇合当地农民武装，改组为工农革命军，并布置张国焘，李立三，谭平山等离开部队，起义军一切事宜由周恩来负责。周恩来表示目前军情紧急，一切变更要在击破汤坑之敌后方能实施。

十月一日，中共前敌委员会与革命委员会机关撤出汕头，向海陆丰转移。十月二日到达广东省普宁县境内流沙镇。

十月三日，叶挺、聂荣臻率起义军陆续到达流沙镇，在镇天主堂，由重病中的周恩来主持召开了紧急会议，这就是南昌起义历史上的流沙会议。

流沙镇教堂侧厅。一九二七年十月四日。

周恩来被担架抬着进了这座教室。周恩来宣布："现在我们奉中央命令，我们中国共产党，不再用中国国民党这面旗帜了，我们将在苏维埃旗帜之下，单独地干下去；现在中国国民党革命委员会，事实上已不存在了。"这意味着南昌起义部队已经完全成为共产党领导的部队，从实际到名义。

至此，起义部队亮出了共产党自己的旗帜。

会议还初步总结了起义以来的经验、教训，并贯彻中共中央"八七"会议精神。起义领导层写出了大量重要的总结文章，原始地反映出了南昌起义的全貌，均完稿在这个重要的十月。

至此，轰轰烈烈的南昌起义正式宣告失败，但是，革命的火种并没有熄灭。起义军余部在朱德、陈毅的带领下辗转赣南、湘南，走上井冈山。一九二八年四月二十四日前后，朱德、陈毅、王尔琢率领的南昌起义队伍与毛泽东领导的秋收起义队伍胜利会师于井冈山砻市。从此，井冈山革命根据地进入鼎盛发展阶段，人民军队的历史揭开了崭新的篇章！

■今天的滕王阁，伫立在浩荡的赣江边，守护着历史名城，见证着伟大复兴！

后记：红色基因，红色文化

红色历史有暖也有寒，有苦也有甜，每一段历史，每一个故事，都是留给后人的精神财富。

九十年后的今天，我们行走在八一广场上，行走在南昌古城墙拆除后修建的宽广的大路上，行走在赣江岸边，登上滕王阁，我们看到了车水马龙、人来人往，熙熙攘攘，看到楼阁诗画，宾客满座。或对江低吟"落霞与孤鹜齐飞，秋水共长天一色"，或感叹"关山难越，谁悲失路之人。萍水相逢，尽是他乡之客"，呜呼，"阁中帝子今何在，槛外长江空自流"。凭栏远眺，赣江滚滚，百舸争流，西山隐隐，云烟氤氲。见楹联，上联是：兴废总关情，看落霞孤鹜，秋水长天，幸此地湖山无恙；下联是：古今才一瞬，问江上才人，阁中帝子，比当年风景如何。

后来者眺视万里，思接千载，心中会涌动着逝去的历史与红色的故事么？

南昌城的古城墙经历了多少风烟，滕王阁就经历了多少次战火。

滕王阁始建于六百五十三年（唐代永徽四年）。岁月流逝，朝代更替，战火频频，屡毁屡建，至今已有二十八次。

一八五三年五月，太平军攻打南昌城，围攻三月，为抵御太平军，清军下令焚毁城外建筑，滕王阁未能幸免，毁于大火。

一八七二年（清同治十一年）重建，最后一次罹难是一九二六年，北伐军程潜部第六军围城时，军阀岳思寅下令焚烧。

战争，百姓心中永远的痛。

千百年来，老百姓渴望国家安定富强，渴望家和民安。

一九八九年，滕王阁再次重建。此后几年，沿南昌城古城的基脚修建的道路再次拓宽，小南昌开始向大南昌迈进。

九十年过去了，南昌城，与古城墙、滕王阁有关的战争，南昌人还记得吗？辛亥革命翻城而入，里应外合，一举易帜；北伐战争，两次攻城，终于赶走了北军，打倒了军阀，南昌人过上了安定的日子；南昌起义，诞生了中国人民解放军，升起了"八一"军旗，从此中国共产党有了自己的武装，中国革命由此走上了胜利。

历史的链接不应中断，红色历史故事应该传承。百年后，我们还应该记住这座南昌城，记住南昌城古老的城墙和多次被焚烧的滕王阁。历史从远古走来，也从动荡的刀枪炮火、战争风烟中走来，我们将会倍加珍惜和平安定的今天。

今天，当年轻人漫步八一广场，当更多的外地客人来到八一起义纪念碑下，有不少人会提出这样一个简单的问题：当年的八一广场是怎样一个地方？为什么要选择"八一"为建军节？南昌那夜的枪声到底发生了什么？

很少有人去问，很少有人来答。

即使有人回答，也可能离谱。

因为南昌是江西省会；因为毛主席在井冈山，井冈山在江西。

更多人知道井冈山，而不知道南昌。

更多人反问：我们为什么要知道这些？

有的人的反问让人沉思："当时为什么要举行武装起义？像西方那样开议会不行吗？像台湾那样举行蓝绿竞选不可以吗？人家扳倒国民党是公投。打仗，你死我活，死的都是中国人啊！当年，他们不怕死吗？他们在人生道路上追求什么？"

在纪念辛亥革命一百周年时，还有些人在网上发文假设：如果没有辛亥革命，清朝维新派获胜，中国将和日本一样强大，甚至超过日本几十年。

这些"如果"不是新鲜的话题，民国后也有人提出过这样的问题：辛亥革命后，国家更乱，军阀混战，国中无主，国事无人问津，民不民，国不国，早知如此，何必当初，今后国何去？民何生？

有了质问，就有了思考。

这是对历史的理解与认识。不同时代有不同的思考，不同的质疑，这十分正常。任何提问与思考都离不开那个时代的大背景，特定的时代会产生特定的思考，会发生特定的事件，会孕育出不一样的人物，推动历史向前或向后的人物，不一样的生与死，不一样的追求与奋斗，不一样的人生与激情。这些人，这些事，这些血和泪，构成了一部或一段又一段红色历史。红色历史沉淀积累，形成了红色文化。

红色基因的发育生长需要营养滋润，红色文化就是滋润红色基因的营养要素，红色文化是土壤，是水分，是强骨的钙，是补血的铁，是滋补的维生素，是让红色基因不褪色、不蜕变的保鲜剂。

明天是今天的延续，没有历史就没有今天。时间在延续，生命在延续，一个民族的延续兴衰，其因不在贫富，而在于文化。立族，先立文化；亡国，先亡文化。

这就是对"我们为什么要知道这些"提问的回答。

南昌起义是红色历史，是一段重要的红色历史。九十年过去了，很多故事与细节让人慢慢淡忘，或不解，或冷漠，甚至曲解。当只讲述完一夜枪声这个故事时，留下的问题是：南昌起义开始的领导为什么都"败退"了？最后剩下的为什么只是朱德和后来赶上队伍的陈毅？为什么职位最低的林彪、粟裕都上了井冈山？

当讲述起义部队南下行军时，留下的问题是：既然在共产党领导下打响了第一枪，这些军人为什么没有听党的话，而是一批一批逃离？

激战会昌，兵败潮汕，分兵三河坝，赣南"三整"，进军湖南，湘南暴动，东撤入赣，会师井冈……

每段历史都有说不尽的故事，每位见证者都有说不完的经历；每个故事都很惊险，都有回味，都让后人思考，都给人以启迪，每个人的经历都是那个时代的缩影，是一个人格的展现，是回答人生与理想追求关系的最佳答案。只有挖掘了，才会闪光；只有读懂了，才会思考；只有知道了，才会感动，才能理解红色，理解红色的魅力……

周恩来没有上井冈山，是因为他病了，病得很重。

流沙会议时，周恩来高烧不退，坚持主持了会议。当敌军追来时，会议只能结束。此时他高热40摄氏度，聂荣臻回忆道："敌人袭来，在流沙附近打响以后，部队很乱。二十四师撤下小部队，与革命委员会的人混在一起，各单位插得稀烂，一个建制的部队也找不到，想调挺机关枪也没有办法，有了枪管找不到枪架，真是一片混乱。在这种情况下，我始终跟着周恩来同志。"

这时周恩来高烧得连稀粥都不能喝，在昏迷状态下，他嘴里还在喊着："冲呀，冲呀！"

十几年后，作为叛徒改变了共产主义信仰的张国焘仍不忘周恩来病中的形象，他在《我的回忆》中记述："我问他你的病怎样？你病了应先离开部队，让我来替你工作……他急遽地回答：我的病不要紧，能支撑得住，我不能脱离部队，到海陆丰去，扯起苏维埃的旗帜来，你们快走吧！不能再讨论了！迟到就来不及了。"

周恩来的人品情操，对共产主义的信仰，跃然纸上。张国焘曾经指骂很多人，吹嘘标榜自己，但对周恩来，他始终保持敬佩！这不仅仅是一个人的良知，这更是周恩来人格的魅力！

乱军中，给周恩来抬担架的士兵在混乱中走散了，只剩下叶挺、聂荣臻与一个警卫员，只有叶挺手上有一只手枪。大家架着周恩来找到了汕头市委书记杨石魂。最后到海边找到一条小船，四个人加上船工。船小，船舱里只能容一个人，小船在海里摇得厉害，聂荣臻用绳子把自己捆在桅杆上，经历了两夜一天，才漂到香港。杨石魂把周恩来送到医院，叶挺与聂荣臻找到党组织，后又回到广州，参加领导广州起义。

在长汀的时候，周恩来向中共中央写了一封信，说明了南昌起义以及南下的经过，派陈宝符去给党中央送信。

九月七日，陈宝符化装成商人，前往上海寻找党中央。他离开长汀，乘船到上杭。一路都是国民党军。他犯了一个大错误，将一支外国进口钢笔放在口袋里，被特务搜身查到，用竹筒夹指拷问，他坚强不屈。中途机智逃出，乘船到上海，又陷入凶境，再次逃脱。在生命危急时，他想到的就是要完成任务，要安全将周恩来的信交给党中央。几经危难，他光荣地完成了任务。九十年后，在中央档案馆还能看到这封信的原件，这是一个共产党员的机智与忠诚。他的经历完全可以拍成一部惊险电视剧。

历史过去了，在当年的报纸上很难找到红色历史的记录。在当时报人眼里，这些"共匪"尚不能吸引读者的眼球，也许"共匪"的力量太小了，"白匪"们往往视其为儿戏。

起义部队撤出南昌后，南昌市报刊上见到的只是零星的碎片报道，"叶贺部溃不成军""败于瑞金会昌""弃匪朱德有伏诛说""朱毛残部并未蹿入广昌"散见报角，不足百余字。

报纸更多关心的是各种娱乐新闻和广告：电影广告、时尚广告、花柳病专科齐景华、内外新佳镶牙补牙——广州牙医，江西大饭店顶楼的露天电影，南昌暴动已渐渐淡出了南昌人的视野。

南昌起义刚刚过去一个月，一九二七年九月在上海出版的《东方》杂志，报道的重点是第八届远东运动会以及巴黎中国玉器展览会等时尚新闻。

当时的南昌城，硝烟味已经散去，南昌起义的那令人激动的几天，似乎也烟消云散。但是，表面的平静后面，是巨大的暗流涌动，这种暗流释放出的能量，从南昌流向了井冈山，流向了瑞金，流向了雪山草地，流向了延安，流向了西柏坡，流进了北京城！

从一九二七的南昌城，到一九四九的北京城！

红色历史有暖也有寒，有苦也有甜，每一段历史，每一个故事，都是留给后人的精神财富。

九十年后，我为什么还要重写南昌起义？我为什么还想写井冈山，写红色故都？其意其情尽在文字里。二〇一六年十一月三十日，习近平总书记在中国文联十大、中国作协九大开幕式上说："不让廉价的笑声、无底线的娱乐、无节操的垃圾淹没我们的生活。"这话，我引为警语。我是医生，我看见与接触了由"廉价的""无底线的""无节操的"文化损害的孩子们，他们许多人的价值观彻底被扭曲、偏离，致心理偏执，为了要买宝马车而打父母，为了穿名牌而行窃，为了要享受"三店"（吃在饭店，住在旅店，玩在夜店），而道德沦丧。药物对这些心理疾病已无能为力了，我学着写一点文字，希望不是垃圾，而是一种振奋人心的力量。

感谢姚雪雪社长，感谢余茳主任对我的信任，我们一起携手，在江西这块红土地上培育好红色文化这朵鲜花，使之绚丽盛开。

完稿于二〇一七年一月

主要参考资料

1.水工《中国元帅贺龙》，中共中央党校出版社，1996年

2.《黄埔军校史料》，广东人民出版社，1982年

3.金冲及：《周恩来传》，中央文献出版社，1998年

4.金冲及主编，当代中国人物传记丛书。

《刘伯承传》，当代中国出版社，1992年

《陈毅传》，当代中国出版社，1991年

《聂荣臻传》，当代中国出版社，1991年

5.李樵，《徐以新传》，世界知识出版社，1996

6.中共江西省委党史研究室：《亲历南昌起义》，江西人民出版社，2007年

7.《文强口述自传》，中国社会科学出版社，2003年

8.《张发奎口述自传》，当代中国出版社，2012年

9.元邦建：《谭平山传》，黑龙江人民出版，1986年

10.《中共九江县地方史》，江西人民出版社，2012年

11.《南昌人民革命史》，新华出版社，1999年

12.法剑明，王小玲《南昌起义史话》，江西人民出版社，2007年

13.肖燕燕《南昌起义人物研究》，江西人民出版社，2009年

14.黄道炫《南昌起义深镜头》，江西美术出版社，2007年

15.谭一青《国民党建军演义》，中国青年出版社，2012年

16.陈勉哉《沉浮录》，江西人民出版社，2014年

17.王小玲、曹佳倩《八一记忆——文物背后的故事》，江西人民出版社，2015年

18.内部资料：《南昌掌故逸事》，南昌文史资料（第10辑），1995年

19.李豆罗主编：《岁月峥嵘成古今》——南昌历史风光，百花洲文艺出版社，2004年

20.少华，游湖《林彪的一生》，河北人民出版社

21.易宇，祥林，徐雁，《红色起点》南昌起义全记录，湖南人民出版社，2009年

22.张月琴主编，《南昌起义史论》，江西人民出版社，1986年

23.江西文史资料选辑：《南昌青年运动回忆录》

24.叶曙明，《中国1927谁主沉浮》，花城出版社，2010年